新選組傑作選

誠の旗がゆく

細谷正充 編

集英社文庫

目次

新選組傑作選

誠の旗がゆく

ごろんぼ佐之助

池波正太郎

池波《いけなみ》正太郎《しょうたろう》（一九二三〜一九九〇）
大正十二年、東京は浅草に生まれる。下谷の西町小学校を卒業後、株屋の店員など、さまざまな職業につく。戦後は東京都職員のかたわら、戯曲を執筆して、長谷川伸に師事した。その後、舞台やラジオ・テレビドラマの脚本を書きながら、小説にも手を染めて、昭和三十五年「錯乱」で、第四十三回直木賞を受賞。昭和四十年代から「鬼平犯科帳」「剣客商売」「仕掛人・藤枝梅安」の三大シリーズを始め、絶大な人気を博した。なお、現在、当たり前の言葉として使われている〝仕掛人〟は、この作者の造語である。昭和五十二年『鬼平犯科帳』他で第十一回吉川英治文学賞、六十三年に第三十六回菊池寛賞を受賞した。「ごろんぼ佐之助」は「日本」（昭38・8）に掲載、『剣客群像』（桃源社　昭44刊）に収録された。

一

そのころの伊予《いよ》（愛媛県）松山《まつやま》あたりの言葉で「ごろんぼ」というのがある。

「破落戸《ごろつき》」とか、ならずものとか、悪漢とかいう意味だ。

原田佐之助《はらださのすけ》は、十五歳にして「ごろんぼ」とよばれた。

後年、彼は、あの新選組隊士の一人として、

「おれも真剣をとったら、大方《おおかた》のやつには負けぬつもりだが……どうも、原田には斬《や》られるかも知れんな」

新選組局長の近藤勇《こんどういさみ》が、たとえ冗談にもせよ、こんな折紙をつけたほどの剣士となった。

少年のころ、佐之助は自分の将来に、そんな宿命が待ちうけているとは思いもしなかったろうが、

（おりゃ、本当のところ、御用人さまのごぼだったんじゃ）

信じてうたがわなかった。ごぼというのは「坊ちゃん」ということだ。

佐之助は、天保《てんぽう》十一年五月に、松山藩の足軽《あしがる》・原田精五郎《せいごろう》の長男としてうまれた。

父親は町奉行所附の足軽をつとめていて、城下の代官町《だいかんまち》にある東町奉行所内の足軽長屋に住んでいた。

佐之助の母は、同じ松山藩の足軽・玉井権介《たまいごんすけ》の娘で、たつという。

たつは、二年ほど殿さまの側《そば》用人をつとめる山田四郎兵衛俊徳《やまだしろべえとしのり》の屋敷へ女中奉公にあがっていて、ひまをとると同時に、原田精五郎の後妻に入り、佐之助をうんだのである。

ときに、精五郎三十八歳。たつは二十歳であった。

精五郎は、病死をした前妻との間に、もんという娘をもうけていた。

もんは、佐之助が四歳のころに今治《いまばり》の町家へ嫁いで行ったものだから、佐之助も、この腹ちがいの姉については格別の印象をもってはいない。

そして、母は、佐之助をうんだ四年後に丑太郎《うしたろう》という男子をうんだ。

やがて、父の精五郎は奉行所附から先筒《さきづつ》足軽の組へまわされ、その組頭となったので、家も、唐人町《とうじんまち》の足軽長屋へ移転をした。

佐之助の耳に、あのことが少しずつ入ってくるようになったのも、そのころからである。

あのこと、というのは、

「原田の長男坊は、御用人さまの落し子ぞな」

というのだ。

つまり、用人の山田四郎兵衛に手をつけられ、子をはらんだ女中のたつが、それを承知の上の原田精五郎の妻となって、佐之助をうみおとしたのだ、といううわさなのである。

この「うわさ」は、佐之助がうまれて以来、強くなったり弱くなったりしたが、佐之助の成長につれて、また強まりはじめた。

「見ろや。原田の佐之は山田様に瓜《うり》二つではないか」

「月たらずの子が、あんなに丈夫に育つはずがないぞ」

足軽仲間のうわさにすぎないのだが、こういうことは、面と向って精五郎夫婦には言えなくとも、おせっかいなやつらが、道に遊んでいる少年の佐之助をつかまえては、

「お前も、うまく行けば御用人さまの御坊《ごぼ》になれたのにな」

とか、

「お前の本当の父御《ててご》は御用人さまじゃぞ。可哀相《かわいそう》にのう」

とか、要らざることをふきこむ。

なるほど、佐之助は両親のどちらにも顔だちが似ていなかったことはたしかだ。

父の原田精五郎は醜男《ぶおとこ》ではないにしても、顎の張った鼻のふとい、個性的ではあるが、およそ美男というには程遠かったし、母のたつも色白のぼってりした男好きのする容貌ながら、とてもとても美女とはいえない。

嫁に行った姉にしても、弟の丑太郎にしても、この両親のどちらかのおもかげをやど

しているのだが、佐之助だけは別であった。

色白なのは母親似だとしても、ふっくりと下ぶくれのした顔だちで、鼻すじも品よくととのい、くろぐろとした眸《ひとみ》をもつ両眼は、ぱっちりとすずしい。

そこへもってきて、山田四郎兵衛が松山藩にその美男ぶりをうたわれた侍であり、そのころは三十前後。用人といっても殿様の松平少将勝成《まつだいらしょうしょうかつしげ》の側近くはべっていて、その権勢には家老たちも一目《いちもく》おこうというほどだ。

いえば、佐之助も山田四郎兵衛も典型的な美男であったといえよう。

典型的な美男というものは、かえって通俗的なものだから、相似点を見出《みいだ》すことはたやすいともいえる。

だが、子供ごころにも佐之助が変だと思ったのは、父の精五郎が自分に冷たい……弟の丑太郎がうまれてからは、ことに、それと感じられるのである。

原田精五郎は藩中足軽の中でも勤務におこたりなく、温厚な人柄だし、佐之助をひどい目にあわすというわけではない。

つとめを終えて長屋へ帰って来ても、ときたま一合の晩酌をたのしむだけで、めったに大声もあげないのだが、

(どうも、変じゃ)
十二、三歳のころになると、少年期の敏感さで、佐之助は首をかしげざるをえなかった。

先《ま》ず、弟と話すときに、父親の顔色が輝くような笑いにみちみちていることを、佐之助は知った。

自分と向い合うときの父親には微笑の一片すら浮かんだことがない。

母親は母親で、妙に父親に気をつかいながら、それこそ佐之助をなめまわすように可《か》愛《わい》がるのである。

（どうも、わしゃ、御用人さまの落し子らしいナ）

うわさも消えぬし、町を歩いていると、近くの足軽の女房どもが、佐之助を見ては、こそこそとささやきあい、くすくすと笑いあったり、そうかと思うと、いたましげな視線を投げてよこしたり……。

「わしゃ、ほんとに父さんの子なら？」

佐之助が、思いきって母に訊《き》いた。

「何を言うぞな」

母親は、まっ青になり、むきになって、

「つまらんうわさを本当にするものじゃないぞな」

あたふたと、必死の体《てい》で叱りつけてきたその顔を、佐之助は成人してからも忘れなかった。

二

当時は封建の世であるから、子供たちも、それぞれの遊び仲間というものがきまっていて、足軽の子が上の身分の侍の子と遊ぶわけには行かない。

したがって遊び場所も、おのずときまっているわけなのだが、佐之助は平気で、一番町二番町あたりの上級藩士の屋敷がならぶあたりへ大手をふって出かけて行き、そのあたりの子息たちに喧嘩《けんか》を売るようになった。

撲《なぐ》りつけられ、血だらけになって帰って来ることもあったが、佐之助は決して喧嘩をしたなどとは両親に言わない。

撲られれば撲り返すまで執念ぶかく、相手をつけまわすのである。

一度、寄合《よりあい》組頭・坂井伝十郎の子息で忠之助という少年を城の外濠《そとぼり》の中へ投げこみ、大騒ぎになったことがある。

このときは、原田精五郎同道の上、町奉行所へ佐之助も呼びつけられ取調べをうけたものだ。

普通なら、これは大問題であり、原田家へも、きびしい罰が加えられる筈《はず》であったが、何となくうやむやになってしまった。

そこで、またうわさがひろまるのである。

「御用人さまの落し子だけあって、坂井さまも泣き寝入りぞな」

というわけだ。

佐之助は、もう、ふてくされて、あばれ放題となった。

父親がたまりかねて撲りつけると、

「何をするんじゃ。父親づらをして変なまねすると、只《ただ》じゃおかンぞ」

「こいつは、こいつは……」

精五郎が、むしゃぶりつき、

「言わせておけば、おのれ、おのれ……」

なおも撲りつけたりしようものなら、

「本当なら、わしの頭に手をあげられぬ筈じゃ」

反対に喰《く》ってかかり、父親を突き飛ばして寄せつけない。力のすごさは少年のものと思われなかった。

十六の夏になると、佐之助は家にある小金をひき出し、城下からも近い道後《どうご》の湯にある松ケ枝町《まつがえちょう》の遊廓《ゆうかく》に出かけるようになった。

この遊廓は、いまも旧態をしのばせて残っている。道後温泉街の入口に近く、むかしは遍路宿が軒をならべていたあたりを右に切れこんだ細い道の両側にびっしりとたち並んでいて、往時の繁盛をしのばせている。

さて、こうなると、佐之助を放っておくわけにも行かない。

どういう手つづきをとったものか、十七歳の少年にすぎぬ佐之助が、藩の中間《ちゆうげん》にとりたてられ、同時に、

「江戸詰めを命ず」

ということになった。

中間は、もとより武家の奉公人のうち、もっとも下級の者であるし、下士卒の足軽からくらべて、ぐっと差がつく。それでも渡り中間と違い藩直属の中間であれば、ときには役目にもつくし、奉公する藩によっては、それ相応の待遇もあたえられた。

「フン。こんな小《ち》っぽけなところにいるより、わしゃ江戸へ行ったほうが、ええわい」

父親から先ずこのことを聞いたとき、佐之助は吐き捨てるように言った。

安政《あんせい》三年三月、十七歳の原田佐之助は、公用で江戸に向う家老・菅五郎左衛門《かんごろうざえもん》一行に加わり、江戸へ向った。

松山藩の江戸屋敷はいくつもあったが、佐之助が入ったのは、三田《みた》一丁目の中屋敷である。

殿様が在府のときに居住する上屋敷は、すぐ近くの愛宕下《あたごした》にあった。

江戸屋敷で奉公するようになってからの佐之助について、松山が生んだ俳人・内藤鳴雪《ないとうめいせつ》が、大正七年三月発行の〔伊予史談〕に、次のような談話をのせている。

私（内藤翁）が、三田藩邸にいた九つか十のころとおもう。そのころ、私の親は藩の

目附《めつけ》役をつとめておって、この目附が当番のときに公用の使い走りをするため〔小使〕と称するものが、一名ずつ、目附の家につとめているわけだ。この〔小使〕は中間のうち心もきき、読み書きもいくらか出来た者がつとめることになっていて……（中略）小使は手のあいたときには、目附の家来や家族たちと話をしたり、子供たちを遊ばしてくれたりする。この小使の中に、十五、六歳と思われる少年の中間がいて、これが原田であったのです。

原田は、なかなかに怜悧《れいり》な男で、かつ容貌万端、私の子供ごころにも美男子であったな、とおぼえている。その上に愛嬌《あいきよう》もあり、気もきくし、なかなかよく働きもするしで、私宅の家族も目をかけて可愛がっていたものです。

私も、原田が父の当番の日に来てくれることをのぞみ「佐之助、佐之助――」といって、ことさらに面白く遊ばしてもらったものだ。中間でも、この〔小使〕役をつとめるときは二刀を腰におびることをゆるされ、公用の書面をもって諸方に往復したものです。

ある時のことだが、私の住いしている役宅（屋敷内の長屋）より少し離れた〔お中間部屋〕で何か騒がしい物音がしたもので、私は外に遊んでいたのだが、さわぎが次第にやかましく、人々の口々に叫ぶ声もしたので、ふっと〔お中間部屋〕をのぞいてみたものです……。

松山藩の中間部屋は、大きくて広い二階建ての長屋が二つあって、一棟には藩直属の中間が居住しており、別の一棟には〔江戸抱え〕といって、いわゆる渡り中間が起居していた。同じ中間でも、この二組に区別があるのは当然であって、一方は、松山出身のものばかりだし、心がけによっては足軽にも若党にも身を立てることが出来ようというわけだ。そこへ行くと渡り中間は、江戸の口入屋《くちいれや》から雇い入れたものばかりで、世馴《よな》れているかわりには、すれっからしも多く、飲む打つ買うの三拍子そろった手におえぬものがいくらもいた。

松山藩では、藩の中間には、紺筒袖の上着に、膝までの短い袴《はかま》のようなものをつけさせていたというが、渡り中間には赤く染めた法被《はっぴ》を着せ、ために渡り中間は〔赤蜻蛉《あかとんぼ》〕とよばれた。

まだ子供だった内藤翁がのぞいてみたとき、佐之助は下帯一つの裸体にされて後ろ手に縛りつけられ土間にころがされ、血だらけになって倒れていたのだ。

これを取巻いて十数人の古手の中間たちが手に手に棍棒《こんぼう》をもち、かわるがわる佐之助を撲りつけ、そのうちに桶《おけ》にくみこんだ水をざぶざぶとあびせかける。

気をうしなっていた佐之助が息をふきかえすと、またも棒をふるって撲る。また気絶をする。また水をかけるというわけで、戦前の日本海軍における〔制裁〕と称するものに、やり方がよく似ている。

とにかく、口にサルグツワをはめられている佐之助は、叫ぶことも泣くことも出来ない。

おどろいた内藤翁は家へ飛んで帰り、

「佐之助がひどい目にあっていますから助けてやって下さい」

と、母堂にたのまれたそうだ。

内藤家でも、かねがね可愛がっていた佐之助のことだから、藩の〔内用方〕の侍にたのみ、いろいろ聞いてみてもらったところ、

「あれは、中間部屋の掟《おきて》にしたがって制裁を加えたもので、何、大したことではありませぬ。そもそも、佐之助めが若年に似合わず、目上のものに対し傲慢《ごうまん》すぎるようでしてな。万事にさからう様《よう》があって、前々からみなに憎まれていたらしいのです。ことに、あのときは、昼間から酒に酔って御屋敷へ帰って来たというのでして、だいぶ挙動が荒々しく、中間部屋の目上の者がこれをたしなめたところ、かえって喰ってかかりましたそうな。その結果、ああいうことになったので、何、別に大したことではありませぬ」

内用方のものは、そう言って内藤家に報告をしたが、

「あの佐之助が、そのようなことを……」

内藤家の女たちは、非常におどろいた。

佐之助が、内藤家のような、上級藩士の家に出入りするとき、別人のような愛嬌と気ばたらきを見せたのには、理由があった。

上司にみとめられ、何としても身を立てて一人前の侍になってやろうと思いつめてい

たからだ。

そしてまた、時代の様相は、佐之助の野望を可能ならしめるものをふくんでいたのである。

三

数年前の嘉永《かえい》六年に、アメリカ艦隊が浦賀《うらが》に入港し、通商と開港の実施を幕府にせまった。

このときから、二百六十余年もの間、日本の政権をにぎり、天下に号令しつづけてきた徳川《とくがわ》幕府の土台がゆるぎ出した。

もはや〔鎖国〕の夢を見ているわけには行かない。

アメリカのみか、ロシアもイギリスも、この東洋の小さな、美しい島国へ食指をのばしてきつつあった。

しかもそれは、恐るべき科学文明と財力を背景にした、傲然《ごうぜん》たる武力による威嚇をともなっていたのだ。

日本の海へあらわれた外国軍船を一目見ただけで、もう幕府は肝をつぶしてしまった。

すでに、幕府政治も飽和の極点に達していたところだし、何をするにも泥縄式な政策で尻ぬぐいをするのが精一杯というところで、

「これ以上、幕府に政権をゆだねておくわけには行かぬ」

「天皇を中心とした政権をつくり、合せて外国勢力を追い払わねばならぬ」

幕府のおとろえ方を見てとった水戸、薩摩《さつま》、長州《ちょうしゅう》などの雄藩が、いっせいに起《た》ち上り、幕府を糾弾しはじめる。

これら諸大名を押えつける力も、幕府には残っていない。

同時に、諸国にひろまりつつあった尊王思想が激しい運動に変って幕政の乱脈にせまった。

どこにもみちあふれていた浪人たちもこれに呼応し、あるいは愛国の情に駆られ、またはこの機会に立身の糸口をつかもうとして、

「幕府を倒せ、外敵をしりぞけよ!!」

と、いわゆる〔尊王攘夷《じょうい》〕の叫びを諸方にあげはじめる。

徳川幕府が最後の権力をふるい、これらの革命派を弾圧したのが、あの安政の大獄であったが、そのため、時の大老、井伊《いい》直弼《なおすけ》が水戸の浪士たちに暗殺されたのは、万延《まんえん》元年三月三日である。

そのころになると、原田佐之助は、すでに松山藩を脱藩してしまっている。

彼もまた時代の風雲に乗じ、一旗あげようという野心に燃えていたわけだが、それはさておき、松山藩にしても、今までのようなやり方では行きづまってくる財政の打開もできないし、幕府から命ぜられる課役をつとめることもむずかしい。

もともと松山藩・松平《まつだいら》家十五万石は、譜代の大名であるし、原田佐之助が三田藩邸の中間部屋で半死半生のおもいをしたころ、松山藩は幕府の命によって、江戸湾警備の任務をあたえられたものだ。

夷狄《いてき》にそなえるための品川《しながわ》砲台も、松山藩がつくったのだし、そのために必要な資金のやりくりにも、藩は大いに頭をなやませた。

同時に、急激に増加した種々の役目をおこなうための人材が、たちまち不足になった。

これは、当時の、どの藩でも同じことで、今までのように、禄高《ろくだか》だの家柄だのと言ってはいられない。才能があるものなら、どんどん下から抜擢《ばつてき》しなくては間に合うものではないのだ。

こういう気運になり、また事実、名もない軽輩から藩庁の重要な役目についた者も、かなりあったのだ。

「よし!! おれもやるぞ」

佐之助は、彼なりに努力もした。

学問の方にはまったく自信がないから、ひそかに稽古をしている剣術と、天性そなわった気転の応用で、すでにのべたように、

「あやつは役に立つ男じゃ」

上司の人々からは、みとめられつつあったらしい。

ところが、足軽とか中間のような身分の低いものに向い合うと、佐之助は、とたんに

傲慢な態度を見せた。

（おれは、うまれがちがう。本来なれば、御側御用人の家にうまれていたところなんだぞ）

と、まさか口に出しては言えぬが、そう信じきっているから、しぜんに言動があやしいものとなるわけであった。

「あれをせい、これをせい」

と、年輩の足軽などが用を言いつけても、

「ふン」

せせら笑って相手にもしない。そして同じ中間同士なら、いくら先輩であろうと年かさであろうと、

「わしに用事を言いつけるなンて、お前さん方、頭がどうかしてやしないか」

十七や八の若僧が肩をそびやかして、うそぶくのである。

中間たちから見れば、どうかしているのは佐之助だということになる。

「佐之の奴《やつ》め、気がふれているのじゃねえか」

御用人の落し子などというわさは、江戸では通用しない。松山は松山、江戸は江戸である。殿様は参覲《さんきん》で領国と江戸を行ったり来たりするが、家来たちの役目は二つに分れているのだ。

それでも佐之助は、

(今に見ていろ。おれは、皆々さまに可愛がられているし、御用人さまの息がかかっている。きっと出世できるンだ。それが証拠に、松山で、あれだけあばれまわったのに、何のおとがめもなかったじゃないか)

うそぶいていた。

中間部屋で制裁をうけたのも、佐之助のこうした言動がもとになって、中間たちの怒りが爆発したにすぎない。

間もなく、佐之助は、ふたたび松山へ送り返されることになった。

「ごろんぼの佐之助が帰って来たぞな」

「精五郎さんも、また気がもめることだろう」

「きっと、また何か仕出かすぞ」

唐人町の足軽長屋では、佐之助を迎えてやかましかったが、今度は、佐之助のほうで相手にもしない。

二年間の江戸暮しは、さすがに佐之助の美男ぶりを垢《あか》ぬけさせていた。

江戸の中間長屋にいたころ、女も酒も博打《ばくち》打ちも、ひと通り卒業している佐之助だから、

「ふン、田舎《いなか》ものめ」

胸を張り、ふところ手をして悠々と町を歩いて行く姿は、とても二十《はたち》前の男に見えなかったという。

そして、佐之助は、自分ひとりの才覚でもって、馬廻役《うままわりやく》・長沼蔵人《ながぬまくらんど》の屋敷へ足軽奉公に出たものである。

以来、佐之助は懸命にはたらき、一年後には若党にとりたてられ、主人の長沼が公用で江戸へおもむいたときには、その供をしている。

二年目に、佐之助は恋をした。

相手は、主人の次女であって、名を正子《まさこ》という。

十七歳の美女である。

だが、この美女は佐之助をきらった。

そのころの身分関係からいえば当然なのだが、佐之助は大いに怒り、

（本来ならば、そっちから縁組をたのみに来るべき家に、おれはうまれていたのだぞ）

一度、強引に正子の寝所へ忍びこもうとしたことがある。

見つけられたばかりではなく、長沼家を追い出された。

追い出されただけですんだのも、ふしぎである。

（やはり、おれには御用人様の息がかかっているンだ）

と、またも佐之助の信念は強固になるばかりであった。

ひまにまかせて、佐之助は鉄砲組・足軽の倉庫から大太鼓をもち出し、これを肩から革帯をもってつるし、上半身は裸体という格好で、しかも手ぬぐいで頰かぶりをし、城下町を、

「それっ」

気合いをかけながら、ドンドコドンドコ太鼓を打ち鳴らして歩くのである。

原田精五郎夫婦も困りはてた。

しかも道行く藩士たちは眉をひそめ舌うちをして、佐之助の狂気じみたありさまをながめはしても、一片の注意すらあたえないのだ。

佐之助の〔ごろんぼぶり〕には、何か異常な気魄《きはく》がみなぎっていて、

「あのような下郎を相手に喧嘩をしても、つまらぬわい」

と言いわけはするが、内心、佐之助の乱暴が怖いのだ。

そのころの侍なぞというものの大半は、もう事なかれ主義が身にしみついてしまっている。

しかし、たまりかねて、一人出て来た。

安政六年の夏もすぎようという或《あ》る日のことだ。

太鼓を鳴らしつつ、鮒屋町《ふなやまち》の通りを歩いている佐之助の向うからやって来た中年の藩士が、

「下郎つまらぬまねをするな」

いきなり叱りつけてきた。

興奮で、その藩士の顔がまっ赤になっているのを、ちらと見やって、佐之助が冷然と、

「私は、下郎ではない。侍だ」

と、やり返した。

「ふうむ……」

一呼吸あってから、その藩士が、押しころしたような声になり、

「侍なら、腹が切れるか、どうじゃ切れまい」

つまらぬことを言ったものだが、この言葉を聞いたとたんに佐之助の顔に、かあーっと血がのぼった。

「おどろくな!!」

佐之助は太鼓を放り出し、脇差《わきざし》を引きぬくと、

「おれア立派な侍だ、腹が切れンでどうする、どうする、どうする!!」

わめくや否や、ぬいた脇差を逆手《さかて》に、ぷすりと、むき出しの腹へ突きたてたものだ。

ぴゅーっ……と血がはしった。

今度は、藩士が蒼白《そうはく》となり、がくがくふるえ出したかと思うと、物も言わずに逃げた。

四

「馬鹿なことをしたものさ。おれにはどうも狂気の血がまじっているらしいぜ」

原田佐之助は、道場の床《ゆか》に薄べりをしき、下帯ひとつで寝そべりながら、となりに、これも寝ころんでいる永倉新八《ながくらしんぱち》に言った。

稽古をすでに終り、夕暮れ近い風が、窓からそよそよ吹きこんできはじめ、小さな庭で、しきりに茅蜩《ひぐらし》が鳴いている。

「だがなあ、永倉氏。その、おれの惚《ほ》れた正子という女は、ふるいつきてえほど、いい女だったよ」

佐之助は、腹に残った傷口を撫《な》でながら、そんなことをつぶやいた。

あれから、まる三年もたっていた。

腹切り事件があって、傷が癒《なお》ると佐之助は奉行所の取調べがやって来る前に、まだ痛む腹を押えて、松山城下からぬけ出し、江戸へやって来た。

一応は脱藩ということだから、罪は重いのだが、もう藩庁は〔ごろんぼ〕の佐之助なぞを追っかけているひまはない。それでなくとも人手が足りず、金がたりないのが幕末の大名である。

「あんた剣術は、何流で、どこでおぼえたんだ?」

これも松前《まつまえ》藩・江戸屋敷から逃げ出して来た永倉新八が訊いたとき、佐之助は、

「原田流よ」

にやりとして、

「おれはね、永倉氏。もう十何人も斬っているよ」

「ふうむ……」

嘘《うそ》ではないと、永倉は思った。

永倉は、神道無念流《しんとうむねん》・岡田十松《おかだじゅうまつ》門下で免許をもらったほどの腕前である。

その永倉が佐之助と稽古をしてみて、そう思うのだから、この三年間に、佐之助の剣術というものが実際的な修錬をかなりつんできていたことはたしかなのであろう。

いま、二人が居候をきめこんでいる道場は、小石川《こいしかわ》・柳町《やなぎちょう》にある近藤勇のものであった。

近藤は、武州多摩《ぶしゅうたま》の農家にうまれ、天然理心《てんねんりしん》流の近藤周助《しゅうすけ》に見こまれて養子となり、道場をついだ男だけに、野性的な好漢である。

道場は小さいが近藤をしたって集まった土方歳三《ひじかたとしぞう》、井上源三郎《いのうえげんざぶろう》、沖田総司《おきたそうじ》、山南敬助《やまなみけいすけ》など、剣をもって世に出《い》で、乱世に身を立てようという連中が、いつも、ごろごろしている。

みんな剣術が飯より好きな連中だし、毎日の稽古は火を噴くような激烈なものであった。

この道場へころがりこむまでの原田佐之助が何をしていたか、それは不明であるが、永倉新八と酒をくみかわしているときに、一度だけ、

「そりゃねえ、いろいろなことをやったさ、まあ、岡場所の用心棒なんていうのは、まだしもいい方だった。だいぶ、悪いこともしたよ」

首をすくめて見せたことがある。

佐之助の風貌もだいぶ変っていた。

体つきも、堅肥《かたぶと》りながら、でっぷりとした感じになっていた。色白の肌も浅黒くなり、眼光もするどく、よく言えば美男ぶりがたくましくなったとも言えるし、悪く言えばおそろしくなったとも言える。

それでいて、笑うと右頬にふかく笑くぼが出て、人なつこい感じであった。言葉つきも、松山なまりがほとんどなくなり、伝法《でんぽう》な、ときには柄のよくないものに変ってしまっている。

佐之助、ときに二十三歳であった。

仲のよい永倉は一つ上の二十四だ。しかし、どちらかと言えば童顔の上に育ちがよく、おっとりとした性格の永倉新八よりも、佐之助は三つ四つ上に見られたものだ。

近藤勇の道場〔試衛館《しえいかん》〕にあつまる連中が、幕府の浪士隊募集に応じ、近藤と共に京都へのぼったのは、文久《ぶんきゅう》三年二月である。

この浪士隊が〔新選組〕となり、京都守護職たる会津《あいづ》侯の庇護《ひご》のもとに、勤王志士たちと血なまぐさい争闘をくり返したことを、ここに、くだくだしくのべるまでもあるまい。

京へ来てからも、佐之助と永倉新八は仲がよかった。

はじめ、浪士隊が二つに割れ、近藤派と、もう一人の隊長・芹沢鴨《せりざわかも》（水戸出身）一派があらそい、ついに芹沢が近藤派に暗殺されて、ここに新選組が誕生し、近藤勇の独裁となったわけだが……。

この粛清事件に、永倉新八も巻きこまれそうになった。

つまり、永倉は芹沢鴨から大いに可愛がられていたので、

「気の毒だが、永倉君にも死んでもらおう」

副長の土方歳三が、しきりに言うのを、

「まあ、私におまかせなさい。きっと引きうける」

原田佐之助が請け合い、永倉は難をのがれた。

近藤も土方も、佐之助には一目おいていた。

秘密な用件でも、近藤は佐之助に必ずうちあけたものだ。

芹沢を暗殺したときも佐之助は加わっていたし、あの有名な池田屋斬り込みの際に、三十人もの勤王志士たちが集まっているところへ、十名かそこらで斬り込まねばならなくなったとき、

「まあ、原田君と永倉君がいれば大丈夫というものだ」

と、近藤勇は隊士の大半を土方にあたえ、別口の四国屋に集合する勤王志士を襲撃させたほどであった。

四国屋には、集合がなく、すぐに土方は池田屋へ引返して来たが、それまでの四半刻《しはんとき》(三十分)ほどの間、三十対十の斬り合いのすさまじさは言語に絶するものがあった。

「あのときは、もう駄目かと思ったたねえ」

後になって、佐之助は、ぼろぼろに刃こぼれした愛刀をながめ、

「どうも、おりゃ、なかなかに死なねえ生まれつきらしい」

ふっと言った。

「ふふん。腹を切っても死なぬ男だものな」

永倉がからかうと、

「その通りだ」

佐之助は笑いもせず、まじめくさっていた。

池田屋における勤王志士たちの謀議というのは——強風の日をえらんで天皇おわす御所へ火をかけ、混乱に乗じて、幕府に味方をする大名や公卿《くぎよう》たちを殺し、同時に、天皇を御所からおつれ申し、これを長州へうつしまいらせようという大変な計画であった。

それだけに、彼らを一網打尽にした新選組の功績は幕府からも大きくみとめられ、月々の給料もゆたかになった。いや、ゆたかすぎるほどになった。

ことに、副長助勤といって幹部級にある佐之助や永倉などは、月に十五両以上の手当が出た。

そのころの町人たちの暮しの一年分にあたる金が毎月もらえたのである。

そのかわり、いつ勤王方に斬られるか知れたものではない毎日なのだから、緊張の連続でもあるし、この緊張をほぐすためには、どうしても酒と女よりほかにないということになる。

何しろ、口では〔勤王〕をとなえながら、御所に火をつけ、天皇をさらってしまおうというのが勤王志士たちのやり方である。

「当然ではないか。天皇を幕府の手からお救い申すのだ」

と、彼らは言うのだが、革命のための理屈は、いくらでもつく。

だからこそ、革命が内蔵するエネルギイは激しくて強烈なものとなるのだ。

こういう相手と毎日のように斬り合いをするのが新選組の役目だ。

「勤王浪人どもをやっつけた後には、我々も、かならず公儀の御取立にあずかることができる」

という立身出世への希望もあったわけだが、それを忘れるほど夢中の毎日でもあった。

新選組の幹部たちは〔休息所〕と称して、妾宅《しょうたく》をもうけ、非番のときは息ぬきをしてくるのだが、佐之助は酒にひたっても、女には、あまり興味がなかったようで、

「おい、いい男。島原《しまばら》では原田先生を連れて来てくれと、女どもが大変だぞ」

永倉が、よく冷やかしたが、

「ふうん……」

気のなさそうな返事ばかりで、壬生《みぶ》にある新選組屯所から目と鼻の先の島原遊廓へも、あまり出かけようとはしない佐之助であった。

五

原田佐之助は、ひまさえあれば、屯所内にもうけられた道場へ出て来て、

「片っぱしから、かかって来い!!」

隊士たちを相手に、いくらでも稽古をやった。

その上、宝蔵院《ほうぞういん》流の槍《やり》をよくつかう谷三十郎《たにさんじゅうろう》という隊士に、

「おれア、あんたに弟子入りをするぜ」

たゆむことなく、谷から槍術《そうじゅつ》をならって、

「もう、立派なものですよ、原田さん」

半年もたたぬうちに、谷のほうが音《ね》をあげるほどの上達をしめした。

そのころの京の町は、勤王、佐幕入りみだれての暗殺流行で、

「新選組の近藤を斬れ」

と、長州藩がさしむけた刺客が、ひそかに、隊士募集に応じて入りこんできたこともあるし、

「一人歩きを禁ずる」

近藤局長の命令も出ていた。

ともかく、幕府を奉じ、ひたむきに勤王志士たちと闘うものは、会津藩と新選組だけ

といってもよい。

こういうわけで佐之助は、新選組が演じた乱闘事件にかならず参加しているし、そのはたらきぶりも、図ぬけていた。

佐之助の剣術は、正規の修行を経てから実戦へ移ったのではない。

江戸での無頼暮しの中で何人も斬ったのちに、近藤の道場へころがりこみ、これも実戦的な猛稽古によって鍛えられたものである。

「おれは、もう何といっても、出来るものは剣術一つきりしかねえのだよ、永倉君。だから、おれは、これ一筋にみがきをかけるつもりだ。ぶじに生き残り、世の中がおさまれば、おれも徳川の侍だ。人にア、負けねえつもりさ」

永倉新八も剣術は飯より好きだが、佐之助の飽くることなき貪欲さには何度も目をみはったものである。

ひまさえあれば、道場へ出て行く。

原田に用があるときは、先ず道場を見ろ、と言われた。

稽古相手がないときは、一人きりで居合をつかう。

これは、まことに見事なもので「真剣が原田の両腕にみえる」と、近藤勇がもらしたほどだ。

鞘走《さやばし》って空間を切り裂き、たちまちに鞘へ吸いこまれる閃光《せんこう》は、道場の床を右に左に飛ぶ佐之助の体軀《たいく》の奔放自在なうごきと相俟《あいま》って、見るものに息をのませた。

「おれはねえ、どうも女はいかん」

と、佐之助が永倉に言ったことがある。

「どうして？　江戸にいたころは、よく遊んだじゃないか」

「あのころは、まだ、よかった」

「………？」

「このごろは、いけねえ」

「何が？」

「ふふン……」

くすりと苦笑をもらし、佐之助は声をひそめ、

「他人には言えねえが……新八さんならいいだろう。おれア、このごろ、とんといけねえのだ。肝心の一物《いちもつ》が、いざというときの役にたたねえのだよ」

「まさか――」

「本当だ」

佐之助は眼《め》をむいて見せ、

「女遊びをしに出かけて、ものの役にたたねえなぞというのは……ばかばかしくて話にもならん。だから、ついつい御無沙汰しているんだ」

「どうしてだ？」

「わからん。あわれや、その気が起らねえのだ」

「まさか——まだ二十六じゃないか」

「老ける年でもねえのだがね」

「は、は、は……貴公、どうかしているのだ。しっかりしろよ、おい——そうして、早く休息所をこしらえるんだな」

永倉は冗談にしてしまったようだが、これは事実であった。

佐之助の筋肉は、剣ひとすじに、こりかたまっている。

佐之助の神経という神経は、剣ひとすじに磨《と》ぎすまされている。

武術に対して、異常なほどの執着を見せる佐之助の肉体機能は、性欲にはたらきかけるそれとは別のところで活動をしていたものらしい。

むかし、塚原卜伝《つかはらぼくでん》などという剣術の名人は、生涯、女色を絶って修行にはげんだという。

(卜伝という人は、絶ったのじゃアなくて、気が向かなかったのじゃアねえか……!?)

ふっと、佐之助は思ったことがある。

なるほど、現代でも、たくましいスポーツのチャンピオンかならずしも性欲が旺盛でないことは、よく知られているところのものだ。

ことに、佐之助は一剣をもって身を立てようと決意し、そのためには人一倍のはたらきもしたいという意欲が異常に激しい。

はたらきといっても算盤《そろばん》をはじいているのではない。

勤王志士たちを京の町から絶滅しようとする役目についている新選組の一員として、はたらくわけだ。

命がけである。

闘争に対して絶えず緊張している佐之助の交感神経は、生身の女のからだを抱こうという感覚に反撥《はんぱつ》していたのかもしれぬ。

ところが、佐之助の身に変事が起った。

慶応《けいおう》元年の夏の或る夜のことである。

このころ、幕府は、長州藩征討の軍をおこそうとしていて、物情騒然たるものがあった。

新選組の威勢が、その頂点に達していたときである。

その日の夕暮れに、原田佐之助は、ぶらりと一人きりで、屯所を出た。

非番でもあったし、何かうまいもので酒が飲みたくなったので、佐之助は、永倉ともよく行ったことがある〔いけ亀〕という料理屋へ出かけて行った。

〔いけ亀〕は、四条と五条の橋の間にある松原橋《まつばらばし》の手前にあって、川魚料理が自慢の店である。

鮎《あゆ》で酒をのみ、飯をたべてから、佐之助は帰路についた。

高瀬川《たかせがわ》べりをぶらぶらと下り、五条通りを、しばらく行ってから北へまがった。

月もなく、どんよりとした蒸し暑い夜であった。

左手に因幡《いなば》薬師の土塀があって、佐之助は、この土塀に沿ってまがるつもりだ。

あたりには寺院が多く、宵の口なのに人通りも絶えている。

行手《ゆくて》に四条通りの灯が、ちらちらと見えもするが、闇は濃かった。

（ふふン。今に見ていろ、松山のやつらめ、原田佐之助、立派な旗本にもなって見せてやるからな）

にやりにやりと、そんなことを思いながら土塀をまがったとたんに、

「む!!」

曲り角に待ちかまえていた白刃が佐之助の面上へ打ちおろされた。

六

ぱっ……と、佐之助は敵のふところへ飛びこんでいた。

敵の刃をかわすのではなく、反対に飛びついたのである。

女も抱きたくないまでに磨ぎすましてきた反射神経の見事な反応であったといえよう。

がつん、と、敵の振りおろした刀の鍔《つば》が、佐之助の左肩に当った。

痛みを感じる場合でもなかった。

するりと、佐之助は両手を敵の胴にまわしながら、うしろへ擦りぬけた。

「おのれ!!」

向き直って斬りこもうとする敵に、

「くそ!!」

必殺の一刀が佐之助の鞘から走り出た。

「ぎゃっ……」

棒を倒したように、ひどい音をたてて、敵が転倒した。

「狗《いぬ》め!!」

「覚悟!!」

敵は、まだいた。

細い道の三方から、敵は突風のように佐之助を目がけ、殺到して来た。

前にも、二度ばかり、佐之助は一人歩きをして刺客に襲われたことがある。

「自重してくれ給《たま》え、原田君。一人歩きはいかん。隊士たちのためにならんではないか」

副長の土方歳三が苦虫を嚙《か》みつぶしたような顔つきで、何度も叱った。

新選組を、勤王派は蛇蝎《だかつ》のように憎んでいる。

佐之助のような腕ききをうしなっては困るので、近藤勇も、

「大丈夫なのはわかるが、鉄砲をうちかけられるということもあるぞ」

と、佐之助をいましめたことがある。

この夜も、原田佐之助は四人のうち、三人までを斬り倒したが、最後の一人が、ひど

く手ごわい。

さんざんに斬りむすんだあげく、呼吸をととのえるために飛びはなれた幅二間《けん》ほどの間合いを、一気に双方から詰め合い、

「たあっ!!」

「ええい!!」

同時に、刃をふるい合った。

佐之助の一刀は、敵の横面から喉にかけて、ざっくりと割りつけたが、敵が送りこんで来た一刀も、佐之助の左肩を斬っていた。

（やられた!!）

そう感じつつ、飛びぬけておいて、振りむきざまに刀をかまえて敵を見ると、

反り返った敵の手から刀が落ち、そのまま敵は、くたくた崩れるように地に伏し、うごかなくなった。

「う、う、むぅ……」

ほっとした。自分の傷口をさぐってみると、さして深くはないので、そのまま手ぬぐいを当てて歩き出したが、ばかに出血がひどい。

このとき、原田佐之助が飛びこんで傷の手当をした町家が、東洞院《ひがしのとういん》五条上ルところの古着屋・山崎屋文蔵宅であった。

佐之助は、この山崎屋で医者を呼んでもらい、手当をうけると、血だらけのかたびら

のかわりに山崎屋の古着を買って身にまとい、壬生の屯所へ帰って来た。

すぐに隊士たちが出動し、現場へ行ってみると、佐之助に斬り倒された筈の四人の刺客の死体は、どこかに消えてしまっていたという。

「仲間のものが運び去ったのだ。原田君、だから……」

と、土方歳三が言いかけると、

「言わぬこっちゃアないというわけですか。はい、はい、気をつけます」

佐之助も頭をかいて、永倉新八に、

「今度は、ちょいとおそろしかった。池田屋のときよりも怖かったよ」

ぺろりと舌を出して見せた。

それからは、佐之助もだいぶ気をつけるようになった。

翌々日、佐之助は屯所の下男に言いつけて、三条通り小橋にある〔浅田香菓軒《こうがけん》〕の蒸菓子の箱を取りよせ、これを抱えて、山崎屋へ礼に出かけた。

部下の隊士五名が附きそっている。

「大げさだな。みんな、少し離れたところで待っていろ」

佐之助は苦笑しつつ、山崎屋ののれんを肩で割って、中へ入って行った。

「ま……」

ちょうど、店先にいた女が、あわてて奥へ入り、主人の文蔵を呼んで来た。

この女の名を、その日、はじめて佐之助は耳にしたものだ。

女の名は、まさといった。

松山城下で佐之助の恋をはねつけた長沼家の娘、正子と同じ名である。

まさは、仏光寺《ぶっこうじ》上ルところの薬種問屋椿生堂《ちんしょうどう》の娘で、未亡人であった。

二年前に嫁いで八日目に、新婚の夫が急死をしたのだという。

椿生堂と山崎屋は親類でもあり、そのころ、山崎屋の女房が病臥《びょうが》していたところから、まさが家事を見るため、山崎屋に来ていたのである。

そうした事情は、もっと後になってわかったことなのだが、以来、原田佐之助はひまが出来ると、山崎屋を訪問した。

市中見廻りの途中でも、

「茶をのませていただけまいか」

いつも荒っぽい口のききようではなく、おっとりとすましこんで、山崎屋へ入って行ったものだ。

表に待っている隊士たちは、佐之助の気どりぶりを見て、くすくすと笑い合った。

「どうも、山崎屋の女に惚れこんだらしいですよ」

中村金吾《なかむらきんご》という隊士が、永倉新八に告げた。

「美人なのか、その女……」

「京の女は、みんな、きれいですよ」

「ふうん……原田がねえ……」

まさは、二十一であった。

京女にしては、肌が少し浅黒かった。

その肌にみなぎる健康な血のいろも、飾り人形のような京の女には無いものである。

化粧もろくにしていないのだが、

(いや……何とも言えぬ、いい女だ)

佐之助は、いっぺんに参ってしまったらしい。

まさ、という名が、佐之助の心をひいたのかどうか、それは知らない。のちに佐之助は、まさ女に二人の子をうませている。

おそらく、佐之助は、まさのすべてが一目見たときから気に入ったものであろう。気に入ったとたんに、あの夜、あわてもせずに甲斐甲斐《かいがい》しく傷の手当をしてくれた彼女の印象を、あらためて強く思いおこしたに違いない。

(あのときは、おれも夢中だったが……)

じいっと見つめる佐之助を見て、まさも、また血がさわいだ。

何しろ、島原の遊女たちが、原田先生に抱いてもらえるなら身銭を切ってもいいとさわいだほどの美男である。

無理もないところか――。

間もなく、佐之助とまさはむすばれ、本願寺筋釜屋町に世帯をもった。

〔休息所〕ではない。ちゃんと夫婦になったのである。

夫婦誓いの盃《さかずき》は、〔いけ亀〕でおこなわれた。

近藤、土方以下、新選組の幹部が列席して、佐之助夫婦を祝ってくれた。

「ふうむ……ああ見えて、原田君という男は、思いもかけぬ生一本なところがあったのだな」

皮肉屋の土方歳三が、しきりに首をかしげては、傍《かたわら》の永倉新八にささやいた。

「あの人は、思いつめた一つの事だけしか出来ない人ですよ。二つも三つもいろいろなことを同時にはやれぬらしい。見ていてごらんなさい。これからあまり道場へも出なくなりますよ」

「そりゃ困るな。原田が隊務をおろそかにしては……」

「は、はは……そう大げさに考えることもないでしょう」

翌慶応二年の秋に、早くも長男がうまれた。

この子に、佐之助は〔四郎兵衛〕と名をつけた。

これには、まさが反対をして、

「そないに、じじむさい名は厭《いや》どす」

しきりにせまるので、佐之助も、

「この名は、おれの本当の父親の名なんだが、いけねえかなあ」

しょげた顔つきになって「じゃア、やめようよ」と言った。

七

薩摩藩と長州藩が手をむすぶに至り、徳川幕府の崩壊は、雪崩《なだれ》のような速度を見せ、明治元年一月、鳥羽伏見《とばふしみ》の戦いに、幕軍は勤王軍に大敗を喫した。

つづいて、徳川征討大号令が発布され、錦の御旗《みはた》を押したてた官軍は、一挙に江戸城へせまる、ということになる。

鳥羽伏見の戦いには、むろん、新選組も幕軍の一部隊として参加をした。

出陣の前に、原田佐之助は釜屋の自宅へ駆けつけ、

「ゆっくりもしていられねえが、子供をたのむ。腹の中の子も、な……」

まさの手をにぎりしめ、

「腹の中の子を大事にしてくれ」

何度も、くり返した。

まさは、二度目の子をみごもっていたのである。

「あなた、生きて帰れますのやろな？」

「あたり前だ。おれも、もう無茶はしないよ。お前もいるし、子供もいるんだからな」

と、佐之助は笑って、

「何、軍勢をくらべても、こっちの方が多いんだ。勤王の奴らに負ける筈がねえ」

勝とうと思えば勝てた戦いであった。

しかし、天皇をいただき、錦の御旗をおしたててくる官軍を見ると、どうも幕軍は二の足をふみ、ことごとに機先を制せられてしまった。

何よりも時の将軍・徳川慶喜《よしのぶ》が、幕軍を放り出して、さっさと大坂から江戸へ逃げ帰ってしまったのでは、幕軍たるもの戦闘意欲をうしなうのが当然である。

この戦いでは、新選組も多数の死傷者を出した。

そして、敗走する幕軍と共に、新選組も、江戸へ逃げ帰るのである。

これから後の戊辰《ぼしん》戦争のいきさつは、誰も知るところのものだ。

新選組も、ばらばらになり、近藤勇は、甲州《こうしゅう》での戦いに敗北し、つづいて下総《しもうさ》・流山《ながれやま》へ逃げ、ここで官軍に捕えられて、首をはねられた。

原田佐之助は、その前に、近藤たちと別れ、仲よしの永倉新八と共に同志をあつめ、一度は、奥州《おうしゅう》にたてこもった会津軍と合流して、最後まで官軍と戦うつもりであった。

ところが、佐之助は、どうしたことか、上野の彰義《しょうぎ》隊に飛びこみ、あの上野の戦争で銃弾を受け、これがもとになって死亡したということになっている。

死亡したときの年齢は、二十九歳と、官軍の記録にも残った。

かくて、徳川幕府も、そして新選組も、怒濤《どとう》のような時代の変転の中に消えつくした。

長州・薩摩の藩勢力を中心として明治新政府が誕生し、日本は、いよいよ近代国家に生まれ変るための苦難の道へ、足を踏み出すわけである。

明治二十七、八年の日清戦争につづき、三十七、八年の日露戦争における日本の勝利は、後進国の日本を、にわかに世界の檜《ひのき》舞台へ押し出すことになった。

成長期の活力が、日本にみなぎっていた時代である。

汽車も走る、電灯もつく、洋食も食べられるという文明開化が、ようやく板についた時代である。

明治三十九年十二月六日の夜のことだ。

愛媛県・松山市となった旧城下町の〔伊予・農業銀行〕につとめる大原《おおはら》丑太郎の自宅を訪れた老紳士があった。

大原丑太郎が、佐之助の弟であることを、読者は思い出して下すったろうと思う。

佐之助の両親は、いずれも前後して、明治維新直後に病死したため、丑太郎は、

「原田の家は、兄が継ぐのじゃから——」という気になって、城下の質屋へ聟《むこ》養子に入った。そのときは佐之助死亡のことを知らなかったらしい。

ために、丑太郎は大原姓となったわけだ。

当時の丑太郎の家は、市中の南半里ほどのところ、温泉郡・石井《いしい》村にあって、丑太郎は、ここから自転車に六十三歳の老軀《ろうく》を元気に乗せて、毎日、銀行へ通っていた。

「ごめん……」

冷たい冬の雨が降りしきる玄関口に馬車がとまり、降りて来た老紳士が、家の土間へ

入って来たとき、丑太郎夫婦は夕飯の膳をかこんでいた。

「どなたで？」

丑太郎老人が声をかけると、

「わからんかのう」

老紳士が、にこにこと言う。うすい頭の毛も、あごにたくわえた立派なひげも、ほとんど白くなっているが、血色のよい、とても七十に近い老人とは思えぬつやつやした顔つきで、堂々たる体軀を背広とマントに包み、手には洋傘をさげていた。

「わからん筈じゃ、おぬしとは、もう五十年近くも会《お》うてはいなかったのだからなあ」

丑太郎老は、はっとなった。

「あんた、佐之助兄さんぞな？」

「おう、おうおう」

うれしげに、老紳士はうなずき、

「お前も、じじむさくなったのう」

と、顔をしかめて見せた。

兄弟が、その夜、どんな語らいをしたか想像にまかせよう。

「兄さんは、死んだと聞いたが……」

丑太郎が言うと、

「何、死んだことにしたのよ。生き残っていることが官軍に知れて見なされ、佐之助の首が、いくつあっても足りぬ、足りぬ。何しろ、わしは、もう勤王志士を何人斬ったか、おぼえがないほどじゃもの」

「もう大丈夫。政府は旧幕府の士を、すべてゆるされましたものなあ」

「うむ……」

「ところで、兄さんは、いま何処《どこ》におられますぞな？」

「当ててごらん」

「さあて……？」

「上野の戦争のどさくさまぎれに逃げたが、もう体を隠す場所もない。京都にある女房や子供に一目会ってからと思いはしたものの、京都へ戻るなぞということは、危険中の危険じゃった」

「フム、フム……」

「おりゃ、越後《えちご》へ逃げたよ」

「ほう……？」

「越後から満州《まんしゆう》へ逃げた」

「げえっ——」

さすがの丑太郎も目をまるくした。

「そ、そ、そうでしたか……」

「いま、馬賊をやっとってな」

「バ、バゾクを？」

「満州の馬賊の頭目じゃよ、おれは——」

「ははあ……」

「日清、日露の戦争には、おれもこれで日本軍のために、ひどく骨を折って、ひそかに働いたものだ。まあ、罪ほろぼしというわけかなあ。は、は、は……」

両親のことに佐之助は、ふれようともしない。

たまりかねて、丑太郎が口をきった。

「兄さんは、まだ、あの御用人様の落し子だと思うとられますかな？」

「あたり前ではないか」

「そりゃちがう」

「何!!」

「母が亡くなるとき、私に何も彼《か》も話してくれましたぞな」

佐之助の顔色が変ってきた。

「そりゃ、どんな話だ？」

「母と御用人さまは兄妹じゃったそうな——」

「兄妹とな……」

「御用人さまの父御の大弐《だいに》さまが小間使いに生ませた子が、御用人さまとわれらの母ですがな。そのうち、男の子がないため、兄の方は山田家の後をつぎ、立派な御用人となり、われらが祖母《ばあ》さまは、母を腹にみごもったまま、玉井権介どの、すなわち祖父《じい》さまの嫁御となったわけぞな」

「ふうむ……」

佐之助は、がっくりと肩を落し、茫然《ぼうぜん》と空間を見つめたまま、ひくひくと唇のあたりをうごかし、しきりに白いひげをしごいた。

丑太郎は微笑して、

「ごろんぼの佐之助には御用人さまも手をやかれたらしいが、何せ実の妹の子供、御自分には甥《おい》にあたる兄さんゆえ、いろいろとまあ、かげになって庇立《かばいだ》てをして下されたそうな……」

「むゥ……」

「それがのう、兄さん。明治の世となり、この松山も新政府のもとになったので、母も安心し、やっと私にも打ちあけてくれたというわけぞな」

しばらくは、低くうなりつづけていた佐之助が、ややあって、

「それにしても……それにしても、あの両親の子供にしちゃ、おりゃ少し美男すぎる。これは少々妙じゃないかね」

と言った。

丑太郎は、ぷっとふき出したが、

「そういうことも、世の中にはありましょうよ」

「そうかのう……」

「けれども、兄さん……」

「もし……」

と、佐之助は言った。

「もし、御用人さまの落し子でなければ、母は別の男と……」

「何を申されます」

「いや。おりゃ、あんな親父《おやじ》の子じゃない。おりゃ、もっと美男だよ。あんな両親の子であるわけがない。おふくろは、おやじと一緒になる前、ともかく別の男と……」

「しかし……」

「おやじは、おれに冷たかった。お前だけは猫可愛がりにしたものだが……」

そう言われて丑太郎も考えこんでしまった。

「ま……まあ、いい。いいさ」

佐之助は、いきなり快活な調子をとりもどして、

「おりゃ死ぬ前に一度、祖国の姿を見ておきたいと思い、やっと、ひまを見つけてやって来たのじゃ。そんなことよりも、もっと互いに話すこともあろうじゃないか、丑太郎」

「はあ」

「さ、一杯ごちそうしてくれんかい」

「はい、はい」

丑太郎の細君が、酒肴《しゅこう》の仕度にかかった。

二人の娘は、それぞれ、市中の商家へ嫁いでいるし、丑太郎夫婦には孫が六人もいた。

「それよりも、兄さん。京都の……」

「女房と子かい？」

「はあ」

「たずねて見たが、むろん駄目じゃった。どこへ行ったものか……京都も、江戸も変ったのう」

「会うてみたいでしょうなあ」

「いや、それも考えものよ。女房も……まさも、子供をつれてどこかへ再縁ということになっとるかも知れん。そこへ、このじじむさい馬賊の親分があらわれ出て見ねえ。とんだことになろうよ」

兄弟は夜を徹して歓談した。

丑太郎がふと思いついてそのころ松山の人々の口からも、

「坂本《さかもと》竜馬《りょうま》を暗殺したのは、ごろんぼの佐之助じゃそうな」

と、うわさされていることにつき、

「本当だったので？」と訊くと、

「ちがうよ」

「しかし、兄さんの刀の鞘が現場に落ちていたそうで……」

「馬鹿な」

佐之助は大笑して、

「この佐之助が差料《さしりょう》の鞘を落してくるものか。ふざけちゃアいけねえよ」

坂本竜馬は、勤王志士中の大立者である。

それだけに、彼を暗殺した数人の下手人について、論議は昭和の時代に入るまで、やかましく、くり返されたものだ。

「だが、兄さん。近藤勇は板橋《いたばし》で官軍の取調べをうけたとき、やはり兄さんが下手人だと白状したそうな——」

「白状じゃない。きっと近藤さんは、もうめんどうくさくなったから、いいようにしておけと思われたのじゃよ」

「なるほどなあ……うわさというものは、いろいろと違うものですなあ」

「うむ……おれも誰の落し子やら……」

と、まだ佐之助は〔落し子〕説を変えようとはせず、

「これで、おれも少し狂気の気味があってな。一つのことを思いつめると、もう我慢がならない。思ったことは良い悪いの判断がつかずに、かならずやってしまう。満州へ逃げようかな……と思いついたとたんに、おれはもう、すぐに越後の港から密航するがよいと決意がきまったものじゃ」

「ははあ」

「そうなったら他人のことなぞ、爪の垢ほども考えぬのじゃ」

「なるほど……」

「これが、ごろんぼというものかなあ」

翌朝も雨であった。

ゆっくりと朝飯をすましてから、

「今日は銀行を休みます」

と、丑太郎が言うと、

「そりゃいかん。おれも帰るよ」

「しかし、せっかく……道後の温泉にでもお供しますぞな」

「いいんだ、いいんだ。おりゃもう、これで満足。たった一人の肉親のお前と生きて会えて、ほんとによかったなあ。よかった、よかった」

大きな祝儀袋に金二千円也（現在の百万円ほどか）を入れたものを、

「お前の孫どもに何か買ってやってくれ」

と、丑太郎夫婦に渡し、原田佐之助は「送らんでもよいぞ」と、飄然《ひょうぜん》と雨の中へ出て行った。

柄の長い洋傘をさし、黒皮の鞄《かばん》をさげ、松山の駅に向う佐之助を、市中の人々の何人かは見かけたが、わかろう筈もなかった。

その後の原田佐之助は、行方不明である。このときの佐之助訪問を、後に、大原丑太郎は、まさ女の遠縁にあたる渡部《わたべ》某《なにがし》と会ったとき、渡部へ語って聞かせたという。

豪剣ありき

宇能鴻一郎

宇能鴻一郎《うのこういちろう》（一九三四〜）

昭和九年、北海道札幌市に生まれる。父親の転勤に伴い、少年時代は満州で暮らした。昭和三十年、東京大学に入学。大学院博士課程に進んだ昭和三十六年、「文學界」に「光りの飢え」が掲載されてデビュー。さらに続けて掲載された「鯨神」で同年、第四十六回芥川賞を受賞。大江健三郎や倉橋由美子と並んで〝遅れてきた学生作家〟と呼ばれた。その後、性の世界に踏み込み『痺楽』『逸楽』『魔楽』三部作なども発表するが、しだいにエンタテインメント色を強め、官能小説の第一人者となった。

「豪剣ありき」は「別冊小説新潮」（昭47・4）掲載、『斬殺集団』（新潮社　昭50刊）に収録された。

松平忠敏《まつだいらただとし》が、あの無茶苦茶な男と会ったのは、鹿島《かしま》神宮の境内においてである。

忠敏は肩衣《かたぎぬ》を着《ちゃく》し、神官に導かれ、従者をしたがえ、つつがなく参拝をすませたところであった。

静々と客殿にもどり、出された茶菓に手をのばしたとき、とつぜん、

ドーン、ドンドンドンドン

老杉《ろうさん》をゆるがす大太鼓の連打が、とどろきはじめたのである。

障子も天井もピリピリ震える。神鹿《しんろく》はおそれて、泉水に飛びこむ。

「申しあげます」

と、若い神職が駆けてきて、白砂に浄衣《じょうえ》の膝をついた。

「水戸天狗党《てんぐとう》のお武家が、乱暴をなさっておられます。は、拝殿の太鼓の、大きすぎるのが目ざわりだと申されて、鉄扇で……」

「鉄扇で叩《たた》いておるのか」

と老神職がつぶやいた。

「それにしては大きな音。よっぽどの大力と見える」

ふと、忠敏は興味をおこした。男が天狗党員だから、というのではない。

近ごろ世にうるさい勤王や佐幕の論議も、忠敏にはとんとつまらぬ。いずれも同じ穴のムジナの、出世欲さかんな奴《やつ》ばらの、権力あらそいにすぎぬ、と思っている。攘夷《じょうい》を声高にわめいていても、権力の座につけば、コロリと変るに決っている、と達観しているのである。

欲もなく、ひたすら世のためを思って動いているのは、わずかに薩摩《さつま》の西郷《さいごう》と……いや、そんなことはどうでもよい。

女にも名誉にもあきた忠敏が、この男に興味をもったのは、ただ、見せ物の大力男に対する関心にすぎぬ。

(その男に武術の心得があれば、怒らせて、手のうちを見てやってもよい)

とも思ったのである。

「行って、みますかな」

と、微笑して忠敏は立ちあがった。

神職一同の面《おもて》に、喜色が浮んだ。

長袴《ながばかま》の裾を蹴り立てつつ、長廊下を曲ってゆく。

と、拝殿の大太鼓の前に立ちはだかっている武士が目に入った。

風に向ってひろがるように、髷《まげ》のハケ先を大きく結っている。

色白く、丈高く、でっぷりとしている。胸板厚く、腕は丸太のように太い。

その腕が長さ一尺の余はある大鉄扇をふりかざしているのを、五、六人の武士が、

「先生、先生、それくらいでお止《や》め下さい」

とりすがらんばかりに、止めている。

「ええうるさい。そこのけ」

足をあげるとガッ、と蹴倒した。はずみに自分もよろめいたのは、昼日なかから、かなり酩酊《めいてい》していると見える。

鉄扇をかざして、太鼓をさらに一撃。

バリッ
異様な音がした。何たる腕力。ぶあつい牛皮は、この鉄扇の一撃で、ついに打ち破られたのである。

「わっはっは。愉快々々」

拝殿をおり、高足駄をつっかけ、高々と鳴らして立ち去ろうとする。五、六人の弟子もあわてて従った。

「しばらく」

と、忠敏は声をかけた。取りおさえるのは忠敏の役儀でもないし、その気もない。この男の傍若無人ぶりを、いよいよ面白く思ったからである。

「拙者か」

ふりかえる。小さな丸い眼《め》が爛々《らんらん》とかがやく。まさに虎、である。

「左様。さきほどよりの御振舞、しかと拝見いたした。御存念のほどを、うかがっておきたい」

「返事が、欲しいか」

のっそりと、もどってきた。すさまじい威圧感である。

大ていの武士なら、抜きあわせぬうちにすくみ上るであろう。

「いただきたい」

「これが答え、だっ」

叫びと、ビュッ、と大剣の風を切る響きが同時であった。

抜く手も見せぬ、というが、実際にはめったにあるものではない。しかしこの男の抜き討ちは、まさにそれであった。

一瞬前、廊下を踏みならして忠敏は跳躍した。足の下を、烈風が走りすぎた。欄干《てすり》が、薪《まき》のようにはじけ飛んだ。忠敏の長袴の裾がふうわり、と男の顔にかぶさった。

急に身軽になって、忠敏は男の向うの白砂に飛びおりた。

長袴の裾は、欄干ごと、みごとに両断されていた。

足をちぢめていなければ、脛《すね》ぐらいは切られたであろう。しかし相手にこちらを殺す気はないことは、忠敏も見ぬいていた。

太鼓を叩き破る前はともかく、破ってしまうと、必ず一息ついた気分になったはずである。

その上、あらためて人を殺《あや》めよう、という気力を湧かすには、時が必要なものである。だからこそ、忠敏はわざと彼を挑発したのである。むろん、彼を恐れたからでなく、神域を血でけがさぬために、それだけの配慮をしたのである。

しかし相手も、頭上をやすやすと飛びこえられ、己《おの》が切りすてた長袴の裾に目かくしされるとは、考えていなかったらしい。

忠敏が相手を斬りすてるならいまであるが、むろんその気はない。

男はようやく、袴の裾を払いすてた。虎に似た丸い眼には、ほんものの怒気がみなぎりはじめている。

機先を制して、忠敏は言った。

「いや、みごとな腕前、おかげで足首が涼しくなった。後日のために、尊名をうかがいたい。わたしは講武所《こうぶしょ》師範役並出役《なみしゆつやく》、松平忠敏といいます」

武士は忠敏の名を聞いても、おどろいた様子も見せぬ。

パチーン
大剣を鞘《さや》に収めると、おもむろに白砂に片膝ついた。

「と申さるると、神君六男、松平忠輝《ただてる》君八代の子孫におわします、主税介《ちからのすけ》さまにて」

「左様」

相手もさすがに武士である。礼儀正しく、ぴた、と白砂に手をついた。

「御尊名はかねて承知つかまつっております。拙者儀は水戸浪士、天狗党員・芹沢鴨《せりざわかも》。

知らぬこととは申せ、失礼の段、お許し下さいまするよう」

あれだけの乱暴を働いたあとというのに、悪びれず、落ちつき払い、少しも臆した風がない。

(よほど胆《きも》の坐《すわ》った男であろう。……こんどの仕事にも、使えよう)

こうして忠敏はのちの新選組局長、芹沢鴨こと木村継次《きむらつぐじ》を知ったのである。


仕事、というのは少し前に、庄内《しょうない》藩郷士清川八郎《きよかわはちろう》なる者が、忠敏のもとに持ちこんできたのである。

「当今の形勢を見ますのに、あるいは勤王、あるいは佐幕を唱える浪士どもが江戸に、京都に集まり、物騒で仕方ありません。これを集めて一隊となし、市中取締りにあたらせるのはいかがでありましょうか」

忠敏は剣客として、多少は名を知られている。屋敷は牛込二合半坂《うしごめこなからざか》にあるが、領地もなく、講武所からの俸給《やくりょう》のほかに、国もとから年百二十万円《にじゅうにんぶち》ほどの援助があるにすぎない。

しかし芹沢が言ったように、忠敏はもともと将軍家の一門である。公式の席次は、諸大名の上座にある。

老中、大老とも、対等に口が利ける。彼らは大名をも呼捨てにするが、忠敏には〝殿〟づけで呼ぶのである。

その点を見込んで、清川八郎は、忠敏に口利きを頼んだのである。

よい案、というより、当然、誰かが思いつくべき考えである。

しかし、この清川八郎という男の人格には、疑問がある。

表面は幕府のために、といっていている。老中も彼の名声は知っていて、すっかり信用している。

しかし忠敏の見るところ、この男はいつ寝返り、勤王攘夷を叫ぶかもしれぬ。それはそれで面白いが、忠敏の眼力をもあざむける、口利きの道具として使える、と思っているのが、笑止である。

浪士隊の隊長にはぜひとも、八郎とは対照的に、策を弄さず、腕が立ち、胆甕《かめ》のごとき豪勇の士を、もってあてねばならぬ。

そう思っていたとき、はからずも鹿島神宮の境内で、芹沢鴨に会ったのである。

もはやためらうことはない。ただちに忠敏は、供回りをととのえて、登城した。

諸大名、茶坊主の目礼をうけつつ、継上下《つぎかみしも》の裾をさばいて、溜《たま》りの間に通った。

直ちに老中、板倉周防守《いたくらすおうのかみ》、政事総裁、松平春嶽《しゅんがく》侯に面会し、八郎の献策をとりつぐ。

献策が採用され、忠敏に浪士募集の沙汰が下ったのが、十二月十九日である。

忠敏は寄合席に列され、四百万円《さんびゃっぴょう》の手当を受けることになった。

さっそく忠敏は、若党に命じ、芹沢鴨の行方をさぐらせた。

結果は意外であった。

「芹沢さまは、近くにおられました」

「近くとは、江戸の中か」

「はい。……それも竜《たつ》の口《くち》評定所の、武家牢《あがりや》に」

「何をしたのか」

「一つには例の、大太鼓叩き破りの件らしゅうございます。それは、『太鼓を叩いて攘夷祈願をしているうち、敬神の念のあまり、つい力が入りすぎた』と申し開きをされましたが、もう一つは、天狗党の部下を」

「部下三百名をあずかっている、ということであったな」

「そのうち三名が、いささか気に喰《く》わぬ、と申されまして、潮来《いたこ》の宿で、土壇場に並ばせて、片っぱしから首を斬ってしまった、とかで」

「困ったものだな」

ようやく老中を動かして、釈放させることができた。しかし本人は辞世の歌を小指の血で書き、牢《ろう》の前に貼りつけて平然としており、放たれても、別に嬉《うれ》しそうな顔もせぬ、という。

清川八郎の目付としてはうってつけだが、どうも短気で乱暴にすぎる。もっともこれくらいの男でないと、浪士たちの取締りはできまいが、これでは目付にさらに目付が必要ではないか。

腕をこまぬいているとき、内弟子が入ってきて、手をついた。

「殿様、この方々が、浪士隊に加わりたく、お目通り願いたいとのことでございます」
差しだした木の名札を見ると、
近藤《こんどう》勇《いさみ》
土方《ひじかた》歳三《としぞう》
沖田《おきた》総司《そうじ》
山南《やまなみ》敬助《けいすけ》
原田《はらだ》左之助《さのすけ》
井上《いのうえ》源三郎《げんざぶろう》
藤堂《とうどう》平助《へいすけ》
永倉《ながくら》新八《しんぱち》

いずれも近くの、小石川小日向柳町《こいしかわこひなたやなぎちょう》にある町道場・試衛館《しえいかん》の面々である。同じく剣に生きるものとして、忠敏は彼らの噂《うわさ》は聞き、性格も知っている。

たまたま忠敏は風邪をひいていて、その場は会わずに帰したが、その名札を眺めているうちに、とつぜん、

(この連中だ)

と思ったのである。

(この一党を、浪士隊に加えよう。この律義な、武蔵野《むさしの》の百姓出の連中なら、芹沢一派の行きすぎも、うまく抑えられるであろう)

「左様。上様には来春早々、攘夷のために京都へ上られます。その警衛のために、幕閣においては、誠忠勇猛の浪士諸君を求めているわけです」

説明しながら忠敏は、清川、芹沢、近藤らの性格を、脳裡《のうり》で比較していた。

(清川の策謀、芹沢の奔放、近藤の誠実……いずれも名家の血すじに生れ、江戸ぐらしで贅沢《ぜいたく》に慣れた自分には欠けている、くっきりした気性だ。女にも名声にもすべてに興味をうしなった自分に、こいつらは何年かのあいだ、面白い見物《みもの》を提供してくれそうだ。ひとつ、こいつらに深入りしてみるか)

たちまち、或《あ》る新しいもくろみが、忠敏の脳裡には組み上ったのである。

かくして翌、文久《ぶんきゅう》三年の二月四日、小石川伝通院《でんづういん》において、新徴浪士の会合が行われることになる。ここではたして清川は、早くも策を弄したのである。

幕府の手当金は、一人百万円、五十人《ごじゅうりょう》の予定であるのに、彼は二百五十人も集めてきて、

「集まったものは仕方ありませぬ」

とうそぶいている。

しかもよく調べると、忠敏が直接に誘った芹沢ら水戸藩の一派、近藤ら試衛館のほかは、行者、バクチ打ちなどがほとんどである。

清川に信用がないため浮浪の者しか集まらぬのである。

これは、忠敏がとうに見こしていたことである。いまは芹沢、近藤らを浪士隊に加え

たことで、目的ははたした。あとはほうっておいても、この二派がいずれ浪士隊を掌握することとは、実力から推して火を見るより明らかである。

ここで忠敏はすばやく辞職し、あとを山岡鉄太郎《やまおかてつたろう》、鵜殿鳩翁《うどのきゅうおう》に任せたのである。

（どうせこの二人に、狼《おおかみ》のような浪士たちはあつかえぬ。いずれ我が手に、戻ってくるに決っている）

二月八日、一同は京に出発した。報告によれば途中、芹沢の我儘《わがまま》は言語に絶し、山岡も手を焼いたらしい。

京に到着してから、清川は仮面をぬぎすてた。隊の目的は将軍警衛よりも攘夷にあると発表し、横浜の外人焼打ちのために、ふたたび浪士隊をつれて、はるばる江戸、三笠町《みかさちょう》屋敷へ戻ってきたのである。

このとき芹沢、近藤ら十三名は、

「自分らは将軍警衛に京都へ来たのであるから」

と申し立てて、馬鹿正直に京に居残った。この愚直ぶりは忠敏の予期しなかった所であり、かえって清川を、自由に行動させることになってしまった。

計画はすぐに幕府に洩《も》れ、八郎は四月十三日夜、忠敏の講武所師範仲間の佐々木只三郎《ささきたださぶろう》他に、赤羽橋《あかばねばし》で切られる。

鵜殿鳩翁、山岡鉄太郎は取締り不行届を責められ、忠敏がふたたび総取締となる。これは忠敏の計画通りである。

かくて忠敏は、庄内、小田原《おだわら》、中津《なかつ》、白河《しらかわ》、相馬《そうま》、高崎《たかさき》の六藩の兵をひきいて、三笠町屋敷をかこみ、浪士をすべて検挙したのである。

これで忠敏の、表むきの俸給《やくりよう》分の仕事はおわった。

あとは京に残った芹沢と近藤、土方、沖田らを相手の、第二のもくろみが残っていた。

ひそかに忠敏は、出発の用意をととのえた。折も折、前政事総裁春嶽侯が、忠敏を、藩邸に招いた。

「おかげで、江戸の浪士たちは片がついた。気がかりなのは京に集まりはじめた浪士たちのことじゃ。ひとつ、身分を隠して京に行き、様子をつたえてくれぬか。折しも上様は、京の二条城に入っていられる。その供としてゆけば、目立ちもすまい。浪士取扱いに関するかぎり、老中の名代として振舞ってよろしい。京都守護には、わしからよく、話しておく」

趣味が仕事になり、これにも俸給がつくのであれば、むろん言うことはない。

さっそく忠敏は、供まわりをととのえ、京にむけて、旅立ったのである。

ついでながらこのとき官位も上総介《かずさのすけ》と変り、以後忠敏は松平上総介、と名乗ることになる。

定番《じようばん》に迎えられて、上総介忠敏は二条城に入った。将軍上洛《じようらく》中で城内は混雑をきわめ、上総介に注意する者もいないのは助かった。

ひそかに芹沢鴨、近藤勇らの消息をさぐってみると、一同十三名は壬生《みぶ》の八木《やぎ》某《なにがし》方におちつき、京都守護職に嘆願して、市中警衛の役に任ぜられた、という。

新しい板をけずって、

「新選組」

と名乗り、人数も追い追いふえ、いまでは七十名ちかくになっている、という。

局長として重きをなしているのは、はたして芹沢鴨である。ひごろはさっぱりした豪傑肌だが、酔うと短気になり、隊士からは虎のように恐れられている。腕も立ち、家主の八木邸の唐銅《からかね》の火鉢を、一太刀で三寸ほども切りこんだことがある。

あまつさえ、金がない、というので押借りをする。なかでも大坂鴻池《こうのいけ》に押しかけて、四百万円《にひやくりよう》をムリヤリ借りたのが大口である。

これを松原通りの大丸《だいまる》呉服店にわたし、麻の羽織、紋付の単衣《ひとえ》、小倉《こくら》の袴、それに浅葱《あさぎ》地にダンダラをそめぬいた制服を注文した、という。

芹沢らしいやり口であるが、こんなことをつづけていては、上総介の手落ちとなる。上総介はただちに守護職の会津《あいづ》藩主に申しこみ、公用人より鴻池に四百万円《にひやくりよう》を弁済させた。かつ今後、新選組の費用は大小となく幕府御手許金《てもときん》より、守護職の手を経て、新選組会計方に渡るよう、はからったのである。

会津藩主と老中の間に立ち、新選組の取扱いについて連絡をうけもつのが上総介の役目であるが、火急のことに、いちいち老中の決済を仰ぐわけにはゆかぬ。

——いまのところ、芹沢と近藤はうまく行っているらしい。英雄、英雄を知るというのか、近藤は芹沢に一歩ゆずって対し、芹沢も近藤には遠慮があるらしい。しかし両雄は、いずれは並び立たぬはずのものである。その時こそ、見ものである。

一同が借りている八木邸で、小さな子供が死んだ。近藤、芹沢とも八木邸の玄関に机を並べ、

「無骨者で役に立たぬが」

といって、香典の受付けから、こまかい片付けまで、ぜんぶ引きうけて、やってのけた、という。あの芹沢が、と思うとおかしくもあるが、根は親切者なのであろう。子供好きといえば、隊内随一の使い手・沖田総司がそうで、剣術の稽古もほうりだし、よく子供といっしょに、邸内をかけまわっている、という。

上総介が京に着いてから一月もたたぬうちに、事件が起った。

京都在藩中の水口《みなくち》藩公用方が、守護職の家中《かちゅう》と雑談の折に、

「新選組とか申す浪士のふるまい、ちと目ざわりである」

と言ったのである。家中が愚か者で、それを隊士の耳に入れる。芹沢はかっ、となって、隊士をひきつれて水口藩に押しかけた。

「公用人を出せ。生け捕りにして、隊内に連れ帰る」

連れ帰られれば、拷問の上、斬られることは自明である。水口藩はさんざん謝ったのちに、詫《わ》び状を出して、事はおさまった。

しかし、万一この詫び状のことが藩主の耳に入れば、公用人はやはり切腹であろう。そこで口を利くものがあり、芹沢に頼みこんで、詫び状は返してもらった。

そのかわり水口藩は、一日、島原《しまばら》の遊廓《ゆうかく》を借り切り、遊女を総揚げにして、新選組隊士を接待することとなった。

当日、近藤は、

〃所用がある〃

といって隊に残った。彼はあまり宴席を好まず、隊士も、

「どうも近藤先生がいると酔えない」

といって遠慮する風がある。

体の工合の悪い沖田総司も残った。残りは、局長芹沢を押し立て、三々五々、足駄を鳴らしつつ、昼間から島原に繰りこんだのである。土方、永倉等の錚々《そうそう》たる面々も、むろん供をする。

曇り空の、むしあつい天気である。軒先には昼間から打ち水をしているが、そよ、との風もない京都では、いっこう涼しくならない。

芹沢は白地蚊ガスリの着物に夏袴、大鉄扇をひらき、はだけた胸に風を入れつつ、悠々と大門をくぐる。

様子を見ていた使い走りがすっ飛んで、注進に及ぶ。左手すぐが、廓内随一の格式をほこる大店《おおだな》の、角屋《すみや》である。

玄関のスダレは巻きあげられている。注進があったはずなのに、式台には誰も出むかえていない。下足も姿を見せぬ。
二、三度、芹沢が咳払《せきばら》いしてから、やっと仲居があらわれて、
「おこしやす」

静かに、頭を下げた。表情は冷たい。

「どうぞ。お上りやして……」

態度は丁重であるが、よそよそしい雰囲気である。馴染《なじ》みのない客だけに、伝統を鼻にかけて、

(成上りの関東侍が……)

と侮っている気配は、うすうす感じられる。

大広間に通る。泉水を前にし、壁には青貝がちりばめられ、格《ごう》天井も塗り壁もフスマ絵も、さすがに贅美《ぜいび》をつくしている。

一同着席ののち、水口藩公用方が下座に坐って、挨拶をした。

芹沢がうけて、

「本日は水口藩侯のお招きにより、島原は総揚げとした。遠慮はいらぬが、ただし酒乱口論はいっさい停止《ちようじ》とする」

と申しわたす。いちばん酒ぐせの悪い芹沢がこういうので、土方、永倉たちも、安心した顔つきである。

すぐに膳部がはこばれ、禿《かむろ》を先頭に、飾り立てた太夫、三味線をかかえた芸者、仲居がにぎやかに繰り入ってきた。

「今晩は。おおきに……」

酒が入ると、若い隊士たちは陽気になる。女を抱きよせ、酒をのませるもの。胸に手を入れるもの。歌うものわめくもの。

芹沢も手拍子をとりつつ、

「いざさらば、われも波間にこぎ出《い》でて、あめりか船をうちや払はん」

と、江戸で詠んだ歌を朗詠する。

この乱暴な遊びぶりに、女たちは眉をひそめて、少しずつ隊士たちからはなれていった。しぜん隊士ばかりが集まり、女たちは馴染みの、水口藩公用方のまわりにばかり集まることになる。

公用方も客たる新選組の接待はさておいて、女たちと、内輪話に興じている。

「見ろ」と土方が、永倉の袖をひいた。

「総揚げという話だったのに、この角屋の仲居は一人も来ていないぞ。芹沢局長が、気がつかねばよいが」

「いや、もう手おくれですな。だんだん気むずかしい顔になって来た」

「困った。また乱暴がはじまったら、どうしよう」

「いや、ほっておかれるがよろしい。だいたいこの席は、水口藩の乞いを入れ、詫び証文を返し、藩士一人の生命を助けてやった礼のはずである。つまりわれわれが客であるに、この店は客より主人を大事にする様子がうかがわれる。……若い隊士らが遊び慣れていなくとも、それを巧みにそらし、うまく遊ばせるが、店のもののつとめではないか。やつらを見るに、みな腹の底で、

〝江戸侍の、遊び知らずが〟

と馬鹿にしているふしがうかがわれる」

「といって、このままでは……」

「いや、ここでひとつ、芹沢局長の雷が落ちた方がよろしい。このままでさしおいては、島原でも祇園《ぎおん》でも、隊士が軽んじられることになる。ひいては士気にかかわり、京都警護の職をも、全うできぬことになる」

永倉に言いくるめられ、土方は心配そうに口をつぐんだ。

芹沢局長は黙りこんでいる。傍《かたわら》の三笠大夫は、一間《けん》もはなれて、すっかり芹沢に背をむけてしまい、朋輩《ほうばい》と話しこんでいる。

とつぜん局長が、

「カッ」

大喝すると、鉄扇で床柱を打ちすえた。太い床柱は、驚くべし、二寸ちかくも凹《へこ》んだのである。

「ウオウ」

吼《ほ》えて芹沢は立ち上がった。

「ソレ、局長の乱暴がはじまった」

酔って暴れたら手がつけられないことをしっているので、隊士も女たちも、バラバラと逃げ出す。あっけにとられた公用方と、土方、永倉、芹沢の腹心の平山《ひらやま》五郎《ごろう》だけが残っている。

「ああ、酔うた酔うた」

ふらふらと、廊下に出た。よろけて、階段に腰をおとした。

立ちあがるとき、肩が欄干《てすり》にふれた。とっさに手で支え、

「ええっ」

金剛力をこめて、立ちあがる。と、驚くべし、
メリメリメリッ、バリン
大音響とともに手すりの太い木は、床から引きぬかれたのである。

引きぬいた欄干を階段に押しあて、バリ、バリ、と往復させる。支柱を払いおとし、手ごろな武器《えもの》とすると、かるがると小脇にかいこんだ。

どさり、どさり、と踏みとどろかせて、階下に降り立ったのである。

帳場に集まっていた手代や女たちは、蜘蛛《くも》の子を散らすように逃げ散った。

ここの帳場も土間も、天井がなく、梁《はり》が高く、かなり暴れ甲斐《がい》がありそうである。芹

沢は頭上で、しばらく水車のように欄干をふりまわしていたが、つかつかと土間におり立った。

土間には酒樽《さかだる》がこもをかけて積んである。その前に立ち、欄干を槍《やり》のようにりゅうりゅうとしごくと、

ドスン

あっけなく、鏡板を突きぬいたのである。ザバッ、と金いろの酒が土間に注ぐ。

ついで頭上たかく欄干をふりあげると、次の樽めがけて、

ウオッ

ガッ、と音を立てて、驚くべし、酒樽はタガが外れ、酒しぶきとともに四散したのであった。

たちまち芹沢は晴れやかな顔になった。

次なる樽も、その次の樽も、グワッ、とばかりに打ち抜く。叩き破る。その次も、その次も、面白いようにつぶされてゆく。

たちまち土間は、酒の洪水となった。

酒樽を粉砕しおわると、こんどは帳場の戸棚をことごとく打ちこわした。次いで流しに行き、膳部、什器《じゅうき》のたぐいも、すべて粉みじんと叩きつぶした。

やっと満足したように、欄干を投げすて、大声で呼んだ。

「平山、平山、誰ぞ店の者を引っ立ててこい。申しわたすことがある」

平山は角屋中を探しまわったが、使用人も家族もとっくに逃げ散っている。炭小屋のなかに風呂番の爺《じじい》が腰をぬかしているのをみつけて、エリ首をつかんで、芹沢局長の前にひきずってきた。

「主人に申し伝えろ。よいか」

と、芹沢は、割れ鐘のような声で、申しわたした。

「角屋徳右衛門《とくえもん》ことフラチの所業ありたるにつき、七日間の謹慎を申しつくるもの也」

これ以後、島原でも祇園でも、新選組隊士を馬鹿にするものはなくなった、という。こうしたふるまいで、芹沢は隊士の一部に人気はあったが、大多数からは恐れられていた。

反面、いつもニコニコして芹沢の引き立て役にまわっている近藤の信用が、しだいに高まってきた。

宿主の八木某は、

「芹沢は太っ腹だが投げやりでいかん。近藤の方が、一枚上かもしれぬ」

と評した、という。

――しばらくのあいだ、松平上総介も愉快であった。

角屋に怨《うら》みがあるわけではない。ただ、芹沢の暴れかたに、神ながらの英雄のごとき爽快さを覚えたのである。

もともと彼は小座敷に坐りこみ、女を口説きつつ、おとなしく飲むのは、性に合わぬのであろう。

青空のもとで鯨飲し、おめき叫び、一暴れせねば、飲んだ気がせぬのであろう。

まさにスサノオノ命《みこと》、荒ぶる神である。わが日本の、もっとも男らしい男の、原型である。

だからこそ妙に、松平上総介は魅《ひ》かれたのかもしれぬ。乱暴をとがめて処分する気が、起らぬのかもしれぬ。

(仕方のない男だ)

と思った。

(いずれ自分が責任を問われることになるかもしれぬが……止むを得ぬ。当分は陰から、あの男を守ってやろう)

近藤勇の最期

長部日出雄

長部日出雄《おさべひでお》（一九三四〜二〇一八）

昭和九年、青森県に生まれる。早稲田大学文学部中退。雑誌編集者・ルポライターを経て、昭和四十四年から文筆に専念。昭和四十八年、津軽の風土に根ざした「津軽じょんから節」「津軽世去れ節」で、第六十九回直木賞を受賞した。ジャンル作家ではないが、第一長篇『津軽風雲録』で、歴史小説に挑戦。以後『密使　支倉常長』『まだ見ぬ故郷』などの歴史小説を発表している。また、熱狂的な映画ファンとして有名であり、平成元年には、津軽三味線に青春をぶつける若者を描いた映画『夢の祭り』を監督した。

「近藤勇の最期」は「小説現代」（昭52・2）掲載、『代表作時代小説昭和五十三年度』（東京文藝社　昭53刊）に収録された。

陽《ひ》の光が射すにつれて、少しずつ薄れていく朝靄《あさもや》のなかから、まだ葉をつけていない樹樹《きぎ》と、疎《まば》らに点在している人家が朧《おぼろ》げに姿を現わし、あちこちから鶏鳴が聞こえて来る早春の朝であった。

内藤新宿《ないとうしんじゆく》を出たばかりの甲州《こうしゆう》街道を、武装した二百数十人が、西に向かって行軍していた。

かつての新選組、いまは甲陽鎮撫隊《こうようちんぶたい》と名を改めた一隊である。——と、こう時代小説を書き出すときに、まず考えなければならないのは、昔の人の気持になって物を見る、ということで、それがなかなか難しいのだが、この最初の場面では、作中人物の気分になることが、わりと容易であるようにおもわれる。

なぜなら、かれらの中のかなりの部分は、二日酔であったのに違いないからだ。どうしてそんなことが判《わか》るかといえば、前夜、内藤新宿で大酒を飲んでいるからである。大酒を飲んだ翌朝、二日酔に苦しめられる気持には、昔も今も変りがあるまい。新宿で大酒を飲んだ翌朝の気分……とくれば、これは筆者の専門分野のようなものだ。夜を徹して飲み続け、飲み屋の片隅で眠りこんで、目覚めると外はもう朝。春先であれば冷え冷えとした路上に出て身震いし、タクシーを拾って、甲州街道の朝靄を見ながら家路につくときの、あの白白として惨憺《さんたん》たる気分と、かれらもまったく無縁であったとはおもわれない。

なにしろただの飲み方ではなかった。前夜、かれらは内藤新宿の女郎を全部買い切って、飲めや歌えのどんちゃん騒ぎをしたのだ。

そのうえ、今朝は早立ちであった。かれらの胸底には、鬱勃たる野心が燃えさかっていたに違いないのだが、その一方で、少なくとも何十人かが頭痛と吐気に襲われていたことにも間違いないだろう。したがって読者のなかでも二日酔と、とくに早春の朝帰りの経験をお持ちの方は、路上に出たときおもわず顰《しか》めっ面《つら》になるあの朝日の眩《まぶ》しさと、体のなかを吹き抜けていくような風の寒さと、それにもかかわらず消えることのない胸中の熱っぽい重苦しさをおもい出して、以下に続く場面——すなわちいまから百八年まえ、慶応《けいおう》四年三月二日早朝の甲州街道の光景を見ていただきたい、とおもうのである。

陽は次第に高く昇ってきた。

朝早くから畑に出て働いている百姓は、何事か……といった表情の視線を向けていたが、隊列は整然と進んで行く、という感じからは遠かった。何度も繰返すようだけれども、浴びるほどの酒を飲んで女を抱いた翌朝なのである。隊列の全体に気怠《けだる》さが漂っているのも止《や》むを得ない。

隊員の大半は幕兵の服装をして、肩に鉄砲を担いでいた。五百人分の武器弾薬と、分解された二門の大砲が、馬の背と荷車に積まれている。馬上の土方歳三《ひじかたとしぞう》は、ハイカラな洋服姿であった。隊列の中央には、長柄の大名駕籠《かご》があって、それに乗っていたのは、隊長の近藤勇《こんどういさみ》だった。近藤は規律を重んずる性格であったから、前夜は、

——おもいきり飲め、飲んで歌え。

といいながら、今朝は早立ちを命じていたのだが、隊員の多くは、今夜は府中《ふちゅう》泊りになるであろうことを知っていた。内藤新宿から府中までは五里と二十三丁。普通に歩いても半日の道程である。それを一日のうちに進めばいいのだ。酒のせいばかりでなく、足どりが緊張感を欠いていたのも当然であった。

内藤新宿から二里と二丁歩くと、甲州街道第二の宿場である下高井戸《しもたかいど》。そこから十一丁歩いて第三の宿場である上《かみ》高井戸を通り、さらに烏山《からすやま》、給田《きゅうでん》、下仙川《しもせんがわ》、入間《いりま》を経て、滝坂《たきざか》を登り、金子《かねこ》を過ぎると、行手に第四の宿場である布田《ふだ》五ケ宿が見えてきた。

布田五ケ宿は、国領《こくりょう》、下《しも》布田、上《かみ》布田、下石原《しもいしわら》、上《かみ》石原の五宿の総称である。そのなかの上石原は、隊長近藤勇の出身地だった。

一

日本橋《にほんばし》から数えて六里、あと一里と二十三丁歩けば府中に着くところにある布田五ケ宿は、もともといわゆる間《あい》の宿《しゅく》で、大名が泊る本陣も、旅人を泊める大きな宿屋もなく、商人相手の旅籠《はたご》が数軒あるだけの寂しい宿場だった。

道には両側から樹や竹藪《たけやぶ》が覆いかぶさっていて、家並みも少なく、日が暮れるとその旅籠もどこにあるのか見当もつかない。宿場とは名ばかりの寒村であった。

そうした布田五ケ宿へも、慶応元年、長州《ちょうしゅう》征伐を計画した幕府は、軍用金五千両の献上を命じて来た。無論そんな大金を出せる筈《はず》はない。そこで布田五ケ宿は、女郎をおく茶屋旅籠の設置方を願い出て、その免許料として金千両を上納し、残る四千両は年賦にさせていただきたい、と申し出た。

願いは聞き届けられて、布田五ケ宿には女郎百人をおくことと、貸座敷三十軒の設置が許可された。土地の金持は大喜びで貸座敷の建設に取りかかり、茶屋の営業を始めた。これが慶応二年の夏から秋にかけてのことである。それから一年経《た》って、約束の上納金を払わなければならない時期になったあたりから、政情が激変し、幕府は大政を奉還して、上納金のことはうやむやになってしまい、貸座敷の経営者は残りの年賦を払わずに済むことになった。これは四千両の大儲《おおもう》けに等しい。

そんなことがあって、布田五ケ宿がにわかに活気づいていたところへ、郷土の英雄である近藤勇がやって来たのだ。甲陽鎮撫隊が布田五ケ宿のなかの道へ入って行くと、

——近藤勇が来たぞ。

——上石原の源次郎《げんじろう》のとこの勝太《かつた》が帰って来た。

——家来を大勢つれて、大名駕籠に乗って来たぞ。

という声が伝わって、道筋には続続と人が詰めかけてきた。

このあたりは徳川の天領である。地元の人には、いかに貧しい暮しをしていても、ほかの土地とは違うのだ、という誇りがある。幕府が大政を奉還しても、徳川に対する忠誠心は、まだ消えていない。その徳川に仕えて、天下を奪おうとしている憎い薩長《さっちょう》の奴《やつ》ばらを、さんざんに斬りまくった近藤勇が大名駕籠に乗って帰って来た、というのだから、その興奮は熱狂的であった。

——英雄、故郷に帰る。

道筋に並んだ人人は、甲陽鎮撫隊の隊列に歓呼の声を送った。近藤勇は大名駕籠の引戸をあけ、なかから鷹揚《おうよう》に頷《うなず》いて、人人の歓呼に応えた。乱れて弛《ゆる》んでいた隊員の足どりも、声援に励まされて整い、力強くなった。

隊列が上石原に入ると、近藤勇は駕籠を止めさせた。地面に降り立った姿を見ると、三つ葉葵《あおい》の紋のついた真新しい黒の丸羽織に仙台平《せんだいひら》の高袴《たかばかま》、頭は鬢《びん》つけの香りがにおうような総髪の結い上げで、まさに故郷に錦を飾るにふさわしい、堂堂たる風格である。かれは郷里の鎮守である若宮八幡《わかみやはちまん》の樹樹に囲まれた境内に入って行って、神殿に額《ぬか》ずいた。二百二十数人の隊員もそのあとにしたがって整列し、手を合わせて、甲陽鎮撫隊の武運長久を祈った。

まわりには集まって来た人人で厚い人垣ができていた。そのなかには近藤勇の一番上の兄である音五郎《おとごろう》もいた。拝み終って顔を挙げた勇は、人垣のなかから兄を見つけ出すと、軽く目礼して見せた。

「近藤様……」

人垣からまえに出て声をかけたのは、貸座敷の経営者である玉川小太郎だった。このあたりでは有名な大貸元だった小金井《こがねい》村の小次郎の息子である。

「このたびは、幕府の若年寄になられましたそうで、まことにおめでとう存じます」

かれは胸のまえで手を摺《す》り合わせて頭を下げた。勇は幕府の若年寄格に任じられたことを、実家の兄に伝えていたので、そこから聞いて来たのだろう。

「いや、若年寄というても、ただの名ばかりでな」

勇は謙遜してそういった。また実際に幕府が大政を奉還したいまとなっては、そうした役職も有名無実に近くなっていたのだが、それにしても若年寄格といえば、いちおう老中に次ぐ高位である。

「名ばかりだなどとは、とんでもない」小太郎は大仰に手を振って「若年寄となったら、これ以上の出世はございません。わたしどもも鼻が高《たこ》うございます。つきましては、お祝いのおしるしに、一献差上げたいと存じますので、どうかわたしどもの見世《みせ》に……」

「いやいや、そうはいかぬ」

小太郎にかわって口を出したのは、島村楼《しまむらろう》の楼主である半兵衛だった。「近藤様はわしの見世に来られることに、もう音五郎さんと話がついているのだ。近藤様、島村楼でございます。さ、ご案内いたしましょう。どうぞ、てまえどもの見世へ……」

勇は兄の音五郎のほうを見た。音五郎は困ったような顔をしていた。島村半兵衛に強引に口説かれて、やむを得ず承知したかたちにさせられてしまったのに違いない。

「そうか。では、わしらは島村楼へ厄介になるといたそう。だが、まだほかに二百二十余人の者がいる」勇は玉川小太郎に向かっていった。「これらの者は、適当に手分けして、おぬしたちが面倒を見てくれ」

郷土の英雄としては、ここで地元に多額の金を、それもできるだけ平等に落とさなければならない。甲陽鎮撫隊は巨額の軍資金を持っていた。幕府からの金が三千両、会津《あいづ》藩からの金が二千両。そのほかに勇は、この甲陽鎮撫隊の計画に賛同して、二百人の部下を隊に参加させた矢島内記こと浅草《あさくさ》の弾左衛門《だんざえもん》から、自分の私用金として千両を借りていた。

勇は会計方の岸島由太郎《きしじまよしたろう》を呼び、玉川小太郎をはじめとする貸座敷の楼主たちに大枚の金を手渡させていった。

「もし軍《いくさ》においで武運に恵まれなければ、死んでいくかも知れぬ身じゃ。存分に遊ばせてやってくれ」

二百二十数人の隊員は、数十人ずつに分かれて貸座敷に登楼した。前夜は遅くまで内藤新宿で大酒を飲み、幾分か二日酔気味で意気沮喪《そそう》していたところへ、昼からの酒である。それに加えてここは近藤勇の地元であり、酌をする女たちは、みんな新選組の熱狂的な贔屓《ひいき》であった。迎え酒が頭痛と吐気をたちまちどこかへ雲散霧消させたうえに、昨夜からまだ残っていた酔いを喚《よ》び起こし、さらに或《あるい》は死ぬかも知れぬという悲壮感に駆り立てられていたせいもあったのだろう、草深い寒村の面影を残している布田五ケ宿の貸座敷は、内藤新宿の女郎屋に引続いてのどんちゃん騒ぎになった。

島村楼の貸座敷でも、近藤勇と土方歳三と、それにもうひとり永倉新八《ながくらしんぱち》をのぞいては、全員が早くも酔って上機嫌になっていた。

近藤勇はもともと下戸《げこ》であって、酒よりも菓子を好むほうである。揃《そろ》って酒好きで遊び好きの新選組を率いることになってから、酒を嗜《たしな》むようにはなっていたが、飲んでも酔って乱れるということは決してなかった。

永倉新八は、鳥羽伏見《とばふしみ》における敗戦のあと、江戸に帰って来てから、洲崎《すさき》遊廓の品川楼で酒に酔って三人の武士と喧嘩《けんか》を始め、相手の二人を斬るという事件を起こし、いつも冷静な土方歳三からきつい叱責を受けて、以後、酒を自粛していたのである。

「……さきほど、軍において武運に恵まれなければ死ぬかも知れぬ、と申されましたが……」

女たちにまじって酌をして回っていた楼主の半兵衛は、近藤勇のまえへ来ると、不安気な面持で聞いた。「こんどは一体どこで、軍をなされるのでございます」

ひょっとすると、この布田五ケ宿のあたりが戦場になるのではないか、と怖《おそ》れていたのだろう。

「甲府じゃ」

酒を飲まず、もっぱら膳の上の食物を口に運んでいた勇は、あっさりと答えた。

「ほう、甲府でございますか」半兵衛は安堵《あんど》した顔つきになった。

「左様、幕府が大政を奉還したのにもかかわらず、薩長土《ど》の連中はそれでも飽き足りずに、朝廷を動かして上様追討の令を出させ、東征の軍を進めて来ている。われらはその東征軍より先に甲府城へ入り、そこで奴等《ら》を迎え撃つのだ」

「すると、幕府が大政を奉還して、それで話の片《かた》がついたわけではございませんので……」

「いや、王政復古などと唱えておるのは口先だけの理屈で、まことはどうあっても徳川を潰し、天下を薩長土のものにしようというのが、奴等の魂胆なのだ」

「なんという無体な……」

「しかし、そうはさせぬ」

右肩に鉄砲傷を負っていた勇は、左手で盃《さかずき》を持った。「このわれらがいる限り、徳川を潰すなどということは、断じてさせぬ」

「それはそうでございましょうが……」半兵衛は勇に酒を注いだあと、暫《しば》く口籠っていたが「新選組は、お見受けしたところ……」

「新選組ではない。いまは甲陽鎮撫隊だ」

「その甲陽鎮撫隊は、お見受けしたところ二百人あまり、それで薩長土の軍勢を迎え撃つことは……」

「もちろん甲府で敵に当るのは、われらだけではない。幕府の直轄下にあった甲府城に

は、すでにわれらに味方すると誓った城代佐藤駿河守《さとうするがのかみ》以下、四百人の武士がいる。また
われらが甲府城へ入ったと知れば、八王子《はちおうじ》千人隊、それに神奈川菜葉《なっぱ》隊の旗本千六百人
も駆けつけて参るであろう。その手筈はついている。八王子千人隊といい神奈川菜葉隊
といい、いずれも一騎当千の強者ぞろいだ。合わせて総勢三千数百。しかもわれらには
鉄砲五百丁と弾丸硝薬五万発、二門の大砲がある。これだけの備えがあれば、薩長土の
芋侍が何千人攻め寄せて来ようと、木《こ》っ葉《ぱ》微塵《みじん》とすることに造作はあるまい」

酒を飲みながら、熱っぽい口調で語り続けている近藤勇を見て、

――隊長は、すこし変ったな……。

と、永倉新八はおもった。以前はこうではなかった。寡黙がちで、胸のなかの計策を、なかなか人には明かさなかったものである。洲崎遊廓で二人の武士を斬った一件以来、新八は自粛して仲間うちの酒席でも酒を控え、努めて酔わないようにしていたので、その違いがよく判るような気がするのだ。

「なるほど。それなら大丈夫でございましょうな」

楼主の半兵衛は安心したようにいって、また勇の盃に酒を注いだ。

「うむ」と勇は頷いてその酒を飲み干し「それで、わしはな、もし江戸に万一のことがあれば、上様を甲府城にお移し参らせようと考えておる」

「万一のこと、と申しますと……？」

「江戸が薩長土の手に落ちたときのことじゃ」

「えッ!?」徳川の天領で暮して来た者にとって、それは考えられないことだった。

「もっぱら恭順を唱えている腰抜けの勝安房《かつあわ》では、とうてい江戸は守りきれまい。江戸が落ちたとき、わしは上様を甲府城に移し参らせる。大政を奉還したうえに、江戸を離れれば、上様も諸国の大名とおなじこと。残念なことには相違ないが、そうなってはいかに非道な薩長土の連中といえども、もはや上様に手は出せまい。手を出そうとしたら、われらがそれをはねのけるまでのことだ」

「それでは、徳川様のお城は、甲府に移るのでございますか」

「そうだ。そうなれば江戸と甲府の人馬の往来は、いまよりずっとふえることになる。この布田五ケ宿は、今後いっそう繁昌《はんじよう》することになるぞ」

「では、近藤様は……」半信半疑の表情ではあったが、半兵衛は喜ばしそうな声を出した。「ますますこのあたりの、生き神様ということになりまするな」

「生き神様ではない」

横から酔った原田左之助《はらださのすけ》が口を挟んだ。

「隊長は十万石の大名になるのだ」

「これこれ、それをいうな」

勇は苦笑して窘《たしな》めたが、若い左之助はやめなかった。

「嘘《うそ》いつわりではないぞ。首尾よく甲府城をわれらの手に入れた暁には、隊長が十万石、ここにおられる土方氏が五万石、それから病でいまここにはおらぬが沖田総司《おきたそうじ》、そしてここにいる永倉氏とこのわしは、三万石の大名になるのだ」

「まことでござりまするか」

半兵衛は愕《おどろ》きの眼《め》を勇に向けた。

「まことじゃ」

勇は頷いてから、昂然《こうぜん》といい放った。「まことではあるが、十万石の大名などというのは、さしたることではない。いわば事の枝葉だ。根幹は、上様をいただいて、甲州の新天地に真の王道楽土を築くことにある。仁義を重んじない薩長土のつくる天下は、さだめし非道のものとなるであろう。われらはその天下を離れて、新選組の旗印のごとく『誠』の一字が貫かれる国を、甲州の地に築くのだ」

眼を爛爛《らんらん》と輝かせ、熱に浮かされたような口調でそういった言葉を聞いて、

——隊長は、やはり酔っている。

と、永倉新八は感じた。酒にではない。自ら脳裡《のうり》におもい描いた夢に酔っている。新八はそうおもったのだ。

甲州に向かって出発するまえに開かれた隊の役付会議で、勇は「これは上様のご内諾を得ての議であるが……」と前置きして、甲州進攻計画の可否を問い、「首尾よく甲州城百万石が手に入らば、隊長は十万石、副長は五万石、副長助勤は各と三万石、調役一万石、伍長級五千石、平《ひら》同士には各と一千石ずつを分配することにいたそう」といった。

この甲州城百万石というのが、すでにして夢である。甲州最後の大名であった柳沢《やなぎさわ》

吉里《よしさと》が大和《やまと》郡山《こおりやま》に転封されたのち、甲斐国《かいのくに》は天領化されたが、それまで吉里が受封していたのは十五万石であった。かつての太閤《たいこう》検地によっても、甲斐国の知行高は二十二万五千石である。

隊長のいう通りに分配すれば、調役、伍長級、平同士には行き渡らないうちに領地がなくなってしまうのだが、勇の目的は、もちろん甲州を最後の拠点として徳川家を守ることにあり、領地の分配うんぬんの話は、それを言い出したときのかれの笑顔からしても、いわば冗談半分のようなものだったのであろう。そして土方歳三以下の役付者も、

——もし、そうなったら面白い。

といった程度の気持で、勇の提案に賛成したのである。領地の分配などという付録がなくても、鳥羽伏見で手痛い敗戦を喫した薩長軍に最後の一戦を挑むことは、一同の望むところであった。

勝敗は問題ではない。ダンブクロを穿《は》いた薩長兵ともういちど戦って、前に隊士の三分の二を失った新選組の恥を雪《そそ》ぎたいのである。

しかし、いまの勇の表情と口調からすると、

——上様をいただいて甲州の新天地に真の王道楽土を建設する。

という夢を、かれは本気で信じているようであった。そうした夢を聞いて、新八も胸が躍らぬわけではないが、

——どこか、違う。

という気がする。どこがどう違うのかは、よく判らないのだが……。

少なくとも、かつての近藤勇は、このように夢を追う男ではなかった。石橋を渡るまえに何度も繰返し叩《たた》いてみる堅実一方の性格であった。芹沢鴨《せりざわかも》を殺して新選組の主導権を握ったさいも、沖田総司らの四人が芹沢を襲ったとき、古くから勇の同志であり、新選組創立者の一員であった新八もそれを知らず、急報を聞いてその場に駆けつけたほど、かれの計画は手堅く隠密裡に運ばれていたものだった。それなのに、いまのかれは、やすやすと甲州進攻の計画を人に打明けて、夢のような将来を語っている。

——一体なにが、隊長をこう変えたのだろう……。

永倉新八の耳に、二日続きの酒宴に酔って騒いでいる隊員たちの声が聞こえてきた。かれはいまの甲陽鎮撫隊が、隊長の近藤勇を中心に、一種の熱病にでも浮かされているような不安を感じないではいられなかった。

二

府中を出た甲陽鎮撫隊は、甲州街道を西に歩いて行く。昨日の夕方、かれらは布田五ケ宿から一里と二十三丁歩いて、府中に着き、そこに泊ったのだ。府中の宿に入ってからも、かれらは飲み続けであった。

一昨日の夜から、殆《ほとん》どぶっ続けに飲んでいるのだから、隊員のかなりの部分の二日酔は、前日よりも、いっそうひどくなっている。

府中から二里ほど歩いて、多摩川《たまがわ》の渡しを舟で渡ると、そこは日野《ひの》の宿場であった。日野の石田《いしだ》村は、副長土方歳三の出身地である。

隊員は、府中から僅か二里と八丁進んだだけの日野の宿場で早くも休憩することになり、ここでも昼からの酒になった。

近藤勇らの幹部は、土方歳三の姉ノブの嫁ぎ先である日野の名主佐藤彦五郎《さとうひこごろう》の家に行った。つまり彦五郎は土方歳三の義兄であるが、かれは名主であるとともに、天然理心《てんねんりしん》流の日野道場主を兼ねていて、剣法においても近藤勇と歳三の兄弟子に当る人物であった。

このあたりの郷士や百姓の子弟を集めていた天然理心流日野道場は、のちの新選組多摩党の母胎となったところである。

——近藤勇は若年寄、土方歳三は寄合衆《よりあいしゅう》格の幕臣となって帰って来た。

というので、彦五郎の家には、道場の門弟や近所の人たちが、次次に詰めかけて来た。勇はそれらの人人と気さくに応対していたが、土方歳三の態度は違っていた。

——トシさんは一体どうなってしまったんじゃ。

という声が地元の人のなかから洩《も》れた。かれらの知っていた「トシさん」は、家伝薬の「石田散薬」の行商をしながら剣術の修行に勤《いそ》しんでいた愛嬌《あいきょう》のある若者であった。

ところが、いまの歳三は、奥座敷の上段の間に腰を据え、厳《いか》めしげな態度で人人を睨《ね》めつけるようにしているのである。

勇は左手で盃を持ちながら、上機嫌で京都時代の武勇伝を披露し、愛刀虎徹《こてつ》の自慢をしたりしていた。そのとき歳三は、

「もはや軍《いくさ》は、刀や槍《やり》の時代ではない」

といった。それは歳三だけでなく、剣豪ぞろいの新選組が、ダンブクロを穿き鉄砲を持った薩長兵の集団戦法に無残な敗北を喫したときから、組のみなが感じていたことであったが、鋭利な頭脳を持つ歳三には、とくに強く感じられていたのに違いない。

かれの洋服姿は、その現われでもあったのだろう。しかし、勇が天然理心流の剣法による武勇伝を披露しているときに、わざわざそんなことをいわなくてもよさそうなものである。果して座には一瞬、白けた空気が漂った。

その空気を感じとって、永倉新八は、きのうから近藤勇と、そして土方歳三に覚えていた異和感の原因が判ったような気がした。かれらは多分、地元の人間のまえで、いいところを見せようとしていたのに違いなかった。

勇と歳三は、ともに百姓の息子である。それがいまや、若年寄格と寄合衆格の幕臣にまで出世したのだ。天下泰平の時代なら考えられぬほどの異例の出世だが、それを公然とは自慢しにくい。そのことが勇を饒舌《じようぜつ》にさせ、歳三の態度を尊大なものにさせていたのだろう。

——やはり田舎者《いなかもの》だな……。

と永倉新八はおもった。

新八は松前《まつまえ》藩士の息子であったが、父は江戸定府取次役をしており、下谷《したや》の三味線堀《しゃみせんぼり》にあった松前藩江戸屋敷内の長屋で生れ育ったので、かれの気質には、すべて物事にあっさりしていて、名利に拘泥しない江戸っ子風のところがあった。土臭い田舎者は性に合わない。

そのかれが、近藤勇に私淑して、「小石川《こいしかわ》のイモ道場」と呼ばれていた試衛館《しえいかん》の食客になったのは、ともに激しい攘夷《じょうい》論者である点で共鳴したからであったが、勇の笑顔に惹《ひ》かれたからでもあった。

勇は顴骨《けんこつ》の高い武張った顔つきをしているのに、笑うと頗《すこぶ》る優しそうな表情になった。人に対する態度が厳しい半面に、深いおもいやりを秘めている。金銭にも潔癖で、名利にも恬淡《てんたん》としているようにおもえた。いちど幕府講武所の教授方見習になろうとして運動し、百姓の出であることから拒否されて、ひどく落胆していたことがあったが、剣で世に出ようとしている人間にとって、これは止むを得ない。

そのうえに魅力的だったのは、勇が強い信念を持っていることだった。新八も仲間から「我《が》む新」と呼ばれていたほど我武者《がむしゃ》らな性格で、いったんこうとおもいこんだことは決して変えないたちである。かれはつねに冷静な土方歳三には、あまり親しめないものを感じていたが、近藤勇は好きだった。その歳三にしても、ただの田舎者ではないとおもっていたのだけれども、郷里に帰ると、たちまち田舎者の地を出してしまう。

「トシさん」

と呼びかけた地元の一人に、

「わしのいまの名は違う」と歳三はにべもなく答えた。「いまの名は、内藤隼人《ないとうはやと》だ」

若年寄格と寄合衆格に任じられてから、近藤勇は大久保大和剛《おおくぼやまとたけし》、土方歳三は内藤隼人と、いかにもそれらしい名前に改めていたのである。永倉新八はそのことにも滑稽さを感じ、反感を覚えていた。若年寄格といい寄合衆格といっても、徳川が瓦壊しかけているいま、それは画に描いた餅のようなものではないか……。

「そうだ。いまの土方君は寄合衆格内藤隼人氏」と勇は横から歳三の顔を立てるように口を添えた。「そして、やがては五万石の大名となるかも知れん」

「それはいかなることじゃ」

歳三の義兄の彦五郎は、度胆を抜かれた面持《おももち》で訊《たず》ねた。

「われら甲陽鎮撫隊はな……」

勇はまた甲府城を占拠して、甲州に徳川の新しい国をつくる、という構想を話し始めた。いまのかれは、その計画の実現を完全に信じきっている表情だった。

甲陽鎮撫隊の計画を、勇に授けたのは、幕臣大久保一翁《いちおう》であろう……と新八は察していた。大久保一翁は、かねてから近藤勇の庇護者《ひごしゃ》だった一人である。勇が大久保剛と名を改めたのも、そこから出ていた筈であった。

新八はその計画を、

——勝安房の策略によるものではないか。

とも疑っていた。

勝海舟《かいしゆう》と大久保一翁は、幕府内における恭順論者の双璧であった。そこで勝は、徹底抗戦を唱え続けていて、しかも新選組という手勢を率いている近藤勇を、江戸から追払うために、大久保一翁を通じて、

——甲陽鎮撫隊の計画を、勇に授けさせたのではないか……。

と、新八は疑ったのだ。そんなことを疑うのは、本来なら「我む新」と呼ばれている新八の役割ではない。万事につけて用心深い勇や、策略家の歳三がそう疑ってもいい筈なのに、勇は大乗気でこの計画に飛びついた。

計画を実現するのに、鳥羽伏見の敗戦で隊員が減ってしまった新選組では、人数が足りない。そのことを勇は右肩の鉄砲傷の治療を受けているとき、幕府典医の松本良順《まつもとりようじゆん》に洩らした。良順もこの案に乗気で、

——浅草の弾左衛門を紹介しよう。

といった。弾左衛門は、いわれのない差別を受けていた関東十万人の棟梁《とうりよう》である。薩摩はその十万人を味方にしようとしているという噂《うわさ》があり、それを憂慮した良順は、弾左衛門の病気治療に当ったうえ、幕府に献策して、かれの名を矢島内記と改めさせて、御書院番に加えさせていた。

弾左衛門に会った近藤勇は、自分もかつて採用が決定しかけた講武所教授方見習の職

を、百姓の出身であることから取消された経験を語り、

――ともに力を合わせて、このような非道が行なわれることのない天下をつくろうではないか。

と説いて、自分が天下を取った暁には、那須野ケ原《なすのがはら》を与える、とも約束した。勇の説に共鳴した弾左衛門は、一万両という大金を幕府に献金し、二百人の部下を甲陽鎮撫隊の隊員に加えることにした。かれが幕府に献金したのは一万両であったが、軍用金として勇に渡されたのは三千両であった。

こうして甲陽鎮撫隊は江戸を出発し、いま日野の宿場に来ていたのである。

「……われらが大名になるなどというのは、いわば事の枝葉」と勇は、きのうとおなじことをいった。「根幹は、上様をいただいて、甲州の地に真の王道楽土を築くことにある」

「わしも一緒に行こう。甲州に連れて行ってくれ」

勇の話に感動した彦五郎がそういうと、

「わしらも」「わしらも」……。

と、台所の土間を埋めていた五、六十人の若い門弟たちから、一斉に興奮した声が挙がった。勇は門弟たちに向かって、

「それはできぬ」はっきりと断った。

「なぜでございます」

「これは勝つと決まった戦いではない。命を捨てなければならぬかも知れぬ軍だ。きみがたはまだ若い。これからなすべきことが沢山ある。たとえわれらが軍に敗れ、死んでしまったとしても、きみがたは命を大切にして、徳川のために尽してくれ」

勇としては、実際に郷党の若者の血を流させるのに忍びなかったのかも知れないが、その声には自分の言葉に酔っているような調子があった。かれがそんな声で話すのを新八が聞いたのは初めてだった。門弟たちは啜《すす》り泣きながら、

「いや、連れて行って下さい」「近藤先生のためなら、命は惜しみませぬ」「ぜひとも、わしらも甲州へ……」

と口口にいった。勇が止めようとすればするほど、かれらの勢いは強まりそうだった。結局これは、彦五郎が「春日《かすが》隊」という別働隊をつくり、甲陽鎮撫隊の兵糧方を勤める、ということで話がまとまった。

佐藤家を出た近藤勇らの幹部は、宿場で昼食をとっていた隊員たちのところへ戻った。昼からの酒で、かれらは意気軒昂《けんこう》としていた。酒のせいだけではなかった。隊員の大半は弾左衛門の部下であったから、いまや長年にわたる理不尽な苦しみから解放されて、明るく暮せる天下をつくることができるかもしれぬ、という希望を胸底に燃え立たせてもいたのだ。

甲陽鎮撫隊は日野を出発した。

八王子の宿場を通り、駒木野《こまぎの》に達したあたりから、空が曇ってきた。そして小仏《こぼとけ》峠

にさしかかったとき、雪が降り始め、峠を登るにつれて風が強くなり、やがてそれらは一行に激しく吹きつける雪嵐となった。江戸を発《た》ったのは穏やかに晴れた日であったので、かれらは軽装であった。肌も凍るような寒さで、三日続きの酔いは急速に醒《さ》まされた。それにかわって体の芯に蓄積されていた疲労が表面に噴き出してきた。やっとのおもいで小仏峠を越えて小原《おばら》に出たものの、そこから与瀬《よせ》の宿場までの道は、膝まで没するほどの積雪に覆われており、僅か十七丁の距離にかなりの時間を要して宿場に着いたときは、口もきけぬほど疲労困憊《こんぱい》していて、体が冷えきっていたのにもかかわらず、暖をとるための酒を飲む元気すら失われていた。

翌朝、与瀬宿を発った甲陽鎮撫隊は、一夜の眠りがかえって疲れを増したように、気息奄奄《えんえん》としていた。

吉野《よしの》から関野《せきの》をすぎると、相州《そうしゅう》と甲州の境界を形づくっている堺川《さかいがわ》と、諏訪《すわ》の関がある。昨日の夕方から降り続いていた雪は、堺川の谷間から上方に吹き上げて、諏訪の関のあたりは目もあけていられぬほどの猛吹雪《ふぶき》であった。ついに甲州に入った、という喜びを感じている余裕などはとてもなく、関所を出たばかりのところにある上野原《うえのはら》の民家で、一時吹雪を避けて休憩することになった。

上野原を出たときは、かなりの数の隊員が姿を消していた。上野原からこの夜の宿の勝沼《かつぬま》までは、徒歩《かち》渡しの鶴川《つるかわ》、座頭ころばしの矢壺坂《やつぼざか》があるうえに、最大の難所である笹子《ささご》峠が控えている。姿を消した隊員は、それを知って、この雪ではとても行かれぬ、と考えたのだろう。

甲陽鎮撫隊は黙黙と雪中の行軍を続けた。野田尻《のたじり》、犬目《いぬめ》、鳥沢《とりさわ》、猿橋《さるはし》、駒橋《こまはし》、大月《おおつき》、下初狩《しもはつかり》、白野《しらの》、黒野田《くろのだ》……。と、民家のある村や宿場を通り抜けるたびに、隊員の数は少しずつ減っていったが、大多数は粘り強く歩き続けて、とうとう雪の笹子峠を越え、駒飼《こまかい》に入った。

ここから勝沼までは、あと二里足らずである。ほっとしたのも束の間であった。そこには隊員の士気を決定的に削《そ》ぐ知らせが待っていた。甲州に向かって先発し、この駒飼で笹子峠を越えて来る本隊を待っていた隊員の報告によると、

――敵の東征軍は、すでに昨夜、甲府城に入城した。

というのである。しかもその数は五千であるという。だからいわぬことではない、と永倉新八は心のなかでおもった。

――布田五ケ宿や日野で足をとめず、隊長と副長が郷党の歓迎に酔い痴《し》れていなければ、東征軍より先に甲府城へ入れたのかも知れぬのだ。

勇もおなじおもいだったのであろう。かれは顔色を変えると、隊の幹部に騎馬隊の結成を命じた。かれは何とかして自分の失敗を取戻そうとしている様子であった。騎馬隊は甲府に向かって走り出した。

――だが、いまから少数の騎馬隊で甲府に駆けつけたところで、どうなるものでもない。

走りながら、勇もそのことに気がついたのに違いない。勝沼の宿場で、かれは騎馬隊の足を止めさせ、後続の本隊を待つことに方針を変えた。これほど狼狽《ろうばい》している勇を見るのも新八は初めてであった。

やがて、勝沼の宿場に到着した本隊の人数は、最初の半分近くに減っていた。点呼を取ってみると、百二十一人だった。残っている隊員の表情にも、明らかに動揺の色が見えた。無理もない。僅か百二十一人で、五千の軍勢に戦いを挑むのでは、だれが考えても、無謀にすぎる。

勇は土方歳三を呼んで、隊の全員に聞こえるように命じた。

「至急、神奈川の菜葉隊を呼びに行ってくれ」

菜葉隊というのは、隊員が青い羽織を着ていたことからそう呼ばれていた旗本隊である。土方歳三は馬を駆って飛び出して行った。

「永倉君、原田君」

勇は二人を呼ぶと、宿の自室に入って行って、低い声でいった。「きみたちは馬で猿橋まで行ってくれ」

それはせっかく越えて来た雪の笹子峠の遥《はる》かあとまで逆戻りすることになる。一体なんのために……と訊ねた新八に、

「いや、行く真似《まね》をするだけでよい」

と、勇は意外なことを口にした。

「行く真似？」

「そうだ。行く真似をしてから帰って来て、会津の援軍が猿橋まで来ている、明朝にはここへ到着するだろう、と隊員に伝えるのだ」

「それは下策です」

新八は憤激を抑えかねた。「明朝、会津の援軍が来なかったら、それが嘘だということは、すぐに判ってしまう。隊長ともあろうお人が、どうしてそのような下策を……」

「しかし、ほかに隊員の動揺を静める手立てはない。このままでは、さらに脱走者がふえるかも知れぬ」

「それにしても……」新八はおもいついて問い返した。「八王子千人隊はどうなっているんですか」

八王子千人隊は、徳川が甲州口の押さえとして、武田の旧臣の家を中心に編制した半農半武の郷士団である。かれらが甲陽鎮撫隊に加わることは、すでに近藤勇とのあいだに話がついていた筈であった。

「うむ。それは……」

勇は虚を衝《つ》かれた顔になった。

考えてみれば、八王子千人隊の主力が住んでいる八王子と日野を通ったとき、勇は郷党の歓迎に心を奪われていたせいか、かれらとの約束を確認した様子がなかった。新八はそれを、よほどの確約があったからだろう、とおもって見過ごしていたのだが……。

「まだ手筈がついていなかったのですか」

新八は重ねて聞いた。それが事実とすれば、ちょっと考えられないほどの失策である。

「いや、もちろん手筈はついている。だが、東征軍がこれほど早く甲府城に入るとはおもっていなかった。わしとしては、甲陽鎮撫隊が先に甲府城へ入ってから、八王子千人隊を呼び寄せるつもりでおったのだが……」

「では、猿橋まで会津の援軍が来ている、などと嘘を隊員に申すより、八王子千人隊を呼びに行くほうが先でしょう」

「東征軍が先に甲府城へ入ってしまったと知れば、果して八王子千人隊が援軍に来てくれるかどうか……。とにかく問題は今夜だ。今夜の脱走を食い止めなければならん。頼む、永倉君、原田君。士道には反することだが、さっきわしがいった通りにやってみてくれんか」

勇の面貌には、ありありと苦衷の色が現われていた。

馬に乗って勝沼の宿場を出た二人は、暫くあてどもなく闇のなかを歩き回った。

「隊長は一体どうなってしまったんだ」と原田左之助は呟《つぶや》いた。「まったく人が変ってしまったとしかおもえん。まるで別人のようだ」

「……うむ」

それは新八も同感であった。新八が知っている勇は、まず何よりも士道を重んずる人間であった。隊員にすぐ露顕するような嘘をつくといった小策は、かつての近藤勇であったなら激怒して退けた筈である。

また八王子千人隊とのあいだに、確約を結んでいなかったというのも、以前の近藤勇には似つかわしくない重大な失策であった。それに、東征軍が先に甲府城へ入ったと知ったときの、あの取乱しようは……。考えれば考えるほど、不可解なことばかりだった。

「とにかく今夜は、隊長のいう通りにしよう」と新八はいった。「隊長には隊長の考えがあるのかも知れん。明日になれば、それは判ることだ」

二人が勝沼の宿場に帰ってみると、勇は甲府のほうに向けて宿場の入口に二門の大砲を据えさせ、さかんに篝火《かがりび》を焚《た》かせていた。それで東征軍に武威を示し、味方の士気も鼓舞しようとしていたのだろう。

永倉新八と原田左之助は、

——猿橋まで援軍が来ている。

と隊員に伝えたが、篝火に照らされているかれらの表情から、不安と怯《おび》えの色が消えた気配はなかった。

三

翌朝——。
援軍は来なかった。

おそらく笹子峠を越えるのに時を費しているのであろう、と勇はいったが、隊員の多くは騙《だま》されたと知った様子で、不安と怯えのなかに怒りの色も濃くなってきた。自分たちは得体の知れぬ謀略のなかに巻きこまれている、と感じているようでもあった。

勇は柴田監物《しばたけんもつ》を呼んだ。

柴田監物は、甲府城が東征軍に開城を迫られて、城内が開城派と抗戦派に分裂したときの徹底抗戦派で、開城の直前に城を出て、昨夜遅くこの甲陽鎮撫隊に投じて来たのである。

かれの報告によって、東征軍先鋒隊の正確な数は三千、隊長は土佐《とさ》の乾退助《いぬいたいすけ》で、城内には岩倉具視《いわくらともみ》もいることが判明していた。

勇は柴田監物に、城内の岩倉具視のもとへ使者に立つよう命じていった。

「よいか。岩倉卿《きょう》にわしの言葉を、こう伝えるのだ。幕府若年寄格甲陽鎮撫隊長大久保大和剛である。御面接の上申上げたき儀がござる、とな」

その言葉を聞いたとき、永倉新八は、近藤勇が別人のように変ってしまった原因が判った、とおもった。

——ここにいるのは、近藤勇ではない！

かれが士道を念頭から忘れ去ってしまったような小策を弄したことも、以前の用心深さからは考えられない失策を犯したことも、東征軍が先に甲府城へ入ったと知ったときのかつての豪胆さを失った周章狼狽ぶりも、新八にとって不可解だったことがすべて、そう考えれば納得がいく。ここにいるのは、近藤勇ではない。いまかれが口にした通り、大久保大和剛なのだ。

まえにもかれは、長州藩問罪訊問使《じんもんし》に幕僚として随行したときに、そう名乗ったことはあるが、正式に大久保大和剛と名を改めたのは、幕府若年寄格に任じられてからである。かれの人柄が変り始めたのは、名前を変えたときからだった。

かつての近藤勇は、自分の命のほかに、失うべきなにものも持っていなかった。かれが命を捨てても守ろうとしていたものは、徳川家に対する「誠」の一字である。それはたとえ徳川が滅び去っても、貫き通さなければならないものであった。

いまの大久保大和剛は、徳川が倒れた場合、失うものを持っている。ひとつは空名にもせよ幕府若年寄格の高位であり、ひとつは十万石の大名という夢である。甲府城を手に入れたら、甲州を新選組の隊士に分配しよう、というかれの話を、新八は冗談半分のものとして聞いていたのだが、大久保大和剛としては、次第に本気になっていたのに違いない。

――この男は、名前を変えたときから、なかみも変ってしまったのだ。

新八はそうおもって、かれを見た。若いころから私淑し、尊敬し続けてきたかれが、いまはまるで見知らぬ男のようにおもえた……。

甲府城へ使者に立った柴田監物が帰って来た。

「岩倉卿は、どのような返事であった」

勇は急《せ》きこんで聞いた。

「それが……」

監物は緊張に青ざめて答えた。「御挨拶は鉄砲でいたす、とのことにございます」

「なんだと！」

勇が激昂《げっこう》して叫んだ。「幕府若年寄格の大久保大和と、話もできぬと申すのか」

「……はい」

東征軍としては、名前も知らぬ男が率いているごく少数の甲陽鎮撫隊など、一気に揉《も》み潰して江戸へ進攻しようとしていたのであろう。

「面白い」勇は凄《すご》みをきかせた声で永倉以下の部下に命じた。「向うがその気なら、こっちも大砲で挨拶してやろう。軍《いくさ》だ。軍の用意をするのだ」

「それは無謀でござる」永倉新八は語気を荒げて反論した。

「無謀とは、どういうことだ」

「敵が三千に対して、こちらは僅か百二十。とうてい勝目はありません」

「臆したのか、永倉君」

勇は血走った眼で睨《にら》みつけた。「無謀といえば、われら新選組の戦いは、つねに無謀、つねに捨身であったではないか。わが天然理心流の極意は電光剣だ。打って出る太刀《たち》に入るこそ必死なり。よく身を捨てるは必勝となる。この電光剣の気構えで、捨身でかかれば、あるいは勝てぬものでもあるまい」

「それは万一の僥倖《ぎょうこう》を狙う匹夫《ひっぷ》の勇と申すもの。近藤勇は決してそんな無謀な戦いはしなかった筈です」

「無謀ではない。捨身だといっているのだ」

「いまのあなたに捨身の電光剣は使えません」

「なぜだ」

「いまのあなたは、近藤勇ではない。自分で口にされている通り、幕府若年寄格大久保大和。もはや捨身にはなれますまい。あなたは十万石の大名という夢に眼が眩《くら》んで、かつてのおのれを失い、万一の僥倖を願っているだけなのだ。そのような無謀な軍に加わることはできませぬ」

「永倉君！　きみは徳川のために死ぬつもりではなかったのか」

「無論わたしは徳川のために死ぬつもりです。しかし、そのまえに薩長土の芋侍に一泡吹かせなければ、死んでも死にきれません。敢《あ》えてここで軍をするのなら、少なくとも土方さんが呼びに行った神奈川の菜葉隊が来てからでも遅くはありますまい」

「それでは、時を失する」

「何をいっているんですか！　時はとっくに失われている。あなたが郷党の歓迎に酔い痴れているあいだに、時は失われてしまったのだ。あなたが自分でも気がついていないかも知れぬ本当の気持を、わたしから申上げましょう」

「………」

「あなたが八王子千人隊の援軍の確約を得なかったのも、いま神奈川菜葉隊の到着を待たずに軍を起こそうとしているのも、甲府城攻略の功を、他に奪われたくないからなのだ。結局は甲府城の攻略をわが手ひとつで行ない、十万石の夢を実現したいがため……もしわれらが東征軍より先に甲府城へ入っていたら、或はそれもできないことではなかったかも知れない。だが時はすでに遅い。近藤さん！　眼を醒まして下さい。あなたは十万石の夢に眼が眩んで、本当の自分を失っているのだ。ここはいったん兵を退《ひ》いて、再起を期しましょう」

「よし、きみの考えは判った。それならば、隊はきみと原田君に預けよう。わしはここを、一歩も退かぬ」

腕を組んだ勇は、梃子《てこ》でも動かぬ姿勢を示した。いわば目前の距離にある甲府城は、凄《すさ》まじい力でかれを引きつけているようであった。

「では、隊長はここで、一人で死ぬつもりですか」

「………」

無言のまま睨みつけている勇の眼を、新八は負けずに凝《じ》っと見かえした。二人は暫く睨み合ったままでいた。勇の眼の底にあったのは、新八にとっては懐しい、いったんこうとおもいこんだことは決して変えない頑固一徹の光だった。

「わたしの負けですな」

粘りでは田舎者にかなわない。新八は諦めて匙《さじ》を投げた。「隊長一人を死なせるわけにはいきません。わたしもここで戦いましょう……」

こうして甲陽鎮撫隊は、勝沼で三千の東征軍を迎え撃つことになった。だが、近藤勇と永倉新八が激論をかわしているあいだに、隊員の数はさらに減っていた。

新八は馬に乗って、江戸へ帰ろうとしている者を追いかけ、懸命になって説得に努めたが、

——会津から援軍が来た、と嘘をついたり、どう考えても勝目のない軍を始めようとしている近藤勇は、信用できない。

といって、かれらはどうしても帰隊を肯《がえ》んじなかった。伝え聞く近藤勇の盛名に惹かれていただけに、現実に見た勇の姿は、かなりかれらを失望させた様子であった。

それでも勝沼には、まだ七十人ほどの隊員が残っていた。死をも決意して残っただけに、かれらはいずれも不敵な面構えをしていた。兵糧方の春日隊を合わせると、全部で約百人である。春日隊も近藤勇と一緒に戦って死ぬ覚悟のようだった。

翌日の未明から、甲陽鎮撫隊は、甲府に向かって勝沼の後方にある柏尾《かしお》と、横吹《よこぶき》に陣地を構築した。

まず柏尾の入口には、附近《ふきん》の山林から木を伐《き》り出して二重の柵をつくった。柏尾と横吹のあいだには川があり、万年橋という橋で結ばれている。横吹のなかを通る街道は、その名前の通り、南側は谷、北側は山に面していて、横なぐりに風が吹きつけてくる一本道になっていた。

甲陽鎮撫隊は、その道を見下ろす山のうえに二門の四斤砲を据え、さらに横吹から江戸へ向かう道の出口を大木で塞ぎ、各所に分散して敵を待った。

三千の東征軍は、隊伍を整え、〽ピーヒャラピッピッピ……という鼓笛の音とともに進軍して来た。甲陽鎮撫隊は、柏尾の入口の柵のあいだから、鉄砲でこれを迎え撃ったが、急造の隊士が多いので、弾丸はなかなか当らなかった。たまに当ったとしても、数は圧倒的に相手のほうが多い。鉄砲を射ちあっているあいだに、東征軍は次第に間隔を狭めて、柵に近づいて来た。距離が近くなると、東征軍の射撃のほうが、遥かに正確である。何人かの負傷者を出した甲陽鎮撫隊は、柵を捨てて後退した。

これは予定の行動だった。万年橋を渡って後退しながら、かれらは橋上に積んであった薪《まき》に火をつけた。間もなく橋は炎上して川に落ちた。続続と柵を乗り越え、橋のない川を漕《こ》ぎ渡って来る東征軍を、甲陽鎮撫隊は岸の上から狙撃した。この弾丸もめったに当らなかった。東征軍は岸から這《は》い上がって来た。甲陽鎮撫隊は附近の民家に火を放ち、その煙のなかに姿を消した。東征軍は追撃して横吹の街道に入って来た。これを山上から二門の四斤砲で砲撃して、皆殺しにしようというのが、甲陽鎮撫隊の作戦だったのである。

だが甲陽鎮撫隊のなかに、大砲の扱い方を知っているのは、高島流《たかしま》の砲術を習ったことのある柴田監物一人だけだった。かれの放った砲弾は、東征軍のなかに落ちて炸裂《さくれつ》したが、もう一門の大砲から発射された砲弾は、東征軍よりずっと手前に落ちて、不発のまま地にめり込んでしまい、次に籠めた砲弾は、砲口のすぐ近くの地面に命中して炸裂し、味方の陣地と大砲自身を破壊してしまった。

柴田監物は残る一門の大砲を操って奮戦したが、敵兵が広く散開してしまったので、あまり効果がない。民家を焼いた煙のなかから、ふたたび姿を現わした甲陽鎮撫隊は、刀を抜いて白兵戦に転じた。

先頭に立っているのは、鎖帷子《くさりかたびら》に白鉢巻という姿の近藤勇だった。二尺八寸の宗貞《むねさだ》の刀を振回すかれの姿は阿修羅のようだった。そのあとにしたがっている急造の隊士たちも、すこぶる勇敢であった。東征軍の兵士は、必死の形相をしているかれらに追われて逃げ惑った。

一方——。東征軍の一部は、十人ばかりの猟師を先導にして山へ登り、裏側から監物らのいる大砲陣地の後方に迫っていた。猟師は大砲の陣地に向けて鉄砲を射った。その狙いは非常に正確だった。監物らは傷を負って逃げた。かわって大砲の陣地を確保した東征軍の兵は、そこからこんどは眼下にいる甲陽鎮撫隊の隊士を狙って砲弾を放った。かれらは大砲の扱いに熟達していたらしく、この狙いもかなり正確であった。甲陽鎮撫隊は地に伏し、あるいは谷底へ自ら転げ落ちて難を免れるしかなかった。

大砲が沈黙した。それをきっかけに東征軍は一斉に鬨《とき》の声を挙げて総攻撃に移った。

近藤勇、永倉新八、原田左之助らがいかに剣の達人であり、また急造の隊士たちもまことに勇敢であったとはいえ、ほぼ三千対数十の戦いでは、所詮、勝負にならない。甲陽鎮撫隊はおもいおもいの方向に散り散りになって敗走した。

四

甲州から命からがら江戸に逃げ帰った永倉新八は、

——もし生きていたら、本所《ほんじょ》の大久保一翁邸で落合おう。

という約束にしたがって、そこに行ってみたが、会えたのは原田左之助、島田魁《しまだかい》、矢田賢之助《やたけんのすけ》など十人ほどの隊士だけで、近藤勇の消息は不明であった。

死んでしまったのか、または甲府城占拠計画の失敗を恥じて、大久保一翁のところへは顔を出しにくく、どこかに姿を隠しているのではないか、とおもわれた。

新八は、原田らの残党とともに、会津藩に身を寄せて、最後の抵抗を試みることに決め、その軍資金として、新選組の後援者であった幕府典医頭松本良順から、三百両の金を引出した。ここで近藤勇は、和泉橋《いずみばし》の幕府医学所に身を潜めていることが判った。

さらに、離散した旧新選組の隊士二十余人が、吉原《よしわら》に集まって酒を飲んでいることを知った新八は、駕籠に乗ってそこへ駆けつけ、かれらも同志に引入れたのち、翌朝、一同と一緒に和泉橋の医学所へ近藤勇を訪ねた。

——ともに会津へ参りましょう。

という新八の勧誘を受けた勇は、

「それはできぬ」

怒気を含んだ口調でそういった。

「なぜでございます」

「わしは若年寄格として幕府に仕えおる身、会津藩に身を寄せることは、筋が通らぬ」

この男、まだ大久保大和のつもりでいるな……と新八はおもった。

「しかし、これは旧新選組の同志一同の決議なのでございますぞ」

「わしはそのような決議に加わった覚えはない。ただし、貴君らが幕府若年寄格であるわしの家臣となって働くというのなら話は別だ」

「とんでもない」

新八も憤然としていい返した。「われら、近藤勇と同盟を結んだ覚えはござるが、大久保大和などという者の臣下になった覚えはござらん」

「それならば、いたしかたない。武士は二君に仕えず、という。わしは会津藩に参るつもりはない」

「武士は二君に仕えず、とはわれらとてもおなじこと。われらがこれまで仕えたのは、ただ新選組の旗印があるのみです。その同志一同の決議を聞けぬというあなたは、もはや新選組の同志ではない、といわれるのですな」

「新選組は甲陽鎮撫隊となり、その甲陽鎮撫隊の企ても、空《むな》しく敗れ去った。いまのわしは、ただ一介の幕臣である」

「聞いたか、諸君」

永倉新八は振返って叫んだ。「ここにいるのは、かつての近藤勇ではない。幕府若年寄格なる空名に執着し、十万石の大名の夢を捨てきれずにいる大久保大和という俗物なのだ」

会津行きの同志に加わった一同は、おう、といった声を挙げてどよめき、憎しみと蔑みの籠った眼で勇を見た。

「近藤先生」

新八はわざとらしく丁寧な呼び方をして、引導を渡すようにいった。「これまでのご指導に関しては、厚く御礼を申上げます。だが、あなたはもう死んでしまったも同然だ。われらは亡き近藤勇先生の教えにしたがって、これより会津へ赴き、薩長土を相手に、最後の一戦を試みます」

座を蹴って立ったかれにしたがって、一同は潮が引くように去って行った。あとには近藤勇がただ一人、孤立無援のかたちとなって残された。


近藤勇は、まったくの孤立無援になっていたわけではなかった。永倉新八らが会津に去ったあとも、一人だけ最後まで離れなかった土方歳三とともに、かれは再起を志して下総流山《しもうさながれやま》に行った。

ここでかれは、幕府若年寄格大久保大和剛の名で、百数十人の江戸から脱走して来た幕兵を集めた。

その不穏な動きが、東征軍の谷干城《たにたてき》のいる板橋《いたばし》の本営に知れて、勇はそこへ引立てられた。取調べに当った薩摩の有馬藤太《ありまとうた》には、風貌からして近藤勇に違いないとおもわれたのだが、

――拙者は幕臣大久保大和剛でござる。

とかれはいい張ってきかなかった。

そこで、かつて新選組と袂《たもと》を分ったことから暗殺された伊東甲子太郎《いとうかしたろう》の同志で、いまは東征軍の一員となっていた加納道之助《かのうみちのすけ》を呼び、ひそかに障子の穴から覗《のぞ》かせて、首実検をさせることになった。加納が覗いて見ると、確かに近藤勇である。かれは障子をあけて声をかけた。そのときのことを、加納はのちにこう述べている。

――大久保大和、改めて近藤勇と、声懸けますと、近藤は実にエライ人物でありましたが、其時《そのとき》の顔色は今に目に附く様で、甚だ恐怖の姿でありました。（子母澤寛氏『新選組始末記』より）

このとき、勇は自分でもまだ大久保大和のつもりでいたのだとおもわれた。そうでなければ、近藤勇と見破られたことで、それほどの恐怖を示す筈はあるまい。

だが、かれはじきに本来の自分を取戻した。近藤勇の武勇を惜しんで、官軍への降伏を勧めた有馬藤太に、

――官軍とはいずれの軍のことか。朝廷の軍か、薩長の軍か、拙者には判り申さず、

正体の知れぬ軍に降伏することもできませぬ。

かれはそう答えて、降伏を拒んだ。

坂本竜馬《さかもとりようま》の暗殺を新選組の仕業と信じていた谷干城は、即刻斬首を命じ、これに対して有馬藤太は京都で裁判にかけることを主張したが、かれが宇都宮《うつのみや》方面に出かけて留守のあいだに、斬首の執行が決まった。

士分には許される筈の切腹が、勇には許されなかった。百姓出身のかれは、結局、士分とは認められなかったのである。

明治元年四月二十五日――。板橋の原っぱにつくられた刑場に引出されたかれは、自分で月代《さかやき》と髭《ひげ》を剃《そ》り、懐紙に辞世をしたためたあと、まえに掘られた穴のほうへ首をさし伸べた。近藤勇の首は、一刀の下に斬り落とされて、穴のなかに転がった。行年三十五歳であった。

かれの辞世の詩は「孤軍援絶作俘囚　顧念君恩涙更流」と書き出され、「快受電光三尺剣　只将一死報君恩」と結ばれている。この詩のなかにあるのは、まさに近藤勇以外の何者でもない。

一時は空名にもせよ幕府若年寄格の高位につき、大久保大和剛と名を改めながら、最後にはやはり、かれは近藤勇として死んだのだった。

武士の妻

北原亞以子

北原亞以子《きたはらあいこ》（一九三八～二〇一三）

東京は新橋に生まれる。千葉二高卒。広告会社のコピーライターを経て、作家になった。昭和四十四年「ママは知らなかったのよ」で、第一回新潮新人賞を受賞。はやくから時代小説の世界に挑み、女流作家ならではの視点をもった作品を次々と上梓する。平成元年『深川澪通り木戸番小屋』で、第十七回泉鏡花文学賞を獲得したのを機に、大きくステップ・アップした。平成五年『恋忘れ草』で第百九回直木賞を、九年に『江戸風狂伝』で第三十六回女流文学賞を受賞。その後も充実した活躍を続け、さらなる境地を示した。

「武士の妻」は「オール讀物」（平9・6）掲載、『埋もれ火』（文藝春秋　平11刊）に収録された。

島崎勇《しまざきいさみ》に嫁げと父に言われた時、やはりそうかとツネは思った。

このところ、父と母の間でしばしばその名前が出ていたのだが、ツネが近づくと、二人は口を閉じてしまう。それが、何とも不自然だったのである。

「わるい縁談ではない」

と、父は言った。

父の松井八十五郎《まついやそごろう》は、徳川《とくがわ》ご三卿《さんけい》の一つである一橋《ひとつばし》家の祐筆《ゆうひつ》をつとめている。が、島崎勇は、多摩郡《たまごおり》の豪農、宮川久次郎《みやがわひさじろう》の三男であった。天然理心《てんねんりしん》流の剣術を学び、宗家三代目と称している近藤周助《こんどうしゅうすけ》の養子となって、養父の生家の姓をなのっているのだということ。

「周助殿も、多摩郡小山《おやま》村の生れだそうだ」

八十五郎はそこで言葉を切って、「その方がいい」とつづけた。

ツネは黙ってうなずいた。安政《あんせい》六年、暮のことだった。

「その方がいい」と言った父の胸のうちは、痛いほどよくわかる。

当時、一橋家当主であった慶喜《よしのぶ》は、幕府から隠居、慎《つつしみ》を言い渡されていた。十三代将軍家定《いえさだ》が病弱であったため、その継嗣《けいし》を誰にするかという問題が持ち上がり、幕閣も諸大名も、慶喜を推す者と紀州《きしゅう》藩主徳川慶福《よしとみ》を担ぐ者とに分かれて争い、朝廷まで巻き込むお家騒動となったのだった。その争いに、慶喜は敗れたのである。

慶喜の実父は、前水戸藩主の徳川斉昭《なりあき》であり、斉昭は夷狄《いてき》に神国の土を踏ませるべからずといきまく攘夷《じょうい》派の中心にいた。

十四代将軍家茂《いえもち》となった慶福を推したのは、彦根《ひこね》藩主で大老の座にあった井伊直弼《いいなおすけ》だった。直弼は、朝廷の意向も無視してアメリカと通商条約を結んだ男である。開港を実行してしまったわけで、攘夷派の父を持つ慶喜には、しばらく陽《ひ》が当るまいと、ツネは思っていた。

それでも八十五郎は、口癖のように、「明日の天候は誰にもわからぬよ」と言っていた。今日の曇り空が、明日は一転して雲一つない晴天に変わることもあるというのである。おそらく、八十五郎は祐筆という仕事柄、極秘の手紙を見ることもあったにちがいない。そんな手紙から、慶喜復権もあると思っていたのだろう。

だが、曇り空が晴天に変わるように、晴れかけた空がまた、曇ってしまうこともある筈《はず》だった。ひそかに事をはこんでいても、それが発覚してしまうこともないとは言えない。

だから、百姓の方がいいと、八十五郎は言いたかったにちがいなかった。どんな時代になっても、田畑を耕してくれる者がいなくては困る。その意味では、幕府の実権を握る者次第で、当主が隠居、慎を申し渡されるご三卿の家臣より、百姓の方がよほど地についた暮らしをしているのである。

しかも、武家は貧しい。札差《ふださし》に借金をしていない旗本、御家人は皆無にひとしく、諸藩は、ただでさえ少ない藩士の禄米《ろくまい》を、お家のために少しずつ借り上げている。ご三卿の家臣といえども、貧乏は例外ではなかった。

それにひきかえ勇の生家は、しばらくは他人の土地を踏まずに歩いていられるほどの豪農である。家茂、直弼の政権が数十年つづくことになっても、豪農の三男の嫁がひもじい思いをすることはない筈であった。

その上、勇は町道場を継ぐことになっている。剣術の稽古に通ってくるような男達は、どこか武士の気性に通じるものを持っているだろう。

さらにその上、勇はツネとの婚礼を望んでいる。豪農の伜《せがれ》ということで、あちこちから縁談が持ち込まれているが、勇は断りつづけていたのだそうだ。地味な感じの、できれば武家の娘を妻に迎えたいと言っているらしいのである。

わるい話ではないと、ツネも思った。

安政六年、ツネはかぞえの二十三歳だった。十七、十八で嫁ぐ娘が多い時に、二十三歳は嫁《ゆ》きおくれと言っていい。無口な上に、重い口を開けば攘夷がどうのこうのと男が話すようなことを言ってしまうのがわるいのではないかと、母は心配していたが、勇は、なかなか面白いお方だと言ってくれたそうだ。

ツネは、そんな話を聞いただけで勇が好きになった。八十五郎は勇を、美男子でもなければ垢抜《あか》けてもいず、武骨で朴訥《ぼくとつ》な男だと言ったが、それこそ望むところだと思った。ツネも、美貌の持主ではない。無愛想だと、父から叱られたこともある。が、勇がツネを面白い女だと思ってくれるなら、ツネは、ツネのままでいられる。黙々と勇に従い、勇が剣について話しかけてきたならば、それに応じればよいのである。似合いの夫婦になれそうだった。

縁談はまとまった。ツネは、翌年の三月末日に嫁いで行くことになった。

年が明け、正月が過ぎ二月が過ぎ、三月に入って、いつもなら花の便りも聞えてくる雛祭《ひなまつり》の日に、江戸は大雪となった。その日に、水戸脱藩の浪士らが、登城する井伊直弼の行列に襲いかかるという事件が起こった。直弼は、駕籠《かご》の外から短銃で撃たれ、刀で刺された上、首を斬り落とされたという。

八十五郎が言っていた通り、明日の天候はわからなかったのである。ツネは、一橋家に陽が当るかもしれぬことを、父のために喜んだが、この事件への関心は薄かった。当時のツネの目は、剣術が滅法強いという三歳年上の男にばかり向けられていたのだった。

「町方に嫁いでも、武士の娘であることを忘れるなよ」

と、八十五郎は言った。ツネは、母からもらった懐剣を行李《こうり》に入れて、年号が万延《まんえん》と変わってまもない三月二十九日に、市谷甲良《いちがやこうら》屋敷の試衛館《しえいかん》へ嫁いで行った。

嫁いで行く駕籠が揺れているのだと思った。が、目を開くと、七歳になる娘のタマが、泣きそうな顔をしてツネの肩を揺さぶっていた。

「起こしてごめんなさい、母様。あのね、ほんの少しの間でいいから、タマを赤ちゃんの時のように抱いて寝て下さいまし」

タマは、そう言うなりツネの寝床へもぐり込んできた。ツネは、夜具の乱れを直しながら、自分がうなされて妙な声を出し、タマをおびえさせたのだろうかと思った。

が、勇に嫁いでゆく日の夢を見ていたのである。うなされた覚えはないし、タマは、ツネの胸に顔を埋ずめて泣いている。夜着がわりの浴衣《ゆかた》の衿《えり》が、タマの涙で濡《ぬ》れてきた。

「どうしたの、いったい」

ツネは、胸からタマの小さな軀《からだ》を引き剝がした。

「こわいの」

と、タマは泣きじゃくりながら言う。

「ほら、聞いて、母様。ざわざわ、ざわざわ、いろんな音がするでしょう？」

ツネは耳をすませた。風が強くなったのだろう。庭の木立や竹林が、しきりに騒いでいるようだった。

ツネは今、多摩郡上石原村《かみいしわら》にある勇の生家にいる。広大な敷地の中に、母屋のほか、蔵屋敷やら文庫蔵やら、作男《さくなん》の住まいやらが点在している宮川家には、当然のことながら庭木も多かった。南側の人見《ひとみ》街道、北の小金井《こがねい》街道沿いの塀際には、欅《けやき》の大木がならび、二つの街道を結ぶ東側の道にも、やはり欅が植えられていた。ツネとタマが借りている母屋の十畳からは、面白くきずかれた築山《つきやま》が見え、そのうしろに竹林があった。

「風に木の枝が鳴っているのですよ。こわいことなどありません」

「いいえ」

タマは、ツネに赤いきれをかけて髪を結ってもらった頭を、左右に振った。

「木の枝の音の間から、人が泣いているような声も聞えるの。タマは、さっきからこわくって震えていたんです」

「聞えませんよ。タマさんの気のせいです」

ツネは、タマを強く叱ったものかどうか迷った。あまり軀が丈夫でないタマは、時折、気のせいとしか思えぬことにもおびえるのである。ツネは、勇がそばにいたならば、必ず言ったにちがいない言葉を口にした。

「タマさんは、武士の娘でしょう。そんなことでこわがっていたら、笑われますよ」

泣きやみかけていたタマの口許《くちもと》が、また歪《ゆが》んだ。べそをかいたのだった。早く自分の寝床へ戻れと叱られるにちがいない、そう思ったのだろう。

への字になった唇から、くぐもった声が出た。

「このおうち、いや――」

「何ということをお言いなの。ここは、父様がお生れになったところですよ。父様を思い出せば、こんな風の音なんか、ちっともこわくなくなります」

でも――と、タマが口の中で言った。

「タマは、父様の顔を覚えていないんですもの」

咄嗟《とっさ》に返事ができなかった。

タマがそう言うのも、むりはない。タマが生れたのは、ツネが嫁いだ翌々年、文久《ぶんきゅう》二年九月のことだが、それから半年もたたぬ文久三年の正月に、勇は、門弟とともに京へ行くと言い出したのである。

勇は、文久元年に天然理心流の四代目を継ぎ、近藤の姓をなのっていた。門弟には同じ多摩郡生れの土方歳三《ひじかたとしぞう》、白河《しらかわ》藩士の息子だという沖田総司《おきたそうじ》のほかに、仙台浪人の山南《やまなみ》敬助《けいすけ》、日野《ひの》宿生れで勇より五歳年上の、井上源三郎《いのうえげんざぶろう》などがいて、ツネには、類が友を呼んだ武骨な男達の集まりに見えたものだ。

「なあ、おツネ」

と、あの夜、勇は、ようやくタマを寝かせて長火鉢の前に坐《すわ》ったツネに言った。正月の十日を過ぎたばかりだというのに、赤くおこった炭火が鬱陶《うっとう》しくなるほどの暖かな夜だった。

「お前なら、わかってくれるだろう。俺は、攘夷のために働きたい」

ツネは、微笑《ほほえ》んでみせたつもりだった。

先日、道場へ浪士風にも見える男がきて、長時間話して行った。茶を新しくしてくれと言われ、ツネは二度客間へ入って行ったが、その時に聞えたのが、清河八郎《きよかわはちろう》という名であった。彼は、まもなく上洛《じょうらく》する将軍家茂の警護のために、浪士を募集せよと提案したのだという。

現在の幕府に、朝廷を無視するほどの強さはない。帝《みかど》は何としても夷狄を打ち払いたい攘夷派で、家茂は、そのお気持に添うことを約束するために上洛するのだが、京では天誅《てんちゅう》という暗殺を繰返している浪士が待ち構えていた。

将軍上洛の噂《うわさ》を聞けば、尊攘派浪士としての名を売りたい者が、さらに集まってくるかもしれぬ。不測の事態も起こりかねず、幕府は頭を痛めていたのだが、八郎は、その仲間となりそうな浪士を幕府の手で集め、将軍の警護役にしてしまえと進言したのである。

幕府が飛びつかぬわけはなかった。前土佐《とさ》藩主、山内容堂《やまうちようどう》も八郎に興味を持ったとみえ、藩邸に呼び寄せて会ったという。庄内《しょうない》浪士清河八郎は、一躍、注目される人物となったのだった。

俺も――と、勇は思ったにちがいない。野心などという言葉とは、およそ縁のなさそうな男ではあったが、門弟達と開国か攘夷かと議論をすることもあり、いつの間にか、このまま町道場主で終りたくない、国の中心が移ったように見える京で、存分に働いてみたいと考えるようになっていたのだろう。

「幕府の後押しをしたいのだよ、俺は」

と、勇は言った。

「俺は、気弱になっている幕府が見ていられないのさ。アメリカと通商条約を調印したのち、イギリスにもフランスにも言いなりに調印してしまう。我慢ならないんだよ。力足らずだろうが、幕府の弱腰を支えてやりたいんだ」

だが、清河の意見をいれて集めた浪士達――浪士組が京に向えば、幕府が強気になれるとも、尊攘派浪士が鳴りをひそめるともツネには思えなかった。尊攘派浪士は、浪士組に対抗できるような手段を考え、かえってとるに足らぬ出来事からぶつかりあうようなことが起きるのではあるまいか。騒ぎが大きくなっても幕府は何もできずに手をこまねいているだけかもしれないのである。

それに、タマが生れたばかりだった。ツネは、タマの父親に戦《いく》さが起こるかもしれぬようなところへ行ってもらいたくなかった。

言葉にはしなかったが、今の暮らしのどこに不平があるのかと、ツネは思った。居候同然の門弟もいて、道場はいつも賑《にぎ》やかだったし、宮川家の援助もあって、その居候を養う金には不自由しなかった。ツネは、勇の稽古着をつくろいながら、町道場へ嫁いできた幸せを噛《か》みしめていたのである。

そんな思いが、微笑を浮かべたつもりの頬をこわばらせたのかもしれない。勇は少々機嫌をそこねて、「武家の娘じゃないか」と言った。

「タマが生れたばかりで心細いのかもしれないが、これは将軍家の威信を賭けた戦さだよ。尊王攘夷を叫べば刀を振りまわしてもいいと思っている不逞《ふてい》浪士に、武家の棟梁《とうりよう》たる将軍家がおびやかされている。武士として情けないと思わないかえ。どうしても、奴《やつ》らは叩《たた》きのめさなくてはならないんだよ。俺は、おツネなら、あとのことはご心配なくと、笑って言ってくれると思った」

ツネは、何も言わずに俯《うつむ》いた。私が嫁いできたのは時流に乗ろうとあがく武士ではない、いつの世でも足が地についている百姓の倅なのだ、そう言いたかったのだが、婉《えん》曲《きょく》な言いまわしを思いつかなかった。

「松井のお父上にはご無沙汰ばかりで申訳ないが、これで何かのお役に立つかもしれないよ。井伊大老が亡くなられて、一橋公は今、将軍後見職だ。きっぱりと攘夷を仰せ出されぬのが不思議だが、俺のような者にはわからぬご苦労もおありなのだろう。ともかく、俺は将軍家のために働きたい。な、わかってくれ。俺は百姓の出だから、むずかしいことはわからない。でも、将軍家や、一橋公のお役に立ちたい気持は、武士に生れついた男と変わらないつもりだ」

その時のツネに、うなずく以外の何ができただろう。

一月十九日、勇は、講武所《こうぶしょ》の剣術教授方世話役である山岡鉄太郎《やまおかてつたろう》に会い、感激して帰ってきた。

もうとめられはしなかった。勇も門弟達も嬉々《きき》として上洛の準備をはじめ、二月四日、募集に応じる者の集合場所、小石川伝通院《こいしかわでんづういん》へ朝早くから出かけて行き、四日後に江戸を発《た》って行った。

それから後のことは、勇がこまめに手紙で知らせてきた。

清河八郎は、倒幕のための挙兵さえ考えていた男だったという。京に到着すると、彼はまず、尊攘派の公卿《くげ》や武士の勢力下にあった学習院へ、『幕府の世話にて上京 仕《つかまつ》れども、禄位は受け申さず……』と書いた建白書を提出した。

朝廷は建白書を受け取った。意外にも八郎は、宸襟《しんきん》を安んじて万民を救うべしという勅 諚《ちょくじょう》と、学習院に参上して時局を語れと書かれた関白からの達 書《たつしがき》を手にしたのである。

幕府も黙ってはいない。横浜港へ入ってきたイギリス艦打ち払いを口実に、八郎を呼び戻そうとした。攘夷と聞いて、八郎はすぐに江戸へ帰ることをきめたそうだが、ここで勇が反対をした。

「我らは、将軍家警護のために江戸を発ったのである。お指図は、幕府からうけるのが順当だろう。将軍家をさしおいて行動するような者と、こののち力を合わせるなど、できるとは思えない」

勇らしい筋の通し方だった。

京に残った勇と門弟達、それに水戸脱藩の芹沢鴨《せりざわかも》ら二十四人は、会津《あいづ》公のお預かりになったと、それからしばらくたって届いた手紙には書いてあった。京都守護職をつとめていた会津藩主、松平容保《まつだいらかたもり》の支配下に入ったのだった。

以後の勇は、そうしなければ自分の命があやうかったのか、反目する隊士の殺害を繰返したようだった。浪士組には『新選組』という名があたえられたが、仲間の殺し合いをしなければならぬ集団など、どれほど立派な名をあたえられようが早く解散してくれた方がよかった。

だが、そんなツネの思いをよそに、勇は次第に多忙な男になっていった。周助——隠居して周斎《しゅうさい》となのっている舅《しゅうと》が病いに倒れたことを知らせる手紙にも、御用繁多で帰れぬという返事がきた。それも、勇からではなく会津藩から出されたものだった。

翌元治《げんじ》元年には、ツネに何の相談もなく、十五歳の若者を養子に迎えたという。江戸を発って一年あまり、独り身の土方歳三は、京の遊女に好かれたことを肉親に知らせてきたらしい。勇にも深く馴染《なじ》んだ女もいるにちがいなかった。

その年の六月に池田屋事件が起こる。京都焼打を計画していた尊攘派浪士を三条小橋の池田屋に襲い、多くの人の命を奪ったあの事件である。

周斎宛ての手紙によれば、勇は、沖田総司、養子の周平《しゅうへい》らわずか十人ほどで、多数の浪士が集まっていた池田屋に斬り込んだという。幾人もの浪士が死んだそうだ。人は、勇が自信をもって斬り込んだように言うが、そうではあるまい。勇は、死ぬ気で飛び込んだのだ。相手方に幾人もの死者が出て、勇側が三人の犠牲ですんだのは、幸運というほかはない。

今年、慶応《けいおう》四年、鳥羽伏見《とばふしみ》の戦さで幕府方が負けてから、江戸の人達も、新選組は池田屋事件で尊攘派を斬り過ぎたと言うようになった。が、ツネはいつも、「相手は京都焼打を考えていたのですよ」と切り返した。事件のあと、どこからその話を耳にしたのか、「大変なお働きで」と周斎やツネに挨拶する人がいたことなど、遠い昔の出来事のようだった。当時はいたのである。

一方で、新選組は佐幕派の中心であるように言われはじめた。理想も思想も持たずに、ただ人を斬っている集団だと陰口をきかれもした。とんでもないことを言うと怒る周斎を、ツネは幾度、陰口は、新選組の動きが世の中に影響することになった証拠となだめたことか。

禁門《きんもん》の変は、池田屋事件が引き起こしたと言われている。八月十八日の政変で京を追われた長州《ちようしゆう》藩が、失地回復をねらって京へ押し寄せたのが禁門の変だが、きっかけは、池田屋だというのである。新選組の襲撃によって、尊攘派の中心となっていた人物を失った長州藩が、あせりを感じて行動に出たのだそうだ。

そんな話を、勇がどんな気持で聞いていたかはわからない。禁門の変から一月以上たった九月九日、勇は、数人の隊士を連れて江戸へ戻ってきた。

その頃、まだ試衛館で暮らしていたツネは、タマを抱いて駕籠に乗り、高輪《たかなわ》まで迎えに行った。急ぎ江戸へ向うことになったと手紙にあった通り、毎日、歩けるだけ歩いてしまう旅だったのだろう。勇の到着は、夕暮れ七つの鐘が鳴る頃だった。

痩せた——と、ツネは思った。一年八ヶ月ぶりに見る勇は、頬がこけて、目が鋭くなっていた。昨日も人を斬ったと言われれば、そうだろうなと納得するような感じもあった。

勇は、ツネを認めて満面に笑みを浮かべた。大きく手をひろげて近づいてきたのは、三歳になるタマを抱こうとしたからにちがいない。

が、タマは、父親の笑顔を見て泣き出した。笑えば愛嬌《あいきょう》のある顔になる勇をこわいと言い、ツネにしがみついたのは、勇にしみついた血のにおいを、敏感に嗅ぎとったからとしか思えない。

タマは、「あの人、おうちへくるの」と、小さな声で尋ねた。ツネは、苦笑いして、「少しの間だけね」と答えた。その言葉通り、勇の滞在は、ほんとうにわずかな間だけだった。

勇は確かに試衛館にいたが、試衛館は、代金をとらぬ旅籠《はたご》のようなものだった。会津藩邸へ挨拶に行き、多摩郡の人達に会い、江戸へきた目的である隊士募集に関係する話で出かけ、居間に坐っている暇がない。帰ってきた時は、疲れはてている。「すぐに寝《やす》む」と言うことが多く、ツネの酌で酒を飲みながら積もる話に花を咲かせたのは、たった一晩だけであった。

ただ、勇の隊士募集は、上々の手応えがあったようだった。入隊を希望する若者が、試衛館をたずねてくるようになったのである。その中には、深川《ふかがわ》で北辰一刀流《ほくしんいっとう》の道場をかまえているという、伊東甲子太郎《いとうかしたろう》となのった男もいた。

その最中に、勇が家を明けた。やむをえない用事だと隊士の一人は言っていたが、二晩もつづけてのことだった。ツネの勘は、江戸にも女がいるのだと言っていた。偉くなれば男は――と思った。誰にも何も言いはしなかったが、舅はツネの不満に気づいていたようだった。

タマがなつかぬまま、そしてツネとの間に小さなしこりを残したまま、舅は、新入りの隊士を連れて京へ向った。十月十五日のことだった。

翌年の四月に年号が慶応と変わり、幕府は、禁門の変を起こした長州藩を攻めた。幕府の権勢を思い知らせようとしたのだろうが、長州征伐は失敗に終った。しかも、二度目の征伐がはじまっている最中に、将軍家茂が他界した。十五代将軍の座についたのは、一橋慶喜だった。

「運のわるいお殿様」

と、ツネは思う。家定の嗣子《しし》をきめる時には、あれほど期待を集めていながら紀州の慶福――家茂に敗れ、これまでのしくみが大揺れに揺れはじめた今になって、そのしくみの第一番めに坐ったのである。

その運のわるさは、ツネの予想以上だった。揺れのおさまらぬことを悟った慶喜は、慶応三年十月、将軍の座について一年もたたぬうちに、政権を朝廷へ返すことを願い出た。大政奉還である。

薩摩《さつま》、長州など、尊王を旗印にしてきた雄藩が勢いづいたのは言うまでもない。同じ年の十二月、王政復古が宣言され、二条城にいた慶喜は、追われるように京を出た。

江戸の治安は、それ以前からわるくなっていた。舅の周斎は、四谷《よつや》の舟板《ふないた》横丁へ隠居所を構えて移り住み、ツネも、女と子供の二人住まいは不用心だと心配する者がいて、二十騎組の組屋敷を借りることにした。新選組隊士が幕府召抱《めしかかえ》となったのは、その直後のことだった。

二十騎組与力《よりき》の妻は、ツネに、「今頃、お召抱となられたのですか」と言った。それは、「お上《かみ》ももっと早くお召抱になればいいのに」という意味だったのかもしれなかった。が、「こんなご時世になってから、お召抱を承諾なさるなんて」と、笑ったのかもしれなかった。

あとの方であったとしても、勇は幕臣登用を断るまい。舅の周斎がしぶい顔をしようと、ツネが泣いて頼もうと、勇は将軍家のために働いて、幕臣登用の知らせを喜んで受けただろう。勇は忠義一徹の武士だった。一徹者の武士が、たまたま百姓の家に生れてしまったにちがいない。その意味では、ツネの父、松井八十五郎の勇を見る目は正しかった。ツネはまぎれもなく〝武士〟の妻だった。

舅の周斎は、幕府の瓦解を見ることなく逝った。ツネの実家と勇の生家から弔問客がきただけの、武士の養父にしては淋《さび》しい野辺の送りとなった。

鳥羽伏見の敗戦は、その翌年の正月のことだった。江戸市中を荒らしまわっていた浪士達は薩摩藩邸にひそんでいたことがわかり、慶喜は、家臣達の怒りに押されて、朝廷へ討薩を願い出ようとした。それを待っていた薩摩、長州の両藩は、官軍であることを証明する錦の御旗《みはた》を押したてて、幕府軍の戦意を喪失させてしまったのである。

先頭に立って戦うことを約束した慶喜は、真先に姿を消した。老中などの側近を連れ、海軍の船で江戸へ逃げ帰ったのだった。

実家からその話を聞いた時、ツネは溜息《ためいき》をついた。それがご英邁《えいまい》、剛気なご気性と、八十五郎ら一橋家の家臣が褒めちぎり、勇が忠誠を誓った人の行動なのである。勇は大きな間違いをしたと、ツネは、その時はっきりと思った。

だが、まだ百姓の伜に引き戻すことはできる筈だった。敗戦後、勇は軍艦に乗って江戸へ帰ってきた。ツネは、その船が十五日頃に着くという知らせをもらい、タマを勇の甥《おい》の勇五郎《ゆうごろう》にあずけて、品川《しながわ》まで行った。

新選組は上陸したばかりだったが、勇は、二階から降りてきて旅籠の帳場を借り、ツネと向いあった。

勇は、肩に繃帯《ほうたい》を巻いていた。戦さで負った傷ではなく、事情があって殺害した伊東甲子太郎一派に鉄砲で撃たれたのだという。

戦さにも加われなかったと、勇は言った。その軀で船に乗ってきたのである。早く医者に診《み》せなければと、ツネはあわてた。肩の傷は、腕を動かなくしてしまうこともある。あの医者がよいか、この医者の方がよいのかと、知っているかぎりの医者を思い浮かべていると、勇が、「和泉橋《いずみばし》の医学所へ行くことになっている」と言った。ご典医と親しくなっているようだった。

ツネの思い浮かべた顔はみな、町医者のものだった。一橋家の医者も、父を頼れば診てくれるにちがいなかったが、咄嗟には思い出しもしなかった。多摩での暮らしに慣れてゆく自分にくらべ、勇には武士の風格がついてゆく。ツネは、勇との間でひろがってゆく溝を見たような気がした。

話は少なかった。ツネはタマが元気でいることを伝え、勇は、まだ御用繁多なのだと言った。

「お気をつけて」

と、ツネは呟《つぶや》くように言って、立ち上がった。タマが勇五郎をてこずらせているかもしれず、はじめから早めに帰るつもりだった。

「医学所へお見舞いにまいります」

そうしてくれ——とうなずいた勇が、何か言いかけたように見えた。見えたが、しばらくしても言い出す気配はない。

背を向けた時に、その言葉が聞えてきた。

「おさわを頼む」

ツネは、足をとめてふりかえった。勇はツネの視線をはじき飛ばすようにまばたきをして、「妾《めかけ》だ。身寄りのない女だ」と早口に言った。

女の名前を聞くのは、はじめてではなかった。京には、男の子を生んだ女も、女の子を生んだ女もいる筈であった。

今更やきもちを焼いて、勇にいやみを言うつもりはない。が、妾の面倒は妻がみる。

勇が上洛して以来、触れてもらったこともなく、稀《まれ》に帰ってきた時も、そのにおいをなつかしみながら床を上げ、洗濯をし、京へ発つ支度をしていたツネが、おさわという女の面倒をみなければならないのである。

道場主であった頃の、朴訥で、剽軽《ひようきん》で、腕っぷしの強い勇は、どこにもいなかった。酒の酔いを借りて、ツネを天井まで差し上げてくれる勇が漂わせていた百姓のにおいも、消えてなくなっていた。

ツネは女の居所を尋ねた。勇は、「福田平馬《ふくだへいま》が知っている」と答え、「すまないな」とつけくわえた。その言葉には、わずかながら多摩訛《なま》りがあった。

勇はその後、一揆鎮撫《いつきちんぶ》を名目にした甲陽《こうよう》鎮撫隊を組織して、甲府へ向った。タマは、肩に負傷した父の姿を見ていない。

「母様」

と、タマが呼んでいた。

「お願いよ。もう一度、耳をすませてみて下さいまし」

「まだ震えているのですかえ。臆病な」

「父様がお帰りになったのかしら」

「妙なことを言うものじゃありませんよ」

甲陽鎮撫隊は、甲州柏尾《こうしゆうかしお》で、東山道《とうさんどう》軍と戦って敗れ、江戸郊外の五兵衛新田《ごへえしんでん》に潜伏したのちに会津へ向ったという。

その途中、下総《しもうさ》流山《ながれやま》に宿陣したのだが、東山道軍に急襲された。勇が鎮撫隊の大久《おお》保《く》大和《やまと》だとなのり出て、全滅をまぬがれたが、肝心の勇の消息は、板橋《いたばし》の本営へ連れて行かれたまま、消息がよくわからないのである。

「でも、たった今、おタマって言うお声が聞えたんですもの」

「私には、聞えませんでしたよ」

「ねえ、母様。もし父様がお帰りになったのだとしたら、タマは何と言えばいい？」

「お帰りなさいって。それから、ご苦労様でしたって」

タマは、唇に指を当てて目を閉じた。風に揺れる木立の音の中にあるという声に、耳をすましているようだった。

「おかしいの、母様。父様のお声が聞えなくなりました」

そのかわりに、縁側の雨戸を叩く音がした。

ツネは、夜具の下の懐剣を握って部屋を出た。

「叔母《おば》さん」

と、雨戸を叩いている声は叫んでいた。勇五郎の声だった。

「開けて下さい、叔母さん。叔父《おじ》さん——いや、叔父上が大変なんだ」

ツネは桟をはずし、大きな音をたてるのもかまわず、力まかせに雨戸を開けた。勇五郎は、それすらも待ちきれぬようすで、雨戸の間から顔を出した。

「叔母さん、しっかりして下さいよ。叔父上が、板橋で首をはねられたんです——」

「そんな。そんなばかな……」

「嘘《うそ》じゃありません。わたしが、わたしが叔父上のご最期を見てしまいました」

タマの泣き声が聞えた。ツネは、黙って懐剣を握りしめていた。泣いてはいけないと思った。とりみだしてはいけないとも思った。

武士の妻は、人に涙を見せるものではない。

父が言ったのか、勇に言われたのかは覚えていない。覚えていないが、そう言われた記憶だけはある。

ツネは、詳しく話してくれと勇五郎に言った。つめたいと思えるほど落着いた声だった。

「偶然だったんですよ」

と、勇五郎は言った。ツネは、まだしゃくりあげているタマを膝にのせ、勇五郎に熱い茶をいれてやって、その話を聞いていた。

甲陽鎮撫隊が敗れたあと、ツネは一時、中野《なかの》の成願寺《じょうがんじ》で暮らしたことがある。その世話をしてくれたのが勇五郎で、十八歳になるこの若者は、広い寺院に母子二人では心細かろうと、わざわざ引越してきてくれた。上石原村へ移るまでの間、勇五郎は、ツネ母子と一緒に暮らしていたのである。ツネが礼を言うと、どことなく勇に似ている若者は、叔父さんが好きだったから——と言って、はにかんだ。

勇が東山道軍の板橋本営へ連れて行かれたと聞いて、一番大騒ぎをしたのは、この勇五郎だったかもしれない。タマを心配させまいと、懸命に平静をよそおっているツネを、勇五郎は薄情だと思ったようだった。「叔母さんは、悲しくないんですか」と、なじったこともある。

勇が捕えられてから、勇五郎は、しばしば朝早く家を出た。六里あまりの道を歩いて、板橋へようすを見に行くのである。

今日も、勇の噂話でいいから聞きたいと、板橋へ向ったらしい。その途中、前を行く人達の話が耳に入ってきたのだという。

「板橋宿の馬捨て場で……」

「待って。それは仕置場じゃありませんか」

勇五郎は、涙を浮かべてうなずいた。

「そこで旗本が首をはねられるというので、まさかとは思いましたが行ってみたのです。わたしが着いた時には、もう囚人が土壇場の上に坐らされていました」

だが、勇ではなかった。次に引き出された囚人も、人殺しや強盗の罪を重ねていたのではないかと思える凶悪な面構えで、勇とは似ても似つかぬ男だった。

それでも、胸騒ぎはおさまらない。勇五郎は、問屋場《といやば》へ向って歩いて行った。そこで、金網をかぶせた山駕籠が、ぬかるみの泥を跳ね飛ばしながら駆けてくるのに出会った。

駕籠の前後両脇には、二、三十人の兵がついている。跳ね飛ばされる泥を避けて、道の端へ寄った人達が、「新選組」だと言っているようにも聞えた。

勇五郎は、駕籠脇の武士に叱りつけられるほど道の真中へ出た。間違いなかった。叔父の近藤勇が両の腕をいましめられて、駕籠の中にいた。

「ばかな。勇は三百石の武士ですよ。野盗にもひとしい死に方をさせるなんて、武家の作法を知らぬにも、ほどがあります」

思わず叫んだ言葉だった。勇五郎は、頰へしたたり落ちてきた涙を掌《てのひら》で拭いながら、ツネを見つめた。

ふいに雷が鳴って、大粒の雨が落ちてきた。勇五郎は、雨戸を閉めて上がってきたのだが、どこかに隙間があったのかもしれない。行燈《あんどん》の火が、風に大きく揺れている。ツネにはその火が煌々《こうこう》と光って、部屋が真白になるほど明るく照らしているように見えた。

「勇は武士ですよ。なぜ、切腹ではないのですか」

自分の声が遠くに聞えた。わかりません――と答えた勇五郎の声は、なお遠く聞えた。

「武士には武士の作法があるものを……」

気がつくと、同じ言葉を繰返している。

ツネは、かわききっている口中を舌でなめまわし、わずかな唾を飲み込んでから、勇五郎に尋ねた。

「勇は、どこに埋められたのでしょう」

「仕置場の墓地です。お首は京で晒《さら》されるということでしたが」

ツネは、痛いほどかわいている目で勇五郎を見た。

「勇の遺骸を、菩提寺《ぼだいじ》に葬ることはできないでしょうか」

「それができれば……」

こらえきれなくなったらしい勇五郎の泣声が聞えた。タマも、つられて泣きだした。

「勇の遺骸を掘り出せたら……。私が行ってもよいのですけれど」雷鳴がとどろいて雨が廂《ひさし》を打った。「やってみましょう」と勇五郎が答えたのは、ややしばらくたってからのことだった。

「それから――」

なぜ落着いていられるのだろうと、ツネは自分が不思議だった。涙も出てこなければ、震えもしない。妙に頭が冴《さ》えているのである。

「おさわさんというお人にも、このことを知らせていただけませんか」

「大丈夫です」

と、勇五郎が言った。

「親父が、門弟の福田さんのところへ行っています。その人には、福田さんが知らせに行くでしょう」

ふっと軀から力が抜けた。もう泣いてもいいだろう、そう思った。

「どうやったらご遺骸を掘り出せるのかわかりませんが、手は尽くします。その時には真先に、お知らせに上がります」

お願いしますと言ったとたんに、涙がこぼれてきた。ツネは、抱いているタマの髪にその涙をこすりつけて、雷雨の中を帰るという勇五郎に挨拶をした。

抑えつけていたたかまりが、胸も背も震わせて唇の外へ飛び出したのは、勇五郎の笠《かさ》を打つ雨の音が遠くなってからだった。ツネは、縁側で蹲《うずくま》った。寝床に入っていたタマが、心配して出てきたが、その小さな手が肩へ置かれても、声をかけてやることすらできなかった。

ツネは、泣きつづけた。勇が恋しかった。愛《いと》しかった。タマが生れたというのになかなか顔を見せず、周斎に押されるように産室へ入ってきて、毀《こわ》れ物《もの》に触れるような手つきで我が子を抱き上げた勇、深い仲となった女を「頼む」と口ごもりながら言った勇に、もう一度会いたかった。

「タマももう一度父様にお会いして、お顔を覚えたい――」

ツネは、タマを抱きしめた。勇は、武士ではない。豪農の伜で、町道場の養子となり、親子三人、のんびり暮らす筈の男だったのだ。武士の妻であると、ツネが見栄を張らなくともよい男だったのだ。

会いたい。首のない死骸でもいい。勇五郎はじめ勇の肉親も、勇に情けをかけられていた女も振り飛ばして、一日中、しがみついていたい。

だが、翌日も翌々日も、勇五郎からの知らせはなかった。

その次の日、勇が命を絶たれてから三日目のことだった。この日も夜になって雷雨となり、雷と雨の音以外、何も聞えぬようなありさまだったのだが、縁側へ出たツネは、人が集まっているようなざわめきを聞いた。

盗賊の声ではなかった。庭から聞えてくる声は、とぎれてはまた話し出して、その場を立ち去りかねているように思える。気のせいか、すすり泣く声も聞えてきたようだった。

ツネは、雨が吹き込むのもかまわずに雨戸を開けた。築山の前に、幾つもの提燈《ちょうちん》がならんでいた。

「あ、叔母さん――」

勇五郎の声だった。ツネが雨戸を開けたことを知って、あわてて提燈の火を消す者もいたが、稲妻が容赦なくその姿を照らし出した。勇五郎やその父の音五郎《おとごろう》、音五郎の女房のノヨ、分家の弥七《やしち》などの顔が見えた。

「叔父上のご遺骸は、掘り出しました。今、菩提寺に葬って、お経をあげてもらってきたところです」

「何ですって」

声がうわずった。ツネは笠もかぶらず、下駄もはかず、稲妻の光る庭へ降りた。

「真先に――、真先にわたしへ知らせてくれると、そう言われたじゃありませんか」

「確かに言ったけど」

稲妻が走ったあとの暗闇の中で、勇五郎が答えた。

「おふくろも姉さんも、叔母さんのように気丈じゃないものだから」

「わたしだって、こらえているんです」

「それが、おふくろや姉さんにはできないんですよ。叔父上のご遺骸がはこばれてきたら、おふくろや姉さんは泣きわめく。一番泣きたい叔母さんが、涙をこらえているのにみっともないじゃありませんか。それで、とりあえず身内の者だけでお燈明《とうみよう》をあげようということになって……」

「わたしは勇の妻ですよ。女房ですよ。わたしに内緒でお経をあげるなんて」

ツネに詰め寄られて、勇五郎はあとじさり、ノヨが間に割って入った。

「勇五郎は、おツネさんも呼ぼうと言ったのだけれど」

稲妻が光り、雷が鳴った。

「おツネさんがきなさると、わたし達は窮屈でしょうがないんですよ。勇は百姓の伜ですからね、死んだあとは、せめてのんびりさせてやりたいじゃありませんか」

「のんびりさせてやりたかったのは、わたしの方です。いえ、わたしが、勇とのんびりしたかったんです」

勇はどこですか――とツネは、稲妻に照らしだされた勇五郎に飛びついた。

勇五郎は、ツネの手から逃げようとして足を滑らせた。勇五郎の胸もとをつかんだツネは、勇五郎と一緒に築山の下のぬかるみへ倒れていった。

雷が鳴った。タマが泣きながら庭に飛び降りてきた。が、ツネは勇五郎を揺さぶりつづけた。我を取り戻した時のツネは音五郎の腕の中にいて、ぬかるみに蹲ったタマが、ツネの両足をかかえていた。


慶応四年は、九月八日に明治と改元された。

江戸を東京《とうけい》とあらため、翌年、天皇が京から東京へお移りになるなど、世の中はあいかわらずめまぐるしく動いている。土方歳三ら新選組の残党が蝦夷《えぞ》へ渡り、幕府海軍や彰義隊《しょうぎたい》の生き残りなどとともに、官軍への抵抗をつづけていたそうだが、それも主立った者の降伏というかたちで、けりがついたようだった。

音五郎は、明治四年に亡くなった。跡を継いだ勇五郎の兄、源次郎は、庄屋や名主を置く制度をあらためると聞いて、村はどうなるのだろうと案じていたが、かわりに戸長、副戸長などという役職が置かれ、「結局何も変わらなかった」と笑っていた。

江戸も、かつての賑いを取り戻したらしい。

大名屋敷が取り壊されて、一時は火の消えたように淋しかったというが、今は賑やかさもさまがわりしているようだった。行燈はランプに変わり、その火も燐寸《マッチ》でつける。大通りを走って行くのは駕籠ではなく、人力車で、新橋《しんばし》と横浜の間には鉄道が開通した。一昨年のことだったか、浅草雷門《かみなりもん》から新橋の汽車ステーションまで、乗合馬車が走るようになったとも聞いた。

タマは、自分も上石原村から外へ出たことがないくせに、「東京では、髷《まげ》を結っている男の人などいないそうよ」などと言う。髪を短く切って、パンを食べ、牛乳を飲んでいるというのである。「行っておいで」と、ツネはタマに言った。

タマはかぶりを振って、ツネの顔をのぞき込んだ。

「母様こそ、お部屋にひきこもってばかりいらっしゃらないで、東京見物に行かれたらいいのだわ」

明治九年の今年、タマは十五歳になった。縹緻《きりよう》よしとは言えないが、色白でふっくらした頬や突き出ているような唇が、親の欲目ではなしに可愛《かわい》らしく、性格も従順で、軀の弱いことをのぞけば、申し分のない娘だった。

「いやですよ。馬車なんてものが走っていて、人間が牛のお乳を飲んでいるだなんて、江戸じゃありませんよ」

「江戸じゃありません、東京です。そんなことを言ってらっしゃるから、老けてしまわれるのよ。そうだ、牛込《うしごめ》ならいいじゃありませんか。知ったお方がいらっしゃるかもしれないわ」

「だから、いやなんですよ。近藤勇の妻がきたとわかれば、何を言われるかわかったものじゃない。第一、東京ってのは、お父上を斬った人がのさばっているところじゃありませんか。誰がそんなところへ行くものですか」

ツネは、縁側へ出て背を丸めた。タマの溜息が追いかけてきた。いつまでも勇の面影を追いかけていて、困ったものだと思っているのだろう。

だが、勇の思い者、おさわは、勇の死を知った翌日にみずから命を絶った。そのことは、閏《うるう》四月のはじめにたずねてきた、福田平馬から知らされた。

同席していたのは、音五郎と源次郎、それに勇五郎だった。

「見事なご最期でした」

と、平馬は言い、ふと気づいたようにツネを見た。言いかけた言葉を飲み込んだようだった。

「さすが、近藤先生のおめがねにかなった女性だと思いました」

うまくつないではいたが、ツネには平馬が飲み込んだ言葉の見当がついていた。平馬は、「武士の妻らしい立派なご最期」と言いたかったにちがいなかった。

が、平馬の前にはツネがいた。ツネは勇の正室で、勇のあとを追おうともしなかったのである。「武士の妻らしい」と言えば、暗にツネを非難することになる。そう気づいて、あわてて言い直したのだろう。

平馬が口ごもったことは、勇の兄や甥達にもわかっていたらしい。平馬が帰ったあと、三人は気まずそうに顔を見合わせて、そそくさと部屋を出て行った。

ツネは、彼らがツネのいる母屋から一歩外に出たとたん、「そうだよなあ」とうなずきあったように思えてならなかった。そうだよなあ、武士の妻なら、おタマを俺達にあずけて自害しているよなあ——。

「ねえ、私、遊びに行っていい？」

と、タマが言っていた。

「どこへ」

「どこへって、ほかに行くところなんかないじゃありませんか。勇五郎さんのところですよ」

行っておいで――と、ツネは呟くように答えた。それでも、タマにははっきりと聞えたのだろう。洗った下駄《げた》の鼻緒がまだしめっているなどと言いながら、外へ出て行ったようだった。

ツネ母子は今、宮川家と人見街道を隔てた仮の住まいで暮らしている。勇五郎をタマの夫にして近藤家を継がせることも、家を建て直してくれることも、大分、以前にきまっているのだが、源次郎は、仲人や大工を頼むどころか、近頃ではツネを避けるようになった。新選組局長の妻であるツネが、鬱陶しい存在になってきたらしいのである。

「帰ろうか」

と、ツネは呟いてみた。呟いてみたところで、行先のあてはない。父は亡く、弟は水戸にひきこもった慶喜について行って、音信不通となった。

牛込へ戻って、内職をしながら暮らすことも考えたが、ツネには、「新選組局長の妻」「近藤勇の妻」という肩書がついてまわる。「新選組局長の妻」はともかく、「近藤勇の妻」が息をひそめなくともよいところといえば、勇の生れた上石原村のほかはない。

だが、そこも、安住の場所ではなくなった。タマと勇五郎の祝言が遅れているのは、勇を葬った雷雨の夜以来、勇五郎がツネという女を嫌いはじめたからだというような話が、ひとりでに耳へ入ってくる。

ツネは、町道場の主《あるじ》に嫁いできたのである。その道場主が、新選組局長となり、幕臣となってしまったのだ。ツネは、いったいどうすればよかったのだろう。

「おさわさんが自害したから、わたしもそうせよだなんて」

わたしは、町道場の主の女房だった。

「が、武士の妻なんですよね」

勇は、自分を武士としてしまったことに、後悔はなかったのだろうか。思いがけず新選組の局長になり、時代の波に巻き込まれて、一度でも後戻りしたいと思ったことはないのだろうか。稽古のあと、門弟達と蕎麦《そば》をすすりながら、他愛ない世間話に笑いころげた日を、一瞬でもなつかしいと思ったことはなかったのだろうか。

「戻れないんですよねえ、昔には」

ツネは、婚礼の時に母から渡された懐剣を行李から出して、畳を裏返した。

「母様。勇五郎さんが、お菓子を持ってきて下さいました」

タマの声がした。ためらっている暇はなかった。ツネは、眼《め》をつむって刃の上に俯伏《うつぶ》せた。

「母様。どうなさったの、母様」

タマの声が近づいてきた。すぐに唐紙が開けられて、タマの悲鳴が聞えるにちがいない。

助かってしまうかもしれないと思った。自害に失敗したツネは、またおさわとくらべられ、正妻なのにと後指をさされるだろう。

ツネは、うっすらと目を開けた。庭から射し込む陽がまぶしかった。

隊中美男五人衆

子母澤　寛

子母澤《しもざわ》　寛《かん》（一八九二〜一九六八）

明治二十五年、北海道に生まれる。祖父の梅谷十次郎は、元幕府御家人。明治大学法学部卒業後、いくつかの職を経て、大正十五年、東京日日新聞へ入社。昭和三年、古老への聞き書きや取材をまとめた『新選組始末記』を出版した。さらにその後『新選組遺聞』『新選組物語』を刊行。この三部作は新選組に関する第一級の資料となった。昭和六年から八年にかけて「紋三郎の秀」「国定忠治」等の股旅小説で、作家としての地位を確立。昭和八年から、専業作家となる。祖父から聞かされた江戸の風景は、戦前・戦後を通じて書き継いだ大作『勝海舟』に結実した。

「隊中美男五人衆」は『新選組物語』（春陽堂　昭6刊）に収録された。

一

新選組に「隊中美男五人衆」というのがあった。誰が何処《どこ》から見ても、本当に惚《ほ》れ惚《ぼ》れしたというのが楠小十郎《くすのきこじゅうろう》。自分では京都の浪人といっていたけれども、実は長州《ちょうしゅう》藩で、京都育ちを幸いに、桂小五郎《かつらこごろう》(木戸孝允《きどこういん》)の旨を含んで、第一次編隊早々間者《かんじゃ》となって入隊したものである。

まだ前髪が取れた許《ばか》りの、小姓のような侍で、星のように目のぱっちりとした色の白い下ぶくれの顔、声までが女のように優しかった。自分では十七だといっていたという。桂の目に叶《かな》って、間者を勤める位だから、人一倍悧口《りこう》だったに違いないのだが、やはり年が若かったためか、誰からともなく自然にその匂いが嗅ぎ出されて、元治《げんじ》元年九月二十六日の朝四つ時(午前十時)、壬生《みぶ》屯営(郷士前川《まえかわ》荘司《しょうじ》方)の門前で、これも美男の原田左之助《はらださのすけ》の為《た》めに斬られて、悲惨な最期を遂げて終《しま》った。

八木為三郎《やぎためさぶろう》翁談(昭和六年五月物故、近藤勇《こんどういさみ》宿舎郷士八木源之丞《げんのじょう》次男)

日ははっきり記憶していませんが、何んでも亥年《いどし》の秋だったと思います。ひどく霧の深かい朝で、全く一尺先きがはっきりしない位でした。朝の四つ時で、私が前川方の方へぶらぶら遊びに出ると、あの正門の石敷きになっているところへ、楠小十郎がぼんやり立っているのです。袴《はかま》をつけて、腰のところに両手を当てて、何かこう物思いでもしているように、ただ、うっとりとして霧の中を眺めているようでした。年は若いし、別にこれという忙がしい隊の勤めも無かったと見えて、よく私などを相手に遊んで呉《く》れる人だったので、非常に親しくしていましたから、私は楠の姿を見ると、思わず声を懸けようとしたのです。

前川さんの前は、今でこそあの通り人家が建並んで立派な通りになっていますが、その時分は、家などは無く、一たいに広々とした畑で、門の前からすぐ青い水菜の畑がつづいていました。楠は、北を向いて、つまりこの水菜畑の方を見ている。私が声をかけようとした瞬間です。

「あッ！」

という到底《とて》もお話が出来ないような大きな叫び声をあげて前倒《のめ》る様に水菜畑の方へ走り出しました。

私は吃驚《びっくり》して、同じ方へ駈《か》け出そうとすると、楠のすぐ後から、ぴかりッと刀が光って、

「野郎」

と、いって、呼びながら出て来たのは、原田左之助です。どうも楠が門の前で、ぼんやりしているところを門の内から、背中へ一刀浴びせたものらしいのです。私も子

供の事ですから、恐《こわ》くなって、そのまま自分の家へ逃げ帰りました。

暫《しばら》く経《た》って、家の者達と一緒に、あれからどうなったかしらと思って、恐《こ》わ恐《ご》わながら、外へ出て見ると、もう霧はすっかり無くなっていましたが、薄どんよりとした日です。前川の門は、堅く閉っている。一体、常に隊内で、何《な》にか事件のある時は、この門の扉が開かないのですから一緒に見に行った家の者も、

「何にか隊内でまた騒動が起きてるんですよ。今夜あたりは棺箱の一つ二つはきっと寺へ行きますよ」

などと言っていました。

水菜畑の方へ段々行くと、その辺《あたり》が方々踏み荒らされて、綿のように固まった血潮が、其処此処《そこここ》にぼたりぼたりと落ちている。三四十間《けん》も行ったところで、水菜が一坪位も踏み蹂《に》じられて、ここには、血が一ぱいで、誠に生腥《なまぐさ》い臭いが鼻をつきました。実に何んとも言われぬ凄惨な気がしました。私達は、

「ここで殺《や》られたんだ」

と、異口同音で、思わず顔をそむけました。

あの若い隊中一等と言われた女のような美男の楠が、癇癪《かんしやく》持ちで通っている副長助勤の原田左之助に、濃霧の中を追いまくられて、最初の一太刀《ひとたち》の痛手を堪えながら、この辺を逃げ廻《まわ》って、遂々《とうとう》菜畑の上へ打倒れて斬られたかと思うと、今思い出しても可哀《かわい》そうでなりません。死骸は、もうそこにはありませんでしたが、履いていた下駄《げた》

が、一方は門のすぐ前、片方が、畑のそこで斃《たお》れたと思われる場所に土まみれになって落ちていました。

楠は長州の間者ということがわかったので、近藤勇の命令で、原田が斬ったのだという事を後で聞きましたが、この時、水菜の中で、頭に原田の鋭い刀を四太刀も受けて、抜き合せる事も出来ず、血だらけになって倒れたのを、隊士が三四人ですぐに門内へ担ぎ入れて、すぐ門を締めて終《しま》ったのだと言います。

この日は楠の外《ほか》に、やはり長州の間者で、新選組では、国事探偵方という役を勤めていた御倉伊勢武《みくらいせたけ》（京浪人と自称していた）、荒木田左馬之亮《あらきださまのすけ》の二人も、屯営内の庭先きで、首を打落されたという話を聞きました。御倉は二十七八、荒木田は二十四五で、いつも立派な着物で、白足袋に雪駄《せった》がけという頗《すこぶ》るおしゃれな侍でした。越後三郎《えちごさぶろう》、松永主計《まつながかずえ》（一に主膳《しゅぜん》）という人もやはり間者で、この日、将《ま》さに斬られようとした時に、素早やく外へ逃れた。幸に、外は先程申したひどい霧、この霧に紛れて逃げて終ったとの話でした。松永は、背中を誰かに一太刀やられたが、気丈な人物で、そのまま逃げたということですが、真偽はわかりませせぬ。（昭和三年十一月十五日於京都壬生翁邸談話）

二

組の副長助勤で、甲州《こうしゅう》永沼《ながぬま》流の兵法をやった武田観柳斎《たけだかんりゅうさい》というのがある。もと出雲《いずも》松江《まつえ》藩の医者の書生で、その頃年が三十二三、丈《せい》の高い人物で最後まで頭を坊主にしていた。これが上に対しては天才的のおべっかで、その代り下のものに対して意地の悪いこと大変なものであった。後《の》ちには洋式教練になったけれども、はじめの頃はこの武田の永沼流が新選組唯一の軍学で、壬生の地蔵寺の境内でよくこの武田が采配をとって調練をやった。馬へ乗るのが近藤勇と、この男の二人。近藤はいつも小具足をつけて、白い馬で母衣《ほろ》を着ていたという。

武田も実に立派な陣羽織を着て、金切声をふりあげては号令をかけた。平《ひら》同士は大てい木綿の紋付に小倉《こくら》の袴、それに草鞋《わらじ》をはいて出るが、その草鞋の紐《ひも》が一寸《ちょつと》でも緩んでいるのを、武田にでも発見されたらさア大変。教練も何にもそっち除《の》けにして、ねちねちと叱る、叱るというよりは、底意地悪るく絡み着くという工合で、物珍らしがって見物に来ている近所の人達さえ、腹が立って泣く者などがあったというのである。

この嫌われ者の武田が、深かく思いをかけた美少年が阿州《あしゆう》徳島の浪士で馬越三郎《まごしさぶろう》、まだ十六であった。全く絵に見るような若衆姿で、勤めが無くてぶらぶら遊びに出る時などは、紫色の着物に、大きな模様ものの絹の袴をつけ、両頬に小さな笑窪《えくぼ》があいて、笑う時でも、恐れる時でも、表情はまるで若い女であったという。八木為三郎老人などは、子供心にもはっきりと記憶していた位の美しさで袴は桐《きり》を崩した模様などをつけていたと言っている。

こんなに物優しい男ではあるが、諸国浪人の集合している新選組に入って来る程のものだから、剣術がなかなか上手で、面をつけて竹刀《しない》を持つとまるで別人のようであった。これを武田が身の程を知らず一生懸命で口説いたものだ。口説いたとて誰にも彼にも毛虫のように嫌われている武田である。馬越が色よい返事をする訳もなく、余りうるさいので遂々《とうとう》、副長の土方歳三《ひじかたとしぞう》へ訴えた。

いくら土方でも、外の事とは違って、この捌《さば》きは一寸困る。武田と割合に仲の好《よ》いのが、隊士へ良移心頭《りょういしんとう》流の柔術を教えている久留米《くるめ》脱藩の篠原泰之進《しのはらたいのしん》（監察役）、土方からこの人物へ、

「機《おり》を見て話してくれないか」

となった。ところが、頼まれた篠原はその頃もう四十一二の年配で、馬鹿らしくってそんな事を真面目《まじめ》になって武田へ話す訳にも行かない。

「困った困った」

といっているのを、三番隊長で、隊中一の剣術の名人と言われた近藤お気に入りの剣術教授頭斎藤一《さいとうはじめ》（播州明石《ばんしゅうあかし》の浪士）が、小耳に入れて、

「怪《け》しからん奴《やつ》だ、ぶった斬って終おう」という。

「いや、これ位の事で、人間一人の生命、取るにも及ぶまい」

と、篠原が、あわてて宥《なだ》め役に廻るというような騒ぎになったが、この一件はその後燃えたり消えたり、点滅している中にやがて自然に解決するような時が来た。

馬越が、近藤の私用で誓願寺《せいがんじ》まで使いに行って夜になって、その戻り道、薩摩《さつま》屋敷の裏門のところを通った。そこへひょっこり屋敷の中から出て来たのは、問題の武田観柳斎だ。慶応《けいおう》二年九月のはじめでそろそろ秋風は吹いているが、まだ寒むいという程でもないのに、武田は黒い頭巾をかぶっている。当時薩摩と言えば、所謂《いわゆる》勤王党の巣窟《とどろ》として新選組が鵜《う》の目鷹《たか》の目で警戒している邸《やしき》である。馬越は吃驚したが、そのまま轟く胸を押さえて知らぬ顔で、見え隠れに武田を尾行したものだ。

そんなことと気の注《つ》かぬ武田、途中で居酒屋へ立寄って、酒などを飲んだりして、いい機嫌で平気で屯営へ戻って来たが、間もなく戻った馬越がすぐに内密にこれを近藤隊長の耳に入れた。そんな卑劣なことは何よりも一番憎しみの深かい近藤だ。その夜の中にそれからそれと密命が出て、段々索《さぐ》って見ると、武田の行動については、然《そ》う言われて見ると、これまでにもいろいろと思い当たる事が出て来る。結局、

「薩摩屋敷へ、隊の機密を売っている」

ということが判明した。

武田は兵法師範というので、無学者の多い新選組では最初の中は大層な羽振りだったが、次第に幕軍一帯が仏蘭《フランス》式調練をやるようになってからは、日頃の遣り口《やくち》の悪るいためもあってその威勢が忽《たちま》ちにして地に墜《お》ちる。きのうまでの武田先生が、今日は武田君、明日は武田武田というようになって、従って不平が起こる、これで自棄糞《やけくそ》になって、何時《いっ》の間にか金を貰《もら》って薩摩の犬になって終った。

同年九月二十八日、惚れられた馬越が、武田の姿を薩邸裏門に発見してから僅かに二十日経つか経たぬ日の、暮れ方に、近藤勇は、武田を隊の幹部列座の中へ呼出して、故意《わざ》とにこにこして、

「お手前は隊を離れて、薩摩屋敷へ入られるそうだな、時節柄御身のため誠に結構なことである。しかしながら何《いず》れにもせよ、永い間苦楽を共にした同志だ、今宵は一つ寛《くつろ》いで別宴を張ろうじゃアないか」

といって、すぐに酒宴を催した。

武田は、

「さては看破されたか、失敗《しま》った」

とは思ったが、事茲《ことここ》に到っては何んとも致方《いたしかた》がない。

「いや拙者はわが隊の為めに窃《ひそ》かに、薩藩の事情を探知するため事を構えて入邸したら宜《よろ》しいだろうとは思っていますが、まだ決心はついて居りませぬ」

「いやいや、同志の間に然様《さよう》に物を匿《かく》すものではないよ。はっはっはっ……」

と、土方はじめまるで相手にしない。その席は針の筵《むしろ》に坐っているような心地であった。

この上は、一秒も早くこの場を去ろうとして、再三再四、辞退をするけれども、近藤土方すこぶる上機嫌で、なかなか放さない。その中に真っ暗になった。今でいうと十月末という冷々とする夜である。

「斎藤君（三番隊長斎藤一）篠原君（篠原泰之進）御両所は、武田君の薩邸入りを送ってやって下さい。武田君の行かれるのはいま策謀の中心になっている伏見《ふしみ》屋敷でしょう」

と、近藤勇、この時はじめて武田の引揚げを許すという。

「いやお送り下さるには及びません」

と言って断ったが、まアまアというので、連れ立って屯営を出ると、油小路《あぶらのこうじ》から南に出て、田圃《たんぼ》の細道を歩るいて行く。武田にして見れば、時が時だけに、篠原は日頃懇親の間だから先《ま》ずいいとしても、斎藤はすこぶる気味がわるい、然《そ》うで無くても、少し酒を飲むと人を斬り度《た》くなるという人物だ。しかも名代の名人、抜かれたらそれまでと、心も心でない。

しかも、力にしている篠原も、実はすでに近藤から武田の悪謀を説かれ、

「途中彼奴《あいつ》の安心のため足下《そっか》をつけてやるが、あれは斎藤が斬るから、そのつもりでいるように、公事《くじ》である、私交の為めに曲げられるな」

と言われて来ているので、

「斎藤は何時斬るだろう。今か？　今か？」と、はらはらして歩るいている。

細そい道で、加茂川《かもがわ》筋の竹田《たけだ》街道銭取《ぜにとり》の土橋へかかった頃は、もう戌刻《いぬのこく》（午後八時）を過ぎた。一番先きに武田、次に斎藤、篠原が後から随《つ》いて行く。もう、往来する者もなく、人影が絶えている。これから尚《な》お南へ出て、本街道になると、夜といっても

多少の人通りがある。然《そ》うなると事面倒と思ったのか、土橋を渡るや否や、斎藤は、

「えッ！」

と、背後《うしろ》から抜討ちの袈裟《けさ》掛《が》けに斬った。武田があッ！　といって、のッけ反ったところを篠原も別に斬る気はなかったのだが夢中で一太刀浴びせたものだ。武田は即死。斎藤は武田の両刀を奪い、

「日頃の広言に似ず脆《もろ》い奴ですなア。これで例の馬越も安心して眠むれますねえ。はッはッはッ」

といって、笑いながら、後をも見ずに引揚げた。

後ちに、

「武田がこんな事になったのは馬越が近藤先生へ密告したからだ」

ということが、誰いうとなく隊中へ広まったので、一方では馬越の殊勲を褒めると共に、如何《いか》に憎まれた武田でも、そこには多少の同志もあったものか、

「余計な事をする奴だ」

と、ひどく憎くむものも出来て来た。

こんな事には頗る敏感な土方歳三。すぐに馬越を呼んで、

「君は、一先ず故郷へ帰っている方が宜しいと思う。隊としては充分な事はしてやる」

という。馬越、今更阿波《あわ》の田舎《いなか》へ入りたくはないが、折角土方の言葉なので、相当纏《まとま》った金を土産《みやげ》に、間もなく隊を退いて終《しま》った。

明治二十年頃この馬越が、立派な商人の姿になって、壬生屯営の附近《ふきん》へやって来た。名だたる美男だっただけに、壬生の小商人《こあきんど》などでも、はっきり見覚えていたので、さア、「馬越さんが来た、馬越さんが来た」

という訳で、八木為三郎老人なども、逢《あ》っていろいろ話をしたというが、その頃四十に近い馬越は、

「御一新後横浜へ出て土方さんから貰ったお金を資本《もとで》に硝子商人《ガラスあきんど》になっています。よく皆さん私を記憶していて下さいましたね」

といってひどく懐しがったという。

「その年になっても、どうしてどうして全く見惚《みと》れるような美男で、二十七八により見えなかったものです。壬生にいる時には、近所の娘達がやいやい言ったということを、これも後で聞きましたから、馬越さんも思い出して昔懐しく、この辺へぶらりとやって来たものでしょう。新選組で生残った人は、大てい飛んでも無い時に、ひょっこりと一度ずつは京都へやって来たものですから」

と、筆者が今年の三月逢った時に八木老人が話していた。

三

それから加賀《かが》金沢の脱藩で山野八十八《やまのやそはち》。これは二十一か二位で、愛嬌《あいきょう》のある実に可《か》

愛《わい》らしい顔付であった。色が白く眼《め》は細そいが、いつもにこにこして、かつて腹を立てた顔を見せたことが無かったという。それで、内心はなかなか強情でもあったし、しっかりもしていて、剣術も相当に使った。芹沢鴨《せりざわかも》と一緒に寝込みの首を落された水戸のめッかち平山《ひらやま》(五郎《ごろう》)がまだ元気でいる頃、その稽古相手によくこの山野が廻ったもので、潰れている左の目の方から打込んで行くと、どんな名人でも平山は打てないと成っていた位の男を、山野は十本の中《うち》六本は見事に取った。平山も、

「どうもおかしい、山野は不思議な剣術だ」

といっていたし、外の隊士もこれを不思議に思ったという。

目ッかち平山は、開《あ》いている右の眼の方から打込んで行くと然程《さほど》でもないのだが、間違って潰れている左の方から行こうものなら、きッと鬼神のような猛烈な勢《いきおい》で切返して来る、これがまた電《いなずま》のように早いので隊中に剣客雲の如《ごと》くにいても、これ許りは持て余していたのを、山野がうまくこなすのである。

よく黒い薩摩絣《がすり》を着て、白い小倉袴で、高下駄をはいて歩るく。何処となく好みがさっぱりとしている。これに壬生寺の裏手にあった「やまと屋」という水茶屋の娘が惚れた。女将《おかみ》が高橋八重《たかはしやえ》というなかなか切れた女、隊士達がこの娘に目をつけてやいやい競争で通ったが、この八重女が眼を光らせていて指も触れさせない。これが山野には、そっちから惚れて、付文《つけぶみ》をしたものだ。素《もと》より山野に異存のある筈《はず》もなく、忽ち屯営内の大評判になる程の深かい仲となった。

随分いろいろ厳しい法度《はつと》はあったが、こういう事は割に寛大であったので、よく近藤隊長なども、

「どうだ山野、俺も一つやまと屋へ連れて行かんか」

などと冗談をいった。

山野は壬生以来ずッと新選組を離れず、戊辰《ぼしん》の戦《いくさ》に負けて江戸へ引揚げてからは、更らに甲陽鎮撫隊《こうようちんぶたい》として甲州まで行ったが、それが京都を引揚げる少し前の頃に、そのやまと屋の娘が、女の子を産んだ。

山野は哀別の涙をしぼって江戸へ行ったが、その後、敗軍の幕軍として、身の置き処《どころ》も無く、ばったり消息を絶っていたが、明治四十年、やはり昔恋しいと見え、京都へやって来て、もう六十幾つという老《おい》の身を、菊浜小学校の小使になって、淋《さび》しく洟汁《はなみず》を啜《すす》っていたのを、壬生の人達が発見した。

ところが一方では、やまと屋の娘との間に出来た女の子は、祇園《ぎおん》の大変な流行《はやり》っ奴《こ》のそれがしという芸者に成っている。これが自分の父親を一生懸命探している。山野の方でも、京都へ戻って来たのはこの娘懐しさだったのだが、八重女は死にやまと屋は、その後何処かへ移転したのか、皆目行方がわからなかった。

その中、娘の方で、山野が小使をしているのを遂々《とうとう》探し出して、これを引取って、山野一生楽隠居で送ったらしく、時々、立派な着物を着て、竹の杖《つえ》などをついて、旧同志の墓所にお詣《まい》りに壬生へやって来たという。

この三人の外《ほか》が、父親と一緒に隊にいた大阪の浪士馬詰《まづめ》柳太郎《りゅうたろう》、も一人は全く小説的な不思議な最期を遂げた佐々木《ささき》愛次郎《あいじろう》の二人である。

四

佐々木愛次郎は、大阪の錺《かざり》職人のせがれで、まだ芹沢鴨が生きていた文久《ぶんきゅう》三年春、新選組壬生屯営に入って来た。その時漸《ようや》く十九、丈は余り高くないが、顔もからだも雪のように白く、それでいて、何処を指でついても、撥《はじ》き返しそうに引締っていた。永《なが》倉新八《くらしんぱち》老人の記述によれば「古今の美男なり」というのである。

これが、剣術が好きで、余程子供の頃から稽古したと見え、しがない職人の子に似合わず、実に見事な腕前で、その上、からだのこなしの敏捷《びんしょう》なことは、出入りとも颯爽《さっそう》たるものであったという。

その頃、京都の松原通《まつばらどおり》烏丸《からすま》因幡《いなば》薬師の境内に大虎の見世物というのが掛《かか》った。勿論《もちろん》筵張りの仮小屋だが、この虎の外に、おうむ鳥、いんこう鳥など、世にも珍らしい鳥が来たというので、毎日割れるような大入がつづく。その中に、誰言うと無く、

「この世の中にあんな綺麗《きれい》な鳥がいるものか、大虎も、あれは人間が朝鮮の虎の皮をかぶって動いていているんだ」

という評判が立った。

芹沢が何処からかこれを聞きつけた。

「ようし、俺が一つその虎の皮をかぶっている奴を痛めつけてやる。三四人一緒について来い」

こういって、出掛ける。お供をしたのが、役付きでは副長助勤の佐伯亦三郎《さえきまたさぶろう》がひとり、外に平同士が四五人いたが、この中に美男の愛次郎が加わった。佐伯亦三郎は、長州の人間で、永く大阪にいたが、入隊以来ひどく芹沢の気に入って、出るにも入るにも一緒であった。まだ二十四五の人物である。

一行、行って見ると、春の末で気候はよし、聞くに勝《まさ》った大入りで、呼込みがべら棒なことをいって声を枯らして叫んでいる。その木戸口を、芹沢は、ふところ手をしたまま、じろりと横目で木戸番を睨《にら》んでずうーッと入って行った。この一行と共に、八木源之丞のせがれ為三郎が、下男をつれてついて行っている。

八木翁遺談（昭和六年三月）

如何にも大きな虎で、太い鉄棒のはまった檻《おり》の中で、あっちへ行ったりこっちへ来たり歩るいている、わたしも子供心に、人間が虎の皮をかぶったにしては、なかなかうまい、本当に生きているようだと感心していました。芹沢はずかずかと、いきなりこの虎の檻の前へ行って、すうーッと刀を抜くと、これを虎の鼻先きへえッ！　といって突出したものです。

みんなが「あッ」と驚き騒ぐと同時に、虎は物凄《ものすご》い声で「うおう……」と耳も裂けるように吼《ほ》えて芹沢をにらみました。流石《さすが》の芹沢も、少しおどろいたようで、刀を、ぱちーんと鞘《さや》へ納めると、

「これア本物だよ」

といって苦笑いをしたものです。

ところが、見世物小屋の香具師《やし》の方ではこれが壬生の隊長芹沢とは知らないから五六人大変な勢でやって来て、

「御武家《おぶけ》何をするんだ！」

と、偉い見幕で文句をつけました。芹沢は、そッちの方を見向きもせず、少し笑い顔で面白そうに黙って虎を見ています。その如何にも落ついた大胆な有様は今でも眼に見えるようです。

香具師は、いよいよ威丈高になって、次第によっては擲《なぐ》りつけもしようというようですが、芹沢は黙っているけれども佐伯がとうとう怒り出して、

「眼先きの見えぬ奴だな、新選組隊長芹沢先生を知らんか！」

と怒鳴りました。香具師は、ここではじめて吃驚したようですがもう追ッつかない。芹沢は本当に怒っている時は、何んにも物を言わない人です。香具師の方には黙っているが、その代りちらりと、後の方にいる佐々木を見て、

「佐々木、そのおうむ鳥という奴を押さえて、水をぶっかけて洗って見ろ、これアみ

んな染め物だぞ」

と言うんです。

五

この時に佐々木が、ここで色づけ物の鳥を洗われたんでは香具師が可哀そうだと思ったので、一生懸命詫《わび》をいってやったもんだから、漸くのことでそのおうむ鳥は洗われずに済んで、香具師の親方が、

「改めて御邸へお詫に罷《まか》り出ます」

というようなことで、芹沢はそれでも大人しく壬生へ帰った。


それから一箇月程過ぎてのことである。

佐々木が、二条法衣棚《ころもだな》の往来で、ぬれ手拭を畳んで頭へ乗せ、白い鼻緒の草履ばきでやって来るあの時の香具師の親方に出逢った。親方は新吉《しんきち》といったという。金を包んで壬生へ詫に来た時に、いろいろ話合ってもいるし、年は若いが、うまくその場を取做《とりな》してくれた恩に感じて愛次郎にも、上布《じょうふ》の反物を贈ったけれども、これを断って受けなかった義理堅さに、一種の親しみを持っていたためか、新吉は愛次郎の姿を見ると遠くの方からぺこぺこお辞儀をして、

「お急ぎでござんせんなら、この衣棚の横丁に、私の弟がかたぎで八百屋を渡世致して居ります。一寸お立寄り下さいませんか。どうもお世話になりっ放しでは、あたしの心がすみません。お茶など差上げとう存じます」

と強《た》っての頼み。愛次郎少し歩るき疲れてもいたし、別段急ぐ用事も無かった為めかその八百屋へ寄って一休みして行く気になった。

この八百屋（多分八百藤《やおふじ》といったという）に一人娘であぐりというのがあった。変った名前だけに、八木老人もはっきり記憶していた。これが界隈《かいわい》で評判の器量よしで、愛次郎とは二つ違ったというから十七だ。言わばまア流水落花、美男の愛次郎とこの娘が、何時の間にか恋し合うようになって終《しま》う。愛次郎非番の日には、この家へ入り浸っているが、段々非番の日ばかりではなく、隊務を怠けて逢って来るというようになった。

初夏、月のいい夜である。愛次郎とあぐりは四条の河原を手を取らんばかりにして歩るいていた。水の流れに月がうつって、墨絵のような東山《ひがしやま》、若い武士と、町家の娘の並ぶ姿が影をひいて美しかったことだろう。この二人が、同じ川原へ何処で飲んだのかよろよろとした足つきで芸者を五六人も引つれて酔《えい》をさましに出て来た芹沢鴨とばったり顔を合わせた。芹沢のうしろに佐伯亦三郎、佐伯はこの頃は、どこでどう工面をするか、夜となく昼となく、島原《しまばら》の廓《くるわ》へ通いつめていると噂《うわさ》だったが、今夜はどうしたのか芹沢の供をしている。

愛次郎、はッと思って、逃げようとしたがもう追いつかない。佐伯目ざとくも見つけ

て、

「いよう、佐々木じゃアないか」

　と声を掛けた。

「何、佐々木だ？　別嬪《べっぴん》をつれとるな」

芹沢、言いながら、じろりと、あぐりを見た。

「その女何んじゃ」

「は、何んでもありませぬ、私の懇意な人で、一寸用達《ようたし》の戻りです」

愛次郎、へどもどしている中に、芹沢段々あぐりの側へ寄って、月の光で、まじまじ見詰めながら、

「いい女子《おなご》じゃ、お前いくつになる？」

あぐりは虫の啼《な》くような声で、

「十七でござります」

これだけ漸く答えて、尚お蛇のような忌《い》やな眼で見据えている芹沢をのがれて、愛次郎の袖を引くと、そのまま引返して終った。

　少し離れた時に、芹沢は、

「佐々木、明日の朝、俺の部屋へ顔を出せ、ちと話があるから」

愛次郎、どきんと胸に釘《くぎ》をさされるような思いをしたが、途中まであぐりを送って、その夜はそのまま隊へ戻った。

芹沢はこの晩、戻らない。次の朝佐々木が井戸端で顔を洗っていると、銜《くわ》え楊子《ようじ》をして手拭を下げた佐伯が寝ぼけまなこでやって来て、

「時に、佐々木、喜べ、あの娘、隊長のお眼にとまったぞ」

愛次郎覚悟はしていたが、さッと顔色が変った。

「何にか改めて君には話はある筈だが、妾《めかけ》に差出すよう、俺に親許《おやもと》へ交渉しろとのことだ、追っては一国一城の主《あるじ》とも成るべき先生だ、君、ここア潔く身を退《ひ》くに限るぞ」

六

それから間もなく、芹沢が愛次郎を居間へよんで、

「とにかく俺があの女を妾にするからそのつもりでいろ」

という。昨夜《ゆうべ》、別に何んでもない、ただ懇意な人だといっただけに、今更、実はこうこうという訳にも行かず、わくわくする気持を押さえて、黙って引込んだ。

夕方に佐伯がまた愛次郎の肩を叩《たた》いていった。

「あの娘は君、いつかの虎事件の香具師の弟の娘じゃアないか、君もなかなか早いところをやるね」

愛次郎は黙っていた。胸の中が張り裂けるようで、うっかり物をいったら涙が溢《あふ》れ出る。この日は当番で娘のところに行きたくも行かれない。

一方昼の中女《うち》の方へは佐伯が表向き交渉をしたけれども、女の親は娘と愛次郎のことを知っているし、愛次郎には好意をもって言わば親の許した仲、行く行くは何んとかして天下晴れて夫婦にしたいと思っている位だから、莫大《ばくだい》な金でも積んだらいざ知らず、妾に出すなどという事はうんと言わない。時と場合によっては、香具師仲間と語らって、新選組と喧嘩《けんか》でも仕兼ねまじい権幕だったので、年は若いが腹の黒い佐伯は、一旦大人しく引退《ひきさが》り、何んとかして物にしたいと芹沢への忠義立てにいろいろな事を考えている。

そこで隙を見て愛次郎へお為めごかしをいったものである。

「隊長の威力を持って、あの女と見込まれてはどうにもならない。君は仕方がないから本隊を脱走し、女をつれて逃げる方がよい。あの女は君を死ぬ程に思っている。今、万一隊長に召上げられるような事があったら、きっと死ぬぜ、君」

という。年も若し、初恋《はつこい》に目のくらんでいる愛次郎、満更日頃の佐伯を知らぬ訳でもないが、ただ一筋に泣いてその好意を感謝し、いよいよ脱走と腹を定めた。

八木翁遺談

幾日か経って、佐々木は遂《つい》に娘をつれて逃げたのです。これは娘の親も承知なのですが、もともと佐伯が書いた酷《むご》い芝居で、真夜中に、何処へ落ちるつもりだったかこの二人が千本の朱雀《すざく》の藪《やぶ》の前へかかったのです。ところがどうです——これは後に隊のいろいろな方から私の父（八木源之丞）などがきいた事ですけれども、佐伯が、外に芹沢の子分四五人を引きつれてこの藪の中にかくれていて、そこへやって来た二人を見ると、いきなり飛び出して、佐々木へ斬ってかかったものです。

翌朝になって、隊士が千本で殺されているというので、副長助勤の原田左之助と永倉新八が検分に出かけましたが、戻って来ての話に、佐々木は頭を二カ所、これが致命傷で、その外に左の耳が斬落され、全身に十二カ所程の大小の刀傷があったと言いますから、いくら剣術が出来ても、不意討ちで自分の刀の柄袋《つかぶくろ》もとらず、小さな荷物を背負《しょ》ったまま全くのずたずた斬りで可哀そうな最期を遂げました。

娘はその死体から半町程離れた竹藪の中で、舌を嚙《か》み切って死んでいたと言います。ですから当時これは、心中だなどと噂が立ったものですが、事実は然様《そう》では無く、この娘には、芹沢も惚れていたが、妾にする使者に立った佐伯がまた大変な執心で、どうも酷《ひど》い男で、同志と共に、佐々木を斬っておいて、この娘を自分一人で竹藪の奥へ引っぱり込んで、隊長の妾にする前に、一足先きに酷い事をしたらしいんです。それで女は、佐伯と争っている中に、佐々木の後を追って舌を嚙み切って自害したという訳だとの事でした。

それから少し後に香具師の方で、この辺の事を怪しいと睨んで、少し騒いでいるという話しを聞きましたが、これという証拠はなく、泣き寝入りです。沖田総司《おきたそうじ》が父へ話していたところによると、あれはすべて芹沢の指図で、佐々木を殺ろしておいて、女を引込めば、香具師の方には金を一文も出さず、むしろ命を助けたと言いがかりをつけて話も早く片づくという腹だったと言います。芹沢という人も、こんな無茶は平気でやる人でしたが、しかし張本《ちょうほん》はやはり佐伯だったと思います。

　ところが、因縁というものは恐ろしいもので、この佐々木が殺されて間もなく——そうですね、ものの十日と経たぬ中に当の佐伯亦三郎が、芹沢のためにまたこの朱雀の竹藪へ引出されて殺されて終ったのです。

　佐伯は芹沢にはずいぶん気に入りだった。それがどうして斬られたか、いろいろな説があるのですが、私の父などの申しますところでは、芹沢の命令を受けていながら、自分がその女に惚れて手を出し、遂々《とうとう》女の死際に目的を遂げたという事が、それア充分口留めはしてあったのでしょうが、一緒に行った同志から洩《も》れて、芹沢の耳へ入った。そんな事を聞いたら許して置く芹沢ではありません。すぐにそのうまい事をした現場に引っ張り出して、頭から鼻筋まで一刀で割りつけたという事でした。

　それに、も一つ、芹沢が大切にしていた煙草《たばこ》入れの「うにこうるの根付」を盗んだということもあるのだとの話もありました。「うにこうる」は、北氷洋の海獣ですが、この牙は一寸位のものでも十両二十両としたもので、これでからだを撫《な》でさえすれば、忽ち万病が癒《なお》ると言われて、むかしは大変な宝でした。これを芹沢が持っていた。佐伯がいつの間にかそ奴《いつ》を盗んで売り飛ばして、島原通いの資本《もと》にしたというのです。

　例の娘の事で殺されたのか。それともこのうにこうるの根付の事か。それは判明《はっきり》しませんが、どっちにしても、同じ千本の二人の恋人が悲惨な最期を遂げたところで殺されたのは不思議です。

佐伯斬殺については、他に西村兼文《にしむらかねふみ》の「壬生浪士記」などに別説があって、佐伯が長州藩でその間者でありながら、新選組に入隊してから、却《かえ》って藩内の機密をあべこべに先方へ洩らすというので、久坂玄瑞《くさかげんずい》がうまく欺《だま》してこれを島原の角屋総右衛門《すみやそうえもん》方へ呼出し、突然躍りかかって縛った上、千本北野原出に引出して、真っ裸にして斬った上、道傍へ晒《さら》して、死して尚おその骸《むくろ》を恥《はずか》しめたというが、説の当否は暫く措《お》く。

七

しかも、また、——斬った芹沢鴨が、八木邸で近藤勇一味のために暗殺されたのは、それから十五日とは経たない同じ文久三年九月十八日の夜で、この日、主として芹沢を酔《え》いつぶすために島原に開かれた隊の総会に、何んにも知らぬ隊士達がぞろぞろ出席した後に残って、父の馬詰新十郎《しんじゆうろう》とたった二人、八木邸で留守をしていたのが、この「美男五人衆」中の馬詰柳太郎。柳太郎は、二十《はたち》になったばかりの誠に綺麗な男だが、小さな声で、女のように気が弱く、それで女は好きだけれども、隊士と一緒に酒を飲むような事さえせず、相手は近所の子守女に限っていた。

南部の子守のお腹《なか》がふくれた

胤《たね》は誰だろ、馬詰のせがれに

聞いて見ろ、聞いて見ろ。

という唄があった位である。南部の子守というのは、壬生の郷士南部亀二郎《なんぶかめじろう》のことで、はじめは新徴浪士隊の宿舎で、新見錦《にいみきん》だの、粕屋新五郎《かすやしんごろう》だのという後の新選組の幹部級が泊まった家である。

その子守女は、まるで近所の若い衆さえ相手にしない真っ黒い丈の低いちぢれ毛のひどい女であったという。これと馬詰が出来たのかどうか、とにかくお腹が大きくなった。日頃の馬詰の噂を知っている隊士の中のしゃれ者が作った歌に相違ないが、この唄が余り盛んになったので遂々馬詰親子は、隊に居づらくなったのか、或夜窃《ひそ》かに脱走して終《しま》った。何処の浪人かさえはっきりしないが、中国筋のものらしいとのことだった。

父の新十郎は、柳元斎《やなぎげんさい》などと称し、書の非常にうまい四十五六の人物だが、まるで刀のさし方も知らなかったというから、どうせは本物の武家ではなく、よくみんなに頼まれて、いろいろな世話やら、買物などをしてやっていたようである。

こんな父子《おやこ》だから、自然、隊の給与も少なく、従って、折角の美男柳太郎が、子守風情に手を出すようにもなったのだろうが、あの芹沢の斬られた雨の降る日も、近所の女中や子守女が、柳太郎の留守居をしている八木邸へ遊びに来ていた。柳太郎父子が、鬼の居ぬ間の命の洗濯とこの子守を相手に酒を吞《の》んでいたなどは面白い話である。

密偵

津本　陽

津本《つもと》　陽《よう》（一九二九〜二〇一八）

昭和四年、和歌山県に生まれる。東北大学法学部卒業後、神島化学工業に入社。仕事のかたわら、同人誌『ＶＩＫＩＮＧ《ヴァイキング》』に参加、作品を発表する。昭和五十三年『深重の海』で、第七十九回直木賞を受賞。デビュー当初は現代物も手がけたが、やがて歴史・時代小説に専念。剣道・抜刀道の有段者という経歴を生かして、剣豪小説に独自の境地を示した。また、戦国武将を題材にした歴史小説も多く、織田信長を描いた『下天は夢か』や、豊臣秀吉を描いた『夢のまた夢』は、読者の熱い支持を得た。

「密偵」は「野性時代」（昭63・9〜10）掲載、『密偵　幕末明治剣豪綺談』（角川書店　平1刊）に収録された。

一

慶応《けいおう》三年（一八六七）十一月十七日の夕刻、底冷えのきびしい曇り空から、北風にはこばれる雪片がちらついていた。

京都堀川通《ほりかわどおり》の東方、大津屋橋《おおつやばし》にちかい不動堂《ふどうどう》村の新選組本営に、ふしぎな客がおとずれた。

黒縮緬《くろちりめん》上着に仙台平襠高袴《せんだいひらまちだかばかま》、黒紋付羽織をつけ、蠟色鞘《ろいろざや》大小を横たえた侍である。背丈は五尺八寸から六尺ちかい。琉球下駄《りゆうきゆうげた》をはいているのでさらに大柄に見え、門番は威圧された。

山岡頭巾をかぶり、前覆いのコハゼをかけているので、顔の下半分は見えない。

「土方《ひじかた》さんに会いたいのだが」

侍はふとく錆《さ》びのある声音で告げた。

若者の声ではない。

「へえ、ご尊名を承ります」

門番は腰をかがめた。相手は黙っている。

「ご姓名は」

侍は腰から印籠をはずし、門番に渡した。

黒漆地に金で丸に一本杉の紋が描かれている。

「これを渡せば分る。早くいたせ。ちとここを借りるぞ」

侍は門番詰所に入りこみ、上《あが》り框《がまち》に腰をおろすと、表の障子を閉めた。

門番は詰所から追いだされた形になり、あわてて内玄関へ走る。

新選組本営は一町四方の敷地に、宏壮《こうそう》な建築がいらかをかさね、大名屋敷のような構えである。

「ちょっと、どなたかいやはりまっか」

声をかけると、玄関に詰めている平《ひら》隊士があらわれた。

「何だ」

「いま表御門のところへ、お客人がきやはって、名乗らはらしまへん。これを副長はんにお見せしたら分るといわはるのどす」

「うむ、しばらく待て」

隊士は印籠をうけとり、長廊下を奥へ走った。

すぐ戻ってくると、早口に告げる。

「その仁《じん》、すぐにお通しいたせ。台所より中庭を通って、副長のお居間の前へご案内するのだ」

門番は小走りに長屋門へ戻ってゆく。

大兵《だいひょう》の侍は、門番を従え、大股に台所から中庭へ入りこむ。副長土方歳三《としぞう》は障子をあけ、縁側に出て待っていた。

覆面の侍は右手をわずかにあげ、土方はうなずく。ふしぎな客は、土方と一言も挨拶を交さずに、副長の居間に入った。

「おかしなお人やが、きっと偉い身分やろ」

門番はひとりごとをつぶやき、土方が後ろ手に閉めた障子をしばらく見つめていた。

座敷で土方とむかいあった侍は、頭巾をはずした。

眉が秀で、鼻すじが通り頬のゆたかな美丈夫であるが、眼光にただならない剣気が宿っている。

「どうだ、登《のぼり》さん。伊東《いとう》は明日やってくるかね」

土方が聞く。

「まず来るに違いなさそうだよ。仲間の連中は、さきおととい土佐《とさ》の坂本《さかもと》が河原町《かわらまち》の隠れがでやられたばかりでもあるし、斎藤《さいとう》さんが月真院《げつしんいん》から姿をくらましたのが、どうやら新選組へ戻ったらしいと知れたので、とめているようだが。伊東はあれで、おおまかなところがあるというか、大胆不敵というか、あえてやってくるというのだ」

「そうか、斎藤は部屋から出ぬように申しつけているんだが、戻ったと噂《うわさ》が聞えたか。まあいい。それでは明晩は、手筈《てはず》通りにやるか」

「うむ、油小路《あぶらのこうじ》の焼跡の辺りでやることだな。いまはちょうど諸国遊説に出かけているものが多く、月真院は無人《ぶにん》だから、いまを措《お》いてやるときはないぞ」

「そうか、いつも登さんが密偵役をつとめてくれるので、万事に手抜かりがなく、たすかるよ」

「御陵衛士《ごりようえじ》などといって、変節をいたした奴《やつ》らは、皆殺しにしてやればよいのだ。武士のなすべき所業ではないのだから」

「その通りだ。あいつらは新選組を焼討ちするなどと、大きな口をたたいていたが、こっちがひと足さきに片づけてやるのだ。登さんは明晩には醒ケ井《さめがい》へくるのか」

「そうだな、伊東を始末する場を、ものかげから見ているよ。俺の顔は、隊士たちにもまだ知られないほうがいいだろうからな」

「ではそうしてくれ」

みじかく言葉を交したあと、侍は頭巾をつけて立ちあがり、土方に見送られることもなく、中庭から立ち去っていった。

土方に「登さん」と呼ばれた侍は、新選組密偵中島《なかじま》登である。

登は土方より三歳年下の二十九歳。武州《ぶしゆう》南多摩《みなみたま》郡西寺方《にしてらかた》村の出身である。父親は幕府千人隊同心であった。

登も千人隊士となっていたが、元治《げんじ》元年（一八六四）に朋輩《ほうばい》といさかいを起し、これを斬りすてたため脱隊し、親戚の由木《ゆぎ》村名主井上益五郎《いのうえますごろう》方に身を寄せた。

益五郎の妻が、新選組隊長近藤勇《こんどういさみ》と縁故のある家の出身であったので、登は新選組に入隊することとなったのである。

　彼は元治元年十月、長州《ちょうしゅう》征伐にあたっての至急の将軍上洛《じょうらく》をすすめるため、江戸に戻った近藤勇と会い、即座に入隊を許された。

「登さんは多摩の産で、千人隊同心であったといえば身内だ。いま新選組では隊士の人数がふえてきているが、密偵の人数がすくない。俺と歳三だけが顔を知っていて、隊内でも誰にも知られていないという探索方がほしいんだ。登さんが、その役をひきうけてくれればありがたいんだが」

「けっこうです。どのような役でもやらせて頂きましょう」

　登は即座にひきうけた。

　近藤が登に密偵役を命じたのは、しばらく話しあううちに、彼が機転のきく明晰《めいせき》な頭脳の持ち主であると、見てとったからである。

　登の剣の手練は、天与の才にたすけられ、衆にぬきんでている。安政《あんせい》三年（一八五六）から文久《ぶんきゅう》三年（一八六三）までの八年間、天然理心《てんねんりしん》流の剣客山本満次郎《やまもとまんじろう》について、撃剣鍛練をおこない、中極位《ちゅうごくい》目録を得ていた。

　その実力は、真剣勝負に際し発揮される。いったん抜刀すれば念頭に生死を忘れ、敵を倒すまでひたすら攻めぬく激しい刀法で、京都で彼の戦いぶりを見た土方歳三が、一目《いちもく》を置くようになったほどである。

中島登がはじめて腕の冴《さ》えをみせたのは、慶応元年（一八六五）三月なかば、京都三条縄手《なわて》の路上で、西国浪士と斬りあったときである。

登はその夜、祇園《ぎおん》石段下の料亭山絹《やまぎぬ》で、近藤、土方の二人と会い、江戸市中を徘徊《はいかい》する尊攘《そんじょう》浪士探索の密命をうけた。

三人が山絹を出たのは、九つ（午前零時）を過ぎていた。近藤が、七条通り醒ケ井木《き》津屋橋《づやばし》の妾宅《しょうたく》へ駕籠《かご》でゆくのを、新選組本営へ帰る土方が、途中まで同行してゆく。木屋町《きやまち》の旅籠《はたご》に泊る登も、近藤を送ることにした。

桜が散りがての時候で、肌にまつわる夜風もうるおいを帯びている。

土方と登が、駕籠にあわせ歩をはこぶうち、行手にいくつかの人影があらわれた。腕まくりをした男が六人、いずれも総髪を元結いでたばね、双刀を横たえた浪士である。

土方が駕籠屋に声をかけた。

「駕籠をとめてくれ、どうやら妙な邪魔が出たようだ」

彼は足をはやめ、前に出た。

「尊公方《そんこうがた》、俺たちになにか用があるのか」

浪士のひとりが、左手を刀の鍔《つば》もとに置き、居合腰で土方と向いあう。

「お前《は》んらにゃ、何の用もなか。俺どま酔っちょるきに、大道を気儘《きまま》に歩いておっ。そん駕籠をば、ちと脇へ寄せっくいやんせ」

土方は答えた。

「薩州《さつしゅう》言葉は聞きとりにくいが、俺たちに脇へ寄れとの仰せだな」

垂れ駕籠のなかから、近藤の低い声が聞えた。

「駕籠屋、道の脇へ寄ってやれ」

「へえ、よろしゅうおす」

棒鼻に提灯《ちょうちん》をぶらさげた駕籠が、家並みの軒下に寄った。

近藤たちは、そのまますれちがおうとした。

相手は剽悍《ひょうかん》な薩人で、いずれも酩酊《めいてい》している様子であった。なんとなく緊迫した気配が伝わってくる。

土方は、いつ斬りかかられても応じられるよう、身構えをした。登も左手を大刀の鯉《こい》口《ぐち》にそえる。

「卒爾《そつじ》ながら、お手前らはいずれのご藩かな。関東の御仁とお見うけしたが」

大兵の男が、閂差《かんぬきざ》しにした三尺近い剛刀の柄《つか》に手を置き、近づいてきた。

やはり喧嘩《けんか》を売るつもりだと察した土方が、間をおかずいいかえす。

「ひとにものを問われるときは、まずそちらより名乗られるがよろしかろう。この夜更けにいらざる返答いたす気もなし。ご無礼いたす」

浪士たちは予想した通り、色めきたった。

「そん関東者は、喧嘩をいたすつもりか」

「こや見のがせんど。汝《わい》ども、待て」

土方は冷たい笑みをうかべた。

「筋書通り、からんできやがったか。しかたがない。相手をしてやろう」

彼は右足をまえに踏みだし、刀に反りをうたせる。

真剣勝負の場数を踏んできた土方は、おちついていた。つかいなれた愛刀和泉守兼定《いずみのかみかねさだ》に幾度となく、血を吸わせてきた、得意の双手《もろて》下段からの擦りあげ技で、眼前の大男を斬りすてようと、左手首に力をあつめ、肩の力を抜いている。

からんできた浪士たちにも、土方の素姓は分らないながら、容易ならない遣い手のようだと感じとれる。

刀を抜いたのは、浪士たちのほうからである。

「こん奴は、俺が斬い棄《す》つっ」

大男は、抜きはなった剛刀を、薬丸自顕《やくまじげん》流独得の、天を突くトンボの構えにとった。

土方も抜きあわせ、剣尖《けんさき》を下段におろす。

彼は、傍《かたわら》の登に声をかけた。

「こいつらの初太刀《しょだち》をはずせばいい。力のあるのは初太刀だけだ」

登は中段青眼《せいがん》に刀を構えていたが、土方の言葉を聞くなり、手綱をはなれた犬のように、むかいの敵をめがけ猛然と跳躍した。

刀をトンボにとった薩人は、間合いのそとから地を蹴って飛びこんできた登の肩口めがけ、甲声《かんごえ》もろともに地を打ち割るいきおいで斬りこんだ。

（やられた）と土方は胃のあたりがつめたくなった。だが、薩人の刀は空《くう》を斬り、登の刀は相手の頭蓋を斬り割り、鉦《かね》を叩《たた》くような響きをあげた。

絶叫と怒号が湧き、登が豹《ひょう》のように左右に走る。刃を打ちあわすたびに青い刃こぼれの火の粉が舞い、土方はあっけにとられた。

土埃《つちぼこり》のなかで、地響きをたて転倒する敵を三人までかぞえたとき、のこりの浪士たちは刀を引き背をむけると、はだしで逃げ去っていった。

「こりゃ待てい、待たねえか」

喚《わめ》きつつあとを追おうとする登を土方は走り寄ってとめた。

「あいつら、一人のこらず叩っ斬ってやる」

土方に握りしめられた袖を振りはなそうとする登を見て、駕籠のなかの近藤が高笑いをひびかせた。

「歳《とし》、登は近頃めずらしい癖馬のようだぜ。こんな奴に蹴られちゃ、たまらぬぞ」

登は肩口や胸にいくつかの浅手を負っていたが、流れる血を見ると悍馬《かんば》のようにいきりたつ。

「土方さん、なぜとめたんだ。俺は六人ともやっつけるつもりだったんだぜ」

「いや、これくらいでいい。危ねえ橋は、できるだけ渡らぬようにすることだ。そう心掛けねば、密偵稼業じゃ半年と命がもたねえよ」

近藤と土方は、地面へ転がる浪士たちをあらためる。

頭蓋を割られた男は、すでに息絶えていた。他の二人も、呻《うめ》き声をあげるだけで、身動きもできない深手である。

ひとりは右首のつけねから乳下へ斬りさげられ、いまひとりは腹を横一文字に払われたらしい。

血のにおいが濃くよどむなかで、土方がみじかく笑った。

「登といっしょにおれば、手間がはぶけていい。俺の出番がないからなあ」

二

中島登が放胆であるのは、天性であった。危険をおそれる想像力が欠けているのではないかと思えるほどである。

彼は慶応元年から三年にかけ関東の政情を探り、幕府と薩長が開戦したときにそなえ、民兵徴募の下ごしらえをしていた。江戸のほか甲斐《かい》、武蔵《むさし》、相模《さがみ》を奔走し、一応の成果をあげて京都に戻ったのが、慶応三年十月末であった。

徳川慶喜《とくがわよしのぶ》は大政奉還し、薩長はさらに辞官納地を迫り、京都の政情は激動している。討幕の密勅をうけた薩長は、慶喜の所領を召しあげることで、幕府と開戦のきっかけをつかもうとしている。

近藤、土方は、諸藩兵があふれる騒然とした京都の治安維持に懸命の努力をするかたわら、京都月真院を屯所とする御陵衛士十五人を潰滅させようと、策を練っていた。

かつて新選組参謀として、近藤、土方に次ぐ立場にあった伊東甲子太郎《かしたろう》が、御陵衛士を率いている。彼に従う衛士の全員が、元新選組隊士であった。

彼らが隊内から分裂したのは、慶応三年三月である。泉涌寺《せんにゆうじ》塔中《たっちゅう》戒光寺《かいこうじ》の長老、湛《たん》然《ねん》の助言により、朝廷より孝明《こうめい》天皇御陵衛士を拝命した伊東一派は、新選組をはなれ王事に尽すこととなり、東山高台寺《ひがしやまこうだいじ》内月真院に引き移ったのである。

高台寺は臨済《りんざい》宗随一の巨刹《きょさつ》で、衛士たちは食事代だけで八百文という、贅沢《ぜいたく》きわまりない生活であった。

東海道の宿場では、最上の宿である本陣一泊の代金が、二百五十文とされていた。

首領の伊東甲子太郎は、江戸深川《ふかがわ》佐賀町《さがちょう》に町道場をひらいていた剣客であったが、新選組の藤堂平助《とうどうへいすけ》とは、北辰一刀《ほくしんいっとう》流の同門で、かねて親交があった。

元治元年の近藤の東下《とうか》の際、同行していた藤堂が伊東を説き、近藤とひきあわせた。

近藤は佐幕、伊東は尊皇を主義とするが、ともに攘夷《じょうい》の意見では一致する。伊東は実弟の鈴木三樹三郎《すずきみきさぶろう》のほか、門下七人とともに新選組に入隊することとなった。

伊東一派は、新選組で反主流派の立場をとるようになった。伊東甲子太郎は参謀、藤堂平助は八番隊長、鈴木三樹三郎は九番隊長。加納道之助《かのうみちのすけ》は伍長《ごちょう》。篠原泰之進《しのはらやすのしん》は浪士取調役兼監察と、それぞれ要職についている。

伊東らが入隊してまもなく、新選組総長山南敬助《やまなみけいすけ》が、脱走の罪で切腹した。敬助の隊内での地位は、近藤勇につぐものであったが、日頃から土方と意見があわなかった。

山南の剣術は伊東とおなじ北辰一刀流で、免許皆伝の腕前である。伊東と親しくなってのちは、つねに尊皇攘夷論をかわしていた。

山南の脱走は、伊東にそそのかされてのことであるという噂が、彼の切腹ののち隊内にひろまった。

土方は、伊東が新選組参謀として、隊内に新勢力を扶植《ふしょく》しようとしている動きを、はやくから察知していた。

伊東は長州の元奇兵《きへい》隊長赤根武人《あかねたけと》が、大坂で米屋をいとなみ隠れていて捕えられ、六角《ろっかく》の牢屋《ろうや》につながれていたのを、近藤にすすめ救いださせた。

近藤は赤根を長州の消息を探るための間者《かんじゃ》として用いた。赤根は近藤に尽力を惜しまなかったが、伊東にも恩義を感じている。

伊東は赤根を通じ、ひそかに長州志士と交わり、尊攘実行をはかろうとした。

また、薩州浪人富山弥兵衛《とみやまやへえ》が入隊を希望してきたとき、近藤が薩藩の密偵かもしれないと拒んだが、伊東はとりなして入隊させた。

そののち伊東は弥兵衛に手引きさせ、薩藩公用方大久保一蔵《おおくぼいちぞう》に、しばしば面会する。

近藤は土方の献言により、大世帯となった隊中の規律を正すため、隊規に違反した隊士に、容赦なく切腹を命じた。

伊東は近藤をなだめ、ひとりでも隊士を助命しようとつとめた。

しだいに隊中には伊東に心服する者が多くなり、土方と伊東の対立は激しくなってきた。

伊東の勤皇活動は、日を追いさかんになるばかりであった。

彼は諸国情勢探索のためと称し、旅行をすると、勤皇家との交流をふかめてくる。

ついに伊東一派は、新選組にとどまれなくなった。幕府が新選組一同を旗本にとりたてることになり、そのまえに伊東甲子太郎以下十五人が、隊をはなれたのである。

伊東らが去ってのち、六月十日に新選組隊士全員が幕臣にとりたてられた。

六月十三日、伊東一派であったが新選組にとどまり、隊中の情勢を探索していた茨《いばら》木司《きつかさ》、佐野《さの》七五三之助《しめのすけ》、中村五郎《なかむらごろう》、富川十郎《とみかわじゅうろう》ら十人が、幕臣になるのを嫌って脱隊したいと、京都守護職に願い出た。

茨木ら四人は、守護職屋敷で新選組大石鍬次郎《おおいしくわじろう》らによって謀殺され、他の六人は放逐された。

伊東はこの事件によって、近藤、土方を憎み、彼らの暗殺を考えるようになった。

御陵衛士のなかには、近藤の密偵が一人ひそんでいた。新選組剣術教授頭《がしら》をつとめていた、剣客の斎藤一《はじめ》である。

斎藤は、御陵衛士の尊皇運動の詳細を、近藤に報告していた。土方は伊東らが近藤暗殺を計画していると知って、衛士潰滅を決意した。

土方は江戸から中島登が戻ってきたので、斎藤一を隊へ呼びもどした。登は斎藤のあとをひきつぎ、御陵衛士の動きを探っている。

彼の探索行動は、放胆そのものであった。日が暮れると月真院の土塀をのりこえ、床下にもぐりこみ、衛士たちが酒をくらっての高声の議論を盗み聞く。

近藤勇は十一月十六日、下男に伊東あての書状を持たせ月真院へとどけさせた。

書状には十八日の晩、七条醒ケ井の拙宅へお越しいただきたい。かねてご依頼されていた金子《きんす》もととのったのでお渡ししかたがた、方今《ほうこん》の国事についてのご意見をうかがいたいと記している。

十六日の晩、登は大きな体をちぢめ、月真院の床下へ這《は》いこんだ。月がでていて、庭《に》面《わ》は昼のように明るく、衛士たちに発見されるおそれがあったが、登はためらわない。

伊東の居間では案の定、激論がかわされていた。

藤堂平助の声が聞えた。

「伊東さん、あさっての晩に近藤総長の招きに応じるのはいけません。近藤さんは正直な人柄ですが、軽く見れば手ひどい目に逢《あ》いかねません。それに、土方がいるではありませんか。土方は奸悪《かんあく》な人物です。伊東さんが頼んだ百両を融通してくれるのが、そもそも怪しいのです。それに、斎藤一が四日まえにここを脱走したのは、あきらかに凶兆です。あいつは新選組密偵にちがいありません」

篠原泰之進らしい声がつづく。

「拙者も藤堂氏のご意見に賛成します。伊東さんの御身は軽いものではござらぬ。ここはご自重なされたい。昨日は土佐の坂本龍馬《りようま》と、陸援隊長中岡慎太郎《なかおかしんたろう》が河原町の隠れがで刺客に斬られたばかりではござらぬか。いまは百両ごときはした金を得るために、危地に入ることはござるまい」

伊東甲子太郎は、近藤に長州藩の志士を懐柔し、情報をあつめる費用として、百両を提供するようすすめていた。

伊東の尊皇運動を知りつくしているはずの近藤が、だまされるわけもないはずだ。たやすく資金を提供するというのが怪しいと、篠原は力説した。

だが、伊東は笑うのみであった。

「諸君のご懇情はかたじけなく、ただ感謝するのみだが、拙者は誘いに乗るとしよう。やはり、尻ごみするのは侍らしい進退とはいえぬからな。それに、土方はとても相手にできる男ではないが、近藤さんはまっすぐなんだから、拙者が天下の情勢を申しのべれば、眼《め》が醒《さ》め、王事に尽してくれるようになるかも知れぬ」

登は伊東らの談合の様子を、土方に伝えた。

十一月十八日の午後、まだはやい時刻に伊東甲子太郎が、七条醒ケ井の近藤の妾宅をたずねた。

そこには大坂曽根崎新地《そねざきしんち》の芸妓《げいぎ》であった、お孝《たか》という愛妾《あいしよう》が囲われている。伊東が訪れると、近藤、土方をはじめ、山崎烝《やまざきすすむ》、原田左之助《はらださのすけ》、吉村貫一郎《よしむらかんいちろう》ら新選組幹部が顔をそろえていた。

「これは伊東先生、よくおいでなされました」

原田らに手をとられんばかりにして、座敷に通された伊東は、気を許した。

(この男たちは、俺に好意を抱いている。昔にかわらず扱いやすい連中だ。いずれ新選組をあげて、尊攘にふみきらせてやろう。そうすることが、俺の真情だ)

伊東はいい気分になり、盃《さかずき》をすすめられると、片端からうけた。

昼さがりから亥《い》の刻(午後十時)を過ぎるまで、伊東は長座した。彼が呑《の》んだ酒量は二升をこえ、三升ちかい。

酒豪の伊東も、さすがに足許《あしもと》がさだまらず、玄関で草履をはくときに、よろけるほどであった。

「伊東先生、外は寒気がきびしゅうござるほどに、駕籠を呼びましょう」

吉村が隊士を走らせようとしたが、伊東はとめた。

「いや結構だ。さいわいいい月だから歩いて帰るといたそう。高台寺へ戻るまでには酔いも醒めようほどに。ではご免」

彼は酔歩を踏みしめ、人通りの絶えた路上を帰ってゆく。

「緑樹蔭《かげ》沈んで、魚《うお》樹《き》にのぼるけしきあり」

謡曲をうたいつつ歩む伊東は、木津屋橋を東に入る。しばらく行くと、道の両側が禁門の変で焼けた民家あとで、草が茂っている。

伊東がその辺りへさしかかると、焼跡の板囲いのかげから、突然槍《やり》が繰りだされた。

伊東は泥酔していたため、剣客でありながら不覚をとり、ただひと突きで肩口から喉へ突き刺された。

槍をつけたのは原田左之助である。伊東が喉をおさえ、たたらを踏むところへ、大石鍬次郎と、もと伊東の馬丁であった勝蔵《かつぞう》が出てきた。

勝蔵は刀を抜き、伊東の肩さきに斬りつける。なかば無意識に横に振った伊東の刀が、勝蔵に致命傷を与えた。

だが、伊東はもはや身動きもできず、その場に倒れる。大石、宮川信吉《みやがわしんきち》ら隊士数人が傍に寄ってみると、伊東はもはやこときれていた。

大石が左足へ斬りつけてみるが、伊東はまったく動かなかった。

「痴《し》れ者め、天命尽きしか」

近藤、土方も道に出てきて、さきほどまで談笑していた伊東が、衣服を血に染め屍体《したい》となっているのを検分した。

土方が隊士に命じた。

「こやつを油小路七条の辻《つじ》まで引きずってゆけ。そこへ棄てておくのだ」

伊東の仙台平の袴は、血が凍って板のようであった。

土方は油小路の町役人を呼び、命じた。

「お前はいまから月真院へゆき、ここで伊東甲子太郎が殺され、棄てられているゆえ、引き取ってもらいたいと、頼んでこい」

町役人は着物の裾をからげて走った。

伊東暗殺のさまを物蔭から眺めていた中島登も、あとを追った。

月真院に到着した町役人は、表戸をはげしく叩き、衛士たちを起して告げる。

「御衛士の隊長はんが、菊桐の提灯を持ってどこぞから通りかからはって、うちの町内で殺されはったんどす。息をひきとらはるまえに、月真院へ急を知らせよとの仰せどした。いま見回りの新選組が、お傍《そば》についとりまっさかい、すぐにお引きとりにお越しになっとくれやす」

月真院屯所では、突然の悲報に隊士たちがはね起き、騒然となった。

衛士たちは伊東の帰りが遅いのは、宮川町《みやがわちよう》二丁目の妾宅へ立ち寄ったためだろうと思い、床に就いていた。やはり暗殺されたと知ると、彼らは屍体を引きとりにゆけば、新選組と戦わねばなるまいと覚悟をきめた。

伊東の屍《しかばね》を引きとりにゆかねば武士の名折れであるし、ゆけば新選組の仕掛けた穽《あな》におちるにきまっている。

その夜、月真院屯所にいた衛士は、鈴木三樹三郎、篠原泰之進、服部武雄《はつとりたけお》、毛内有之介《もうないありのすけ》、藤堂平助、富山弥兵衛、加納道之助の七人であった。

服部は京都浪士中随一といわれる剣術の達人であったが、油小路へむかうについて、身ごしらえを厳重にするよう主張した。

「敵は新選組にきまっておる。待伏せをするにちがいない。皆、甲冑《かつちゆう》を身につけてゆけ」

　三樹三郎は反対した。

「新選組が傍についているというのは、兄者を斬ったのではないゆえであろう。もとより彼らはともに起居した仲だ。こなたより礼をもってすれば、おだやかに屍を引き渡してくれるだろう」

　篠原泰之進が、年長者としての意見をのべた。

「新選組は、おそらく伊東さんを殺したのだろう。屍を引きとりにゆけば、無事にはすまない。もし一戦を交えることになれば、敵は大勢、味方は無勢ゆえ、いかに戦うとも死は免れぬ。そうなれば、甲冑を着て路頭に斬死《きりじ》にしておれば、後世まで臆病者の名をのこすことになろう。やはり常のままの衣服で死のう」

　七人は死を決して、伊東の屍体を運ぶため駕籠を傭《やと》い、人足二人、小者一人を連れ、油小路にむかい夜道を走った。

　中島登は彼らの様子をうかがったのち、ひと足さきにもどってきた。油小路の辻には土方が待っていて、登を見ると駆け寄ってくる。

「どうだ、奴らはくるか」

「うむ、衛士は七人だ。甲冑を着てゆけという者がいたが、後世に臆病の名をのこすのはいやだと、素肌でやってくるよ」

「そうか、こっちにすりゃああつらえむきだ」

土方は家並みの軒下へ戻ってゆく。

計略とはいえ、土方のやりくちは冷酷きわまると、登は胸中に反感を覚えた。辻の四方には、四十数人の新選組隊士が待伏せしていた。

いずれも鎖帷子《くさりかたびら》、鎖頭巾に身をかためている。斬ろうとしても、顔を狙うしかない。

寒風の舞う路上で、登は待っていた。やがてひそやかな足音がして、駕籠を囲んだ七人の衛士があらわれた。

彼らは油小路の辻に立ち、辺りを見回したのち、嘆息をもらしつつ伊東の遺骸を駕籠に乗せ、ひきあげようとした。

そのとき三方から新選組が、ときの声をあげ襲いかかってきた。

衛士の一人篠原泰之進は、後年に乱闘の様子を語っている。

「連れ立って行きますすと、はたして新選組の謀計に落ちて油小路の西に行ったところ、夜の二時頃で湯屋があったが、私は見張っていたところが月が宜《よろ》しく、ピカリと光ったものがある。それ覚悟せよ、というと、手もとにこられたので、無茶苦茶に前なる者一人、袈裟《けさ》掛《が》けになぐりつけて突きとばし、そのうえを飛び越してゆくと、また掛かられて、それも運よくたおして通るような次第でありまして（後略）」

血戦の場で斬死にしたのは、服部、毛内、藤堂の三人であった。

いずれも全身膾《なます》のように斬り刻まれての最期であった。

乱闘のあと、土方が登のひそんでいる場所へ歩み寄り、聞いた。

「登さん、ここから東へ二人逃げただろうが」

「うむ、逃げたぜ」

登はうなずく。

「なぜ討ちとめてくれなかったんだ」

「俺は密偵だぜ、斬る役じゃないはずだ」

土方は黙って踵《きびす》をかえそうとした。

登はたまりかねて、いわでもの言葉を口にした。

「俺は逃げる奴を追いかけて斬るのなんざ、気がのらねえんだよう」

土方はふりかえり、いいはなった。

「そうかい、じゃいまからお前さんは隊に戻るがいい。もう密偵役はいらねえよ」

大政奉還ののち、京都の情勢は緊迫の度を増すばかりであった。

将軍慶喜は十二月十二日、京都二条城を出て、大坂城に移った。

京都市中へ充満する幕軍と薩長軍が激突する危険を、避けての措置である。

新選組にも十一日に、会津《あいづ》藩公用方から達示が出された。堀川不動堂村の本陣をひきはらい、会桑《かいそう》両藩兵とともに大坂に下るのである。

京都守護職、所司代、町奉行所等、幕府の機関は、すべて廃止されることとなった。

近藤勇は大坂にむかう朝、門前に整列した隊士に命じた。

「方今天下の形勢が、累卵《るいらん》のあやうきにあるのは、諸君がご承知の通りである。大坂下向の途次にも、いかなる変事がおこるやも知れぬゆえ、出陣の気構えで出発してもらいたい」

七条近辺の道路は、薩長の兵士が多数いりこみ、幕軍とにらみあっている有様であった。

新選組隊士は脱走者が続出し、一時は二百五十人をこえた総数が、わずかに六十六人に減っていた。

幹部たちは、堀川本陣をひきはらうとき、二分金を箕《み》ではかって分配した。皆決死の覚悟をきめている。

中島登は、隊列のなかにはいない。彼は近藤の意向で、密偵の役をつづけていた。京都の薩長軍の動静を探るのである。

彼は幕軍の去った京都木屋町の裏店《うらだな》に、町人に化けてひそんでいた。

敵中に孤立すると、彼の勇気は湧いてくる。

「さて、これからひとはたらきするか」

懐中には近藤からもらった二分金で百両があった。

三

年の瀬が近づいた京都の町なみに、こめかみをしめつけられるような底冷えをはこんでくる、比叡《ひえい》おろしの北風が吹き、砂埃がまいあがっていた。

徳川慶喜が大坂へ下ったあと、十二月十四日には京都町奉行所が閉鎖し、大久保忠寛《おおくぼただひろ》、高力忠良《こうりきただよし》の両奉行は、機密書類をすべて焼きすてた。

京都市中取締りは、膳所《ぜぜ》、亀山《かめやま》、篠山《ささやま》の三藩がおこなうことになり、これまで所司代、町奉行支配のもとで、市中行政、警察の業務にあたってきた雑色《ぞうしき》の組織を登用する。

市中治安維持のための巡邏《じゅんら》には、新選組、見廻《みまわり》組にかわり、平戸《ひらど》、大洲《おおず》、津和野《つわの》、園部《そのべ》、水口《みなくち》、高取《たかとり》、加賀《かが》の七藩があたることとなった。

だが、慶喜退京ののちも、二条城は水戸藩預りとなり、城内には大目付若年寄格の永《なが》井尚志《いなおむね》らがとどまっている。

また、新選組と会津藩兵三百名、幕府フランス伝習隊五百名は、いったん大坂に下ったが、伏見《ふしみ》一円を警固せよとの命を会津侯より下達され、伏見にひきかえした。

伏見奉行所を本陣とした新選組は、隊士増強をいそぎ、総数はふたたび百五十名に達した。

京都市中にいて、旧幕府との武力衝突をのぞむ薩長勢力は、しきりに戦争を挑発する行動をとろうとする。

伏見御香宮《ごこうのみや》には、司令官島津式部《しまづしきぶ》の指揮する薩藩歩兵、砲兵八百人が屯営し、旧幕軍兵力と睨《にら》みあっている。

京都に駐屯する薩、長、土《ど》を中心とする西軍兵力は、約五千名である。

薩摩《さつま》藩は小銃二十隊、砲兵三隊、約二千人。長州藩は歩兵千余名。土佐藩は歩兵千名と砲兵一隊であった。

旧幕軍兵力は、大坂城に一万五千余名が集結しており、兵庫港には軍艦奉行榎本武揚《えのもとたけあき》の率いる旧幕府軍艦、開陽《かいよう》、富士山、蟠竜《ばんりょう》、運送船翔鶴《しょうかく》が碇泊《ていはく》している。

中島登は二条新地先斗町《ぽんとちょう》で仲居をしていた、おみつという女と、木屋町の裏店で暮らしつつ、旧奉行所で密偵をつとめていた四条橋際の床屋新助《しんすけ》のほか、数人をはたらかせ、薩長の兵力、装備を探っていた。

薩長の火器は、新式で、歩兵は前装式エンフィールド銃、ミニエー銃のほか、おそるべき威力をもつ後装式七連発スペンサー銃などをそなえている。火砲は幕軍の持たない六ポンド砲があった。

旧奉行所密偵たちは、薩長と旧幕軍が衝突すれば、海軍と歩兵の員数で圧倒的にまさる後者が、勝利を得るかもしれないと見ていた。

幕府歩兵の実力は、精強無比といわれる薩長歩兵には、はるかに劣るであろうが、会津、桑名《くわな》藩兵、新選組、見廻組などの戦意はさかんで、白兵戦においても薩長と互角以上のはたらきをあらわすであろうと、いわれている。

中島登は、手もとにあつまる情報を整理し、それを伏見奉行所にいる近藤のもとに届けるのが、任務であった。

「私《わたい》らは、公方《くぼう》さまのお手当てを頂戴して、生きてきた人間どすさかい、いまさら薩長にしっぽは振らしまへんどっせ。できるかぎりのはたらきをして、ご恩返しをさせてもらいまっさ」

密偵たちは登に過分の手当てをもらうので、懸命のはたらきを見せようとした。

だが、登は油断していない。いつ裏切られても対応できるように、密偵たちには内緒で、長屋の隣家をも借りていた。

非常の際には、隣家の裏庭から板塀をのりこえ、法華宗《ほっけ》の寺の庭へ逃げこめるよう、手だてをととのえていた。

おみつは、京都弁のつかえない登をたすけるために、同棲《どうせい》していた。

「おみつ、もし俺が薩長の捕手《とりて》に追われたときは、かまわねえから、さきにどこへでも逃げるがいい。奴らは捕まえたら、女子供でも容赦なくいためつけるからな」

彼はおみつに、当座の暮らしむきに困らないほどの金子を、与えていた。

懸念していた事態は、予想したよりもはやくおこった。

十二月十八日の九つ（正午）頃、登はおみつと炬燵《こたつ》にはいり、手もとの情報を帳面に書きうつしていた。

朝から冷えこみがきびしかったが、いくらかやわらいできて、庭に薄陽《うすび》がさしている。

おみつは猫を抱き、雑巾で毛並みをととのえてやっている。

突然、表戸のまえで、おとなう声がした。

「亀《かめ》やん、いやはりまっか」

登は亀蔵《かめぞう》と名乗っている。

長屋の世話役の声であったが、登は返事をせず、炬燵のうえの帳面、巾着などを懐にいれ、立ちあがる。

おみつに眼顔で逃げろと合図をした。

「もし、亀やん。留守どっか」

登とおみつは、草履を帯に差し、足袋《たび》はだしで庭に出ると、垣根をこえて隣家の庭にはいる。

登は板塀のうえにおみつの尻を押しあげる。

案の定、つっかい棒をしていた表戸を体当りで倒す、はげしい物音がした。

「それ、走れ。門前を出たら、走るなよ。表の道へ出て左右へわかれわかれに歩くんだ」

登とおみつは寺の庭に飛び下り、墓石のあいだを駆けぬけ、人通りのすくない小路を左右にわかれた。登は幾度か横丁に折れたのち、にぎやかな道に出た。

登は両頰に膏薬《こうやく》を張り、頰かむりをして、うつむきかげんに歩いてゆく。

雑色詰所のある通りはすべて知っているので、はずして遠回りをする。

伏見へむかうつもりで、加茂川《かもがわ》西岸の材木置場のさびれた道をいそいでいるとき、不意に行手に「京府御用」と墨書した肩印をつけた侍が二人、あらわれた。

登は会釈をして通りすぎようとした。

「こりゃ、おのしはいずれから参った」

「へえ、二条先斗町からどす」

「ふむ、いずれへ参る」

「伏見御香宮門前の、親戚どす」

「さようか、行け」

腰をかがめ、通りすぎようとすると、いきなり襟がみをつかまれた。

登はとっさに地に片膝をつき、身をかがめる。ひきもどそうとした侍は、彼の肩さきを越え、弧をえがいて前に飛び、地面に叩きつけられ動かなくなった。

「おのれ」

刀の柄に手をかけたいまひとりの侍は、抜くいとまもなく、こめかみに当身をくらい、地響きたてて倒れた。

登が懐中に隠していた六連発短銃の台尻で、したたかに打ちすえたのである。

四

登が伏見街道に沿う田圃《たんぼ》を伝い、無事に伏見奉行所に着いたのは、八つ半（午後三時）過ぎであった。

すすぎをとり、土方の座敷に入った。

「どうした、登さん。何かあったのか」

「どうもこうもねえ。いきなり隠れがへ踏みこんできやがったんだ。密偵たちも、使いにくくなったもんだ。きっと訴人しやがったにちがいない」

「そうか、しかし逃げのびられてなによりだ。まもなく戦《いくさ》がはじまるだろうから、隊長にお願いして、ここにいるがいい」

「まあ、何にしても命びろいをしたんだ。冷酒を一杯ふるまってくれ」

土方は笑って平《ひら》同士を呼び、いいつけた。

「いま中島君が命拾いをして戻ってきた。祝いに酒を吞ませてやるから、持ってきたまえ」

登は、懐中から帳面をとりだす。

「これを見てくれよ、土方さん。いままで調べた薩長勢の人数と兵器の内訳だよ。小勢《こぜい》だが、なかなか侮れねえ」

土方は帳面をひろげ、くいいるように見る。

急に玄関が騒がしくなり、土方は顔をあげた。

「何だ、誰かいないか」

返事がないので、二人は立ちあがる。

障子をあけると、廊下を近藤勇が歩いてくる。後ろから大勢の隊士がついてきた。

やがて汗を流し、まっさおに血の気のひいた隊士が十人ほど、玄関から草鞋《わらじ》ばきのまま走ってきて、近藤を支えようとする。

「近藤さん、どうされたのですか」

土方が声をかけると、近藤は一言答えた。

「左の肩をやられたぞ。鉄砲で撃たれた」

彼はいうなり、力つきたように隊長室の畳にあおむけに倒れかけ、皆に支えられた。

「なに、撃ったのは誰です」

「御陵衛士の奴らだ。待ち伏せしていたのだ。墨染《すみぞめ》の辺りだ。ほかにもやられたぞ。久吉だ」

久吉とは馬丁であった。

近藤はその朝二条城へ出向き、永井尚志のひらいた軍議の座につらなり、八つ（午後二時）過ぎに竹田《たけだ》街道を、伏見へ戻ってきた途中で狙撃されたのである。

供は二十人ほどいたが、近藤が馬を走らせてのがれ、隊士たちは待ち伏せの敵と戦いつつ戻ってきた。

屯所からは永倉新八《ながくらしんぱち》が、いあわせた十人ほどの新手の隊士をひきつれ、墨染へ走った。

登も隊士の刀を借りて、永倉につづく。

「ここから撃ったのです」

近藤の伴をした隊士が告げる空家になだれこむ。

そこには煙硝のにおいがたちこめ、薬莢《パトロン》が二個落ちており、埃に覆われた床には草鞋の足あとが乱れていた。

「いまいましい野郎たちだが、しかたがない」

御陵衛士たちは、すでに逃走して薩藩伏見屯所に入っていたのである。

近藤の帰途を要撃したのは、阿部十郎《あべじゆうろう》、佐原太郎《さはらたろう》、内海二郎《うつみじろう》、篠原泰之進、加納道之助、富山弥兵衛の六人であった。

近藤の左肩に銃創を負わせたのは、富山である。

近藤は重傷で、会津藩、大坂城から医師がきたが、弾丸を摘出しなければならないので、翌朝の夜明けをまって大坂城内へ移ることとなった。

隊士たちは門前に整列し見送ったが、近藤は駕籠を自室まで入れて乗ったので、姿は見えず、玄関を出るとき土方と低い声で話す声が聞えたのみであった。

「土方さん、どうだ。命は保《も》つだろうな」

登が聞くと、土方は首をふる。

「分らんよ、弾丸を出してみなけりゃな。まったく泣きっ面に蜂さ」

彼はめずらしく弱音を吐いた。

登は激情が胸にこみあげ、思わず声を高くした。

「やっつけりゃいいんだよ。芋も団子もみんな斬れ」

芋とは薩藩、団子は長州藩の一文字に丸三つの家紋をさしていう渾名《あだな》であった。

慶応四年正月には、大坂に集結していた旧幕府歩兵は、徳川慶喜入京、参内《さんだい》の供をすると称し、京都に迫った。

一万五千余の旧幕兵は、伏見街道から入京する本隊、鳥羽《とば》街道から入京する別動隊にわかれている。

二日の夕刻から午後にかけ、伏見には会津藩兵、幕府歩兵らが続々と到着する。

薩軍、長州軍の伏見陣地も急速に兵力を増強した。彼らは伏見街道の交通を遮断している。

旧幕軍指揮官竹中重固《たけなかしげかた》は、街道を通行する旨、薩長軍陣地に申しいれた。薩軍島津式部は、朝廷に伺いをたてるからしばらく待てと、時を稼いだ。

一月三日の昼過ぎには、伏見奉行所北側から会津藩屯所の御堂《みどう》正面、御香宮境内から宇治川《うじがわ》河岸へかけ、薩、長、土の歩兵隊が布陣を終えた。

歩兵陣地の背後には、砲兵隊が展開していた。六ポンド砲二門、臼砲《きゅうほう》二門、四斤山砲五門が、奉行所に照準をあわせている。

旧幕軍本営の伏見奉行所には、幕府歩兵三大隊、新選組百五十名、遊撃隊剣士五十名が集結していた。

本願寺御堂には会津藩兵六百名、砲四門と兵百三十人で編成した砲隊二組、佐川官兵衛《さがわかんべえ》の別選組がいた。

別選組は七十余人、選《え》りぬきの剣客をあつめた斬込み隊である。

七つ半（午後五時）過ぎになって、鳥羽街道に砲声がとどろいた。同時に御香宮の薩軍砲隊が、砲口をそろえ、伏見奉行所めがけ砲撃をはじめた。

奉行所東側からも、六ポンド砲が咆哮《ほうこう》する。低地にある奉行所から、会津藩大砲奉行林《はやし》権助《ごんすけ》の砲隊が応戦するが、附近《ふきん》には民家が密集しているため、砲の視野がひらけない。

実戦にくわしい薩軍が、たちまち優勢な攻撃態勢をとった。

新選組、別選組の剣術の猛者《もさ》たちは、白刃をつらね突撃する。だが薩長歩兵の狙撃が猛烈をきわめ、狭い町なかの道を走ればいたずらに標的となるのみである。

林権助の大砲隊は、眼前に殺到してくる薩兵を砲撃するすべもなく、やむなく白兵攻撃をおこなう。

「こいつはいけねえ。敵は歩兵と砲兵がたすけあってやってるのに、こっちはばらばらだ。どうにもならねえぞ」

中島登は、弾雨を冒し抜刀攻撃をくりかえしては、被害をふやすばかりの同士たちの苦戦のさまに、歯がみをする。

日没とともに、薩長軍の攻撃はさらにはげしくなった。奉行所屋敷は炎上し、会津藩砲兵陣地は、火薬箱が爆発。苦戦の様相をふかめた。

「ええい、芋と団子相手に、なにをためらっているんだ。突っこめ、突っこんで死ぬんだ」

土方は怒号し、全隊士を率い突撃する。

フランス伝習隊は銃撃前進をおこない、ついに桃山《ももやま》の敵陣を陥れたが、新手の薩軍大砲隊が大山弥助《おおやまやすけ》の指揮で、戦線に加わると、総崩れとなった。

新選組はおびただしい戦死者をのこし、中書島《ちゅうしょじま》、京橋《きょうばし》を経て、四日の夜あけがた、淀《よど》に後退した。

鳥羽街道で薩長軍と衝突した旧幕軍別動隊も、鳥羽口の緒戦で歩兵指図役石川百平《いしかわひゃっぺい》、大河原銀蔵《おおがわらぎんぞう》以下百名を下らない戦死者を出す大損害をうけ、淀に戻っていた。

一月四日早朝、旧幕軍は淀城を出て、ふたたび鳥羽、伏見街道を進撃した。戦闘は一進一退をつづけ、旧幕府歩兵隊は新式装備の威力をあらわし、奮戦する。だが、指揮官を狙撃する薩軍の戦法が功を奏し、寡勢の西軍はかろうじて戦線を維持した。

濃霧のなかで、彼我《ひが》両軍の戦闘は終日つづけられた。

五日朝、征討大将軍に補せられた仁和寺宮嘉彰《にんなじのみやよしあき》親王が、錦旗《きんき》をひるがえし戦場にあらわれた。

錦旗の発向をみた西軍は意気天をつき、全戦線で果敢な攻撃に移った。

東軍は八幡《やわた》に本営をおき、鳥羽街道では富《とみ》の森《もり》、伏見街道では宇治川堤千両松《せんりょうまつ》で、敵を迎撃することとなった。

千両松は、淀小橋の東へ十町ほどはなれた伏見街道の要所である。淀川と湿地帯にはさまれた狭い堤では、新選組の残兵と佐川官兵衛の別選組残兵あわせて百人足らずが待伏せしていた。

新選組隊員は黄襷《きだすき》をかけ、誠の朱文字を染めた肩印をつけている。

「まずここが俺たちの死に場所だろうな」

中島登は斬死にの覚悟をきめた。

剣士たちは淀川の芦荻《ろてき》のなかに身をひそめている。

まもなく戦闘がはじまった。

精鋭としてきこえた長州藩第五中隊が、縦隊で前進し、あとに第一中隊がつづく。

千両松で待ちかまえる会津軍の砲列がいっせいに火を噴く。長州兵を援護する因州《いんしゅう》藩砲隊が、応射を開始した。

長州隊につづく薩軍銃隊、遊撃隊は砲撃の的となって、四散した。

「いまだ、行け」

新選組、別選組の剣士たちは、堤にむかい殺到した。

登は大刀をふるい、霧と砂煙のなかで剣付き鉄砲を構えている敵兵に斬りかかる。

刃こぼれなどをかまっている余裕はない。

「この野郎、これでもくらえ」

彼は鼻先へ突きだしてくる銃剣を払いのけ、袈裟がけに打ちおろす。

口をあけ、絶叫する相手を突きとばし、横あいから打ちおろしてくる刀身をはねあげ、胴を払う。

巧妙に進退して、白兵戦を避ける敵兵が、手をのばせばとどく間近にいる。

「ひとりものこさず、料理してやらあ」

登は夢中で荒れ狂った。

幾人斬ったかは覚えていない。鋸《のこぎり》のように刃が欠け、剣尖《けんさき》が曲っているが、登の膂力《りょりょく》で殴りつける刀身は、一撃で敵の動きをとめた。

汗と返り血に全身を濡《ぬ》らし、眼もあけられない有様で戦っていた登は、味方の叫び声を聞く。

「団子は逃げるぞ」

百にみたない伏兵に斬りたてられた長州歩兵は、小隊司令石川厚狭助《いしかわあさのすけ》、薩藩銃隊は十二番隊長伊集院与一《いじゆういんよいち》以下多数が戦死して、退却してゆく。

新選組は副長助勤井上源三郎《いのうえげんざぶろう》以下八人が戦死し、会津別選組はほとんど壊滅し、佐川官兵衛も負傷した。

源三郎の首は、甥《おい》の井上泰助《たいすけ》が腰に下げた。泰助はわずか十二歳、慶応三年に近藤の小姓役として入隊した。

千両松の会津藩陣地へは、新手の薩軍が攻撃を加えてきた。新選組はついに淀から橋本《はしもと》へ後退する。

泰助は叔父《おじ》の首を提げて歩くが、あまりに重いので隊列に遅れる。

「その首はどこかへ埋めろ。持っていると遅れて敵につかまっちまうぞ」

同行する隊士にすすめられ、泰助はやむなく首を、名も知らない村の寺院のまえに埋め、船で淀川を下った。

船上では中島登が、負傷の手当てをしながら、大声でいった。

「撃剣をどれほど稽古したって、剣もろくに使えねえ芋や団子の兵隊の、鉄砲の的になるだけだ。こんな戦はばかばかしいぜ。これからは、飛び道具の時世だなあ」

「そうだ、そうだ。新選組も銃隊をこさえないと、芋に勝てねえ」

島田魁《しまだかい》が応じた。

舷《ふなばた》にもたれていた土方がいう。

「たしかにその通りだ。しかし最後の詰めは、斬りこみしかねえよ。俺は薩長の奴らと、死ぬまでやってやるぜ。なにが官軍だよ。盗っ人もあきれるほどの、汚ねえ手をつかいやがって。奴らは許せねえ」

旧幕軍は淀藩、津《つ》藩に裏切られた。淀城は朝命に従い城門をひらかず、淀藩兵千余人は、山崎関門の守備についていたが、淀川越しに東軍に銃砲撃を加える。

東軍はやむなく枚方《ひらかた》、守口《もりぐち》へと後退していった。

新選組の隊士たちは、六日夜から七日にかけ、大坂城に戻った。十二日に大坂をひきあげる幕艦富士山丸に全員が便乗し、江戸にむかった。

重傷の副長助勤山崎烝は船中で死に、紀州《きしゆう》沖で水葬された。近藤勇は肩の鉄砲傷のいたみがひどく、船室で寝たきりである。

十五日の夜あけまえに品川《しながわ》沖へ投錨《とうびよう》する。

新選組はしばらく品川宿の旅籠に逗留《とうりゆう》していたが、やがて丸の内大名小路鳥居丹後《とりいたんごの》守《かみ》の役宅にひき移った。

隊士の数は四十四人であった。近藤は毎日医学所へ駕籠で通い、沖田総司《おきたそうじ》は肺患療養のため、まもなく役宅を出た。

平穏な生活がつづくと、気の荒い永倉新八、島田魁らが、深川の品川楼という妓楼《ぎろう》へ遊びにでかけ、刃傷沙汰《にんじようざた》をおこすなど、あいかわらず血気のふるまいをみせた。

江戸に戻ってのち、近藤は若年寄格となり大久保剛《つよし》、土方は寄合席《よりあいせき》となり、三千石以上の旗本の格式で、内藤隼人《ないとうはやと》とそれぞれ改名する。

彼らはまもなく、甲府城へたてこもる計画をたてる。その案を持ちだしたのは、ながらく関東で密偵活動をしていた中島登である。

「薩長が攻めてくるなら、まず甲府城を手にいれねばなりません。あの城に入っちまえば、官軍に攻められても、三千や五千の人数じゃ落ちませんや。甲州城を乗取って百万石を手にいれたら、おもしろい絵が描けるかも知れませんね」

近藤は幕臣松本良順《まつもとよしずみ》にはかって、新選組隊士の新規徴募をおこなう。

京都では一月九日、有栖川宮熾仁《ありすがわのみやたるひと》親王が東征大総督に任ぜられたのち、二月十二日に錦旗、節刀《せつとう》を拝受《とうさん》した。

官軍は東海、東山の両道を東下しはじめた。東山道軍は薩藩三中隊、長州藩二中隊、因州藩八小隊、彦根《ひこね》藩七小隊、大垣《おおがき》藩十小隊の三千余名である。

全軍を指揮するのは、先鋒《せんぽう》総督兼鎮撫使《ちんぶし》となった岩倉具視《いわくらともみ》の長男、岩倉大夫具定《ともさだ》であった。

東山道軍の主要任務のひとつが、甲府城接収である。二月十二日付で朝廷から東山道総督に布告された極秘廟算書《びょうさんしょ》に、つぎのように記されていた。

「東山道ハ信州諏訪《しんしゅうすわ》ニ至リ、東海道先鋒ノ動静ヲ察シ、勢ヲ分チ、スミヤカニ甲府ヲ保チ、本勢ハ同国佐久《さく》郡ニ入リ、碓嶺《たいれい》ノ険ヲ保ツヲ要ス」

東征軍の主旨は江戸城攻略にあるが、そのまえに甲府城をおさえるのが、軍事上重要であると考えているのである。

甲府は要害の地である。そこへたてこもれば天下の兵を五年、十年ひきうけても陥落しないといわれていた。

板垣退助《いたがきたいすけ》は甲府城を評していっている。

「中広クシテ四塞《しそく》山河ノ嶮《けん》、天下ソノ類奇ナリ」

徳川方ではさほど重視していなかった甲府城を、薩長は東征の戦局を左右するほどの、重要な拠点と見ていた。

近藤は甲府城を手にいれ、慶喜をそこへ移し東征軍と戦おうという、計画をたてた。

彼は幕閣首脳と軍議を重ね、甲府鎮撫という名目で、出兵することとし、上野大慈院《だいじいん》に謹慎している前将軍慶喜の内諾を受けたと、隊士たちにうちあけた。

近藤勇は屯所の居間に副長土方のほか、副長助勤の沖田、永倉、原田、斎藤、尾形《おがた》らを呼ぶ。

「かようの次第で甲府城へたてこもることとあいなった。首尾よく甲州百万石が手に入ったならば、隊長は十万石、副長は五万石、副長助勤はそれぞれ三万石、調役《しらべやく》は一万石、平同士は千石ずつ分配いたす。ただこの挙は隊の存廃にかかわることであるから、諸君の意見を徴したい」

隊士たちは、双手をあげて賛成する。

事は急を要した。

幕府軍事総裁勝安房《かつあわ》は、近藤の申し出をただちにうけいれた。勝は近藤を江戸に置いておけば、慶喜を擁し江戸城にたてこもりかねないと考えているので、彼を江戸から遠ざけたかったのである。

幕府から軍用金五千両、大砲二門、小銃五百挺《ちょう》が下付され、新選組二百余名は三月一日、江戸を進発した。

「甲州へは急行しなければなりません。東征軍にさきに城へ入られてしまえば、すべては水の泡となりましょう」

中島登は、近藤に迅速な行動をすすめるが、近藤と土方は悠然として、先をいそがない。

四谷《よつや》の大木戸を出た初日は内藤新宿《ないとうしんじゅく》に宿泊する。遊女屋をすべて買い切って、豪遊をした翌日は府中《ふちゅう》泊りである。近藤は上石原《かみいしわら》村、土方は石田《いしだ》村の出身で、甲州街道に近い在所である。

二人を歓迎する人々が宿屋に押しかけてきて、酒宴をひらいてもてなし、祭のようなにぎわいであった。

近藤の服装は三《み》つ葉《ば》葵《あおい》五つ紋の黒丸羽織に惣髪《そうはつ》、土方は洋服姿で惣髪、原田、永倉たちは、青だたき裏金輪抜けの陣笠《じんがさ》をかぶり、旗本のいでたちで、人目をひいた。

近藤たちの進軍が遅々として進まないうちに、東山道軍先鋒は、はやくも三月二日夜に、下諏訪東南三里の蔦木《つたき》に到着した。因州、土州、高島《たかしま》藩兵各一小隊である。

同夜のうちに、甲府城付佐藤駿河守《さとうするがのかみ》、代官中山誠一郎《なかやませいいちろう》の使者と称する川上繁之助《かわかみしげのすけ》が蔦木にきて、口上を伝えた。

「ただいま甲府城では、勤番の諸士に恭順を申し聞かせておりまするゆえ、しばらく官軍の甲府乗りこみをさしひかえていただきとうございります」

甲府城中の勤番士は百名、与力《よりき》十名、同心五十名で、城米、武器の管理にあたっていた。

川上は言葉をつづける。

「また、東海道軍の黒岩治部之助《くろいわじぶのすけ》殿は、甲府はもはや鎮定されたりと仰せられておりまする。この辺りは街道も狭く、大軍を入れるに不便にて、偽官軍が横行いたす折柄、民心動揺のきざしもありまするゆえ、進軍をしばらくお見あわせ下さるよう、お願いいたします」

先鋒隊長は、川上の言辞に不審の点があるので彼を同行させ、吹雪《ふぶき》のなかを前進し、三日には甲府西北三里の韮崎《にらさき》に到着した。

東山道軍では、下諏訪の西四里の本山に到着した二月二十九日、甲府にむかう支隊を本隊から分遣すべきかどうかの軍議をひらき、討論していた。

土州藩の板垣退助、谷干城《たにたてき》は甲府城に幕兵が入りこめば、東海、東山の両軍ともに京都よりの後続を断たれ、釜中《ふちゅう》の魚にひとしい状態になると述べ、支隊千四百余名を編成し、甲府に転進させることに決したのであった。

先鋒に遅れて支隊主力も三日に上諏訪を出発した。

東山道軍の情勢をまったく察知していなかった新選組鎮撫隊は、緩慢な行軍をつづけている。

途中で土方の姉の嫁ぎ先である、日野《ひの》の佐藤家で休憩する。佐藤家の主人彦五郎《ひこごろう》は、多摩四十八か村の寄場《よせば》名主で、天然理心流道場を経営する剣客であった。

彼は日野一帯の壮丁三十人を集め、春日《かすが》隊を結成し、鎮撫隊の兵糧調達にあたることとなった。

その日韮崎に足をとどめた東山道支隊先鋒の指揮官は、情報探索に甲府へ潜入させた密偵からの報告で、緊迫した情況を察知した。

甲府では、会津兵、旧幕兵が潜伏しており、甲府城組頭の柴田監物《しばたけんもつ》らを動かし、東山道軍に抵抗する準備をととのえているという。

支隊先鋒は、翌朝甲府に急行して、入城するときめた。

三日の夜に与瀬《よせ》に到着した新選組は、官軍が下諏訪まできているという噂を聞き、ただちに中島登を探索に走らせた。

猛烈な吹雪であったが、中島は宿場を通行する旅人から、情報をあつめる。やがて早馬で江戸へむかう飛脚に会う。

飛脚は告げた。

「官軍は昨夜下諏訪まできやした。何千という人数でござんすよ」

中島は旅籠へ駆け戻り、近藤に告げた。

「隊長、もういけません。敵はこっちより先に甲府に入りますよ」

近藤は狼狽《ろうばい》し、ただちに宿場の馬匹《ばひつ》をすべてかりあつめ、騎馬隊で甲府へ向おうとした。

だがあいにくの大雪である。大砲二門はどうしても動かせず、翌朝には街道の往来がとまるほどの悪天候となった。

このため新選組は猿橋《さるはし》附近で立ち往生してしまった。

三月四日の四つ（午前十時）頃、東山道支隊先鋒は甲府に到着し、甲府城の佐藤駿河守らに会い、城の明渡しを要求する。

佐藤は新選組の到着まで官軍の入城を拒もうとするが、支隊斥候は、新選組が甲府に迫っているとの情況を探知していた。

「江戸より大久保剛なる者が、二百余人を率い、甲府にむかい、はや猿橋に至っておる模様であります」

先鋒指揮官は、佐藤が拒めば一戦に及ぶもやむなしと判断し、強硬に開城を求め、ただちに城と兵器を接収した。

支隊主力も、江戸より東軍が接近しているとの報をうけると、雪中をいとわず猛進して、その夜のうちに甲府城に到着した。

「やっぱりだめだ。途中でぐずついていたからだよ。いまさら悔んでみても遅い」

中島登は、近藤、土方がうわついた行軍をしたため、時機を失したのに怒りをおさえられなかった。

(こんどの戦も負けるだろう。俺はどうすればいい。脱走して、江戸で隠れ住むか)

彼は新選組の仲間たちと別れようと思うが、なぜか脱走する気になれない。

狡猾《こうかつ》な薩長勢と戦い抜いて、最期をむかえたい。

新選組はようやく大砲を運んできた小荷駄隊と合流し、四日早朝に雪に半身を埋もれさせつつ、笹子《ささご》峠を越えて駒飼《こまかい》に着陣する。

駒飼では、東山道支隊が板垣退助の指揮で甲府城に入ったとの情報を得た。

寄せ集めの人数で編成されていた新選組からは、たちまち脱走者があいつぎ、総勢は馬丁をあわせわずか百二十一人に減少した。

その夜、近藤たちは駒飼で軍議をひらく。

結局甲州街道柏尾《かしお》の辺りで、東山道軍と対戦することに決した。

中島登は、不利な情況での戦闘は、避けるべきであると主張する。

「味方の十倍もある敵と、戦ってみたところで負けるのはあたりまえだ。隊長、無駄に部下を殺すことはござるまい」

近藤が沈黙すると、土方が窮境を打開する一策を案じた。

「神奈川の菜葉《なつぱ》隊を、いまから呼んでくるぞ」

菜葉隊は幕府歩兵の精鋭で、兵数は千六百人である。

「きてくれればいいがな。まず動くまい。誰も危ない戦いはいやがるものだ」

土方は中島の捨てぜりふを聞きすて、馬を飛ばして神奈川へ走った。

その夜、大砲組軍監結城無二三《ゆうきむにぞう》は、部下とともに柏尾の高地に大砲二門を据えた。

三月五日、東山道支隊はすべて甲府に入城し、柏尾に兵をすすめてきた。

近藤は山腹、街道筋におびただしい篝火《かがりび》を焚《た》かせ、会津勢三百人が猿橋に到着したとの偽りの情報を味方へ流し、戦意をたかめようとした。

さらに隊中ただ一人の砲手である結城無二三を勝沼《かつぬま》へ派遣し、隊士徴募をおこなわせる。

「近藤さんは、剣をとっては無双の遣い手だが、兵を操っては子供のようなものだ。どうにもならねえ。明朝合戦がはじまったら、味方は皆殺しにされてしまう。いまのうちに逃げたほうがいいぞ」

中島登は、仲のいい島田魁にいう。

島田は笑うのみであった。

京都壬生《みぶ》屯所以来の、ふるい隊士たちは、危険に遭遇してわが身が破滅するとわかっていても、逃げないにきまっている。

密偵をつとめてきた中島は、他の同士よりも世間の動きを的確に把《つか》んでいる。だが、彼も逃げられなかった。

(俺はいままで探索方をつとめてきたが、俺のはたらきは近藤さんたちに、活《い》かしてもらえなかった。役に立ったのは、伊東甲子太郎ら御陵衛士を殺したときぐらいのものだ。まあいい、俺は無駄死にをしてもかまわぬ。ばかな仲間とともに死ぬのだ)

中島は雪に覆われた甲州の山野が、闇の底からあおじろく浮きあがってくるのを、みつめていた。

三月六日の夜明けがきた。

彼の傍に、砲手のいない二門の大砲が、砲身に暁の微光を宿していた。決戦が迫っている。

中島登は、愚かな同士たちを愛していたので、逃げずに朝を待っていたのである。

巨体倒るとも

中村　彰彦

中村《なかむら》　彰彦《あきひこ》（一九四九〜）

昭和二十四年、栃木県に生まれる。東北大学文学部国文学科卒。文藝春秋勤務を経て、執筆活動に入る。昭和六十二年「明治新選組」で、第十回エンタテインメント賞を受賞。これが実質的なデビュー作となった。会津史に深い関心を寄せ、会津及びその周辺を題材とした重厚な歴史小説が多い。平成五年『五左衛門坂の敵討』で第一回中山義秀文学賞、翌六年『二つの山河』で第百十一回直木賞、十七年には『落花は枝に還らずとも』で第二十四回新田次郎文学賞を受賞した。

「巨体倒るとも」は「問題小説」（平6・7）掲載、『名剣士と照姫さま』（徳間書店　平7刊）に収録された。平成十二年に上梓された『新選組伍長島田魁伝　いつの日か還る』（文春文庫　平15刊）は、本作を長篇化したものである。

一

合計して、六百十二人に達していた。明治二年（一八六九）五月二十一日、青森本町の日蓮宗《にちれんしゅう》広布山蓮華寺《こうふざんれんげじ》と、その隣りの蓮心寺《れんしんじ》へつれてこられた男たちの数である。

その前後左右は、陣笠《じんがさ》に黒ラシャの詰襟服、ズボンわらじ掛けという和洋折衷の姿ながら、小脇にスペンサー銃やスナイドル銃を構えた津軽兵《つがるへい》がとりまいていた。

慣れぬ大役に緊張しきっているこれら津軽兵とは対照的に、護送されてきた男たちは心身ともに疲れきった風情であった。いずれも垢《あか》じみた顔の下半分を不精髭《ぶしょうひげ》におおわれ、髪は蓬髪《ほうはつ》と化し軍服は傷みきっていて、「敗残」ということばを絵に描いたような姿である。

その中に、ひときわ目立つ巨漢がひとり混じっていた。身の丈六尺（一・八二メートル）以上、体重四十五貫（一六九キログラム）前後。

丸に三ツ鱗《みうろこ》の家紋を打った塗りの剝げた陣笠をかむり、特別あつらえのダブル・ボタン、フロック型軍服をまとっていなければ、誰もが力士と見間違えたであろう。

しかもこの大男は、ひと目で怪力の持主と知れた。背に負傷して歩けなくなっている同志ふたりを背負っているというのに、その重さなどまったく感じていないかのように悠々と歩みつづけていたからである。

やがて蓮華寺の山門前に到着すると、男たちは蓮華寺謹慎組と蓮心寺謹慎組とに振り分けられた。

津軽兵の隊長が訛《なま》りのきつい声で読み上げた蓮華寺謹慎組の姓名は、榎本対馬《えのもとつしま》、川村録四郎《かわむらろくしろう》、本多幸七郎《ほんだこうしちろう》、松岡四郎次郎《まつおかしろうじろう》、滝川充太郎《たきがわみつたろう》、小杉雅之進《こすぎまさのしん》、今井信郎《いまいのぶお》、……。

口をへの字に結んでそれを聞いていた大男は、ある名前が読みあげられた時、切れ長な両眼に迫った眉をぴくりと動かして、背負っていた負傷者ふたりを背中から降ろした。

「おれは蓮華寺謹慎組だ。おぬしらは名を呼ばれぬところをみると蓮心寺組らしいから、ここで別れよう」

「島田《しまだ》さん、この御恩は忘れませぬ」

「お世話に相なり申した」

と頭を下げたふたりが別の者の肩を借りて去ってゆくのを、島田と呼ばれた大男は傷まし気に眺めやった。

最初に名前を読みあげられた蓮華寺謹慎組の幹部たちは、庫裡《くり》の一の間を居室と定められた。次に読みあげられた準幹部たちは二の間、その他の者たちは一括して本殿に居住するよう求められた。

陣笠を取り、二の間の片隅に丸太のような足を折って正座した大男は、すでに断髪した者の多い中で、まだ髷《まげ》を結いあげていた。それも幕末に流行《はや》った総髪大たぶさではなく、月代《さかやき》をひろく剃《そ》って小さな髷を載せているところに律義な性格が滲《にじ》み出ている。

やがて寺の小僧が大きな鉄瓶を持って二の間にあらわれ、ひとりひとりに白湯《さゆ》を注いでまわった。大男の前にも湯気の立つ湯呑《ゆのみ》がひとつ置かれ、小僧は腰を屈《かが》めたまま移動しようとした。

「ちと待ちなさい」

と大男が声を掛けたのは、この時であった。数十のまなざしが、一斉に大男に降り注ぐ。

「すまぬが、その鉄瓶を見せてくれぬか」

大男がかすかに笑みを浮かべて伝えたので、きょとんとした小僧は、はあ、と答えて鉄瓶をその盛りあがった膝の前に置いた。

その南部鉄瓶の横腹には、七字の題目が鋳こまれていた。

「南無妙法蓮華経」

とその題目を太い指先でなぞった大男は、大真面目《おおまじめ》にたずねた。

「この鉄瓶を拙者に譲ってもらいたいのだが、いくら払えばいいかね」

「いえ、急にそんなことをいわれましても」

小僧は、困ったような顔をして答えた。

「これは当蓮華寺の所有物ですから、譲るというわけにはゆかないと存じますが」

「そこを何とか、というわけにはまいらぬかね」

実は、と大男がつづけようとした時、二の間の別の一角から声をはさんだ者がいた。

「こら、島田君。おぬしのような巨漢に湯を独占されたら、おれたちは干上がってしまうではないか」

この冗談に座は一気にくつろいだが、島田という男は顔を真っ赤にして口を閉ざしてしまった。きちんと合わせた両腿《りょうもも》の上に両手をのせ、顔をうつむけた姿は、力士のような巨軀《きょく》だけにどことなく愛敬《あいきょう》がある。

これ幸いと小僧は鉄瓶を持って別の者の前へ進んでゆき、ここかしこではようやく雑談が始まった。

それから三日たった二十四日の早朝、この大男はひとりだけ津軽藩の番兵に呼び出され、身のまわりの品だけを持ってのっそりと二の間をあとにした。かれは、もう二度と蓮華寺にもどってはこなかった。

二

「魁」

と書いて、さきがけ、と読む。島田魁、というのがこの大男の名前であった。当年四十一歳の、元新選組伍長《ごちょう》である。

　昨年正月三日に始まった鳥羽伏見《とばふしみ》の戦いに旧幕府軍先鋒《せんぽう》として参戦した新選組は、百五十人の隊士が四十四人へ激減してしまう大打撃をこうむって、海路江戸へ東帰した。

　そして三月、

「甲陽鎮撫隊《こうようちんぶたい》」

　と名を改めて甲府城奪取を夢見たものの、いち早く入城を果たしていた官軍と戦ってまたしても敗退。譜代藩と旗本領の多い房総《ぼうそう》の地で態勢を立て直すべく下総流山《しもうさながれやま》まで転陣した時、局長近藤勇《こんどういさみ》も官軍の手に捕われてしまい、以後の指揮は副長だった土方《ひじかた》歳三《としぞう》の手にゆだねられた。

　四月十二日、旧幕府歩兵奉行大鳥圭介《おおとりけいすけ》ひきいる伝習歩兵第二大隊四百五十ほか二千以上の佐幕派諸隊とともに江戸を脱走した新選組は、宇都宮《うつのみや》―会津《あいづ》―仙台と戦いつつ北上し、さらに仙台藩領松島《まつしま》湾で旧幕府海軍副総裁榎本釜次郎《えのもとかまじろう》を長とする旧幕府海軍に合流。箱館《はこだて》五稜郭《ごりょうかく》の無血占領に成功して以降、この明治二年の雪解《ゆきげ》時まで蝦夷《えぞ》共和国政府の占領行政の一翼を担っていた。

　しかし、国地《こくち》（内地）を完全に平定した官軍は、この四月初旬からいよいよ蝦夷地攻めを開始。まず蝦夷共和国政府軍が占領していた松前《まつまえ》藩福山《ふくやま》城を陸海からの立体攻撃によって奪取すると、じわじわと箱館平野に進出してきた。

　その総攻撃が始まったのは、五月十一日未明のこと。五稜郭から箱館半島にむかって出撃した土方歳三は討死してしまい、そのあとを受けて相馬主計《そうまかずえ》を隊長とした新選組は、箱館湾の南端北側に突き出た弁天《べんてん》台場の守備についた。

だが連日の官軍の猛攻の結果、東の五稜郭、箱館半島中央の千代《ちよ》ガ岡《おか》台場、西のはずれの弁天台場は分断されて、互いの情勢も不明となってしまった。孤立無援となった弁天台場の降伏決定は、五稜郭籠城組一千のそれより一日早い十五日夜のことであった。

その後箱館市中の寺院に連行された島田魁をふくむ二百四十人は、二十一日別の降伏人たちと合流させられて六百十二人となり、運輸船アルビニヨン号によって青森へ護送されてきたのである。

その三日後に島田魁が蓮華寺から呼び出されたのは、東京へ送られて尾張《おわり》藩邸に身柄を預けられるためであった。

三日前にきた道を逆にたどって青森港へ歩かされながらそれと伝えられた時、

(まったくおれほどあちこちに預けられて育った男というのも珍しいと思っていたが、今度は謹慎先まで代えられるのか)

と考えて、かれは苦笑していた。

島田魁は文政《ぶんせい》十一年(一八二八)一月十五日、美濃国厚見郡《みののくにあつみ》雄綱《おつな》村の大垣《おおがき》藩郷士近藤《こんどう》伊《い》右《え》衛門《もん》の次男として生まれた。

だがかれは、父母の情愛というものをよく知らずに人となった。まだ幼かったころ、まず父が切腹して果てた。木曽川《きそがわ》奉行をしていた伊右衛門は、氾濫《はんらん》によって御用材を流失してしまい、その責任を取って死を選んだのである。

まもなく母が子供たちを置いて再婚に踏みきったため、かれは伯母《おば》――母の姉の嫁ぎ先である石田《いしだ》村の永縄半左衛門《ながなわはんざえもん》方に引き取られた。永縄家は、美濃、大垣、桑名《くわな》一帯に手びろく穀物、竹や木材、酒などを商っている商家であった。

子供心にも只飯《ただめし》を喰《く》っていては申し訳ないと思ったかれは、店の前に止まる大八車からの酒樽《さかだる》や米俵の上げ下ろしを手伝うようになった。かれは、このころから急に背丈が伸び筋骨が稔《みの》って、五斗俵を両手にひとつずつ提げて平然と歩くことができたため近所の評判になった。

しかし、石田村での暮らしも十年あまりしかつづかなかった。義父となってくれた半左衛門が流行病《はやりやまい》で急死してしまい、かれは義母と生母の生家である日野《ひの》村の川島嘉右衛門《かわしまかえもん》方に身を寄せる羽目になったのである。

ここでも、村相撲に出れば大人たちをも投げ飛ばしてしまう怪力と雄大な体軀《たいく》は近在の評判となり、それを見こまれてさる尾張藩士の家の奉公人となった。

かれが剣を学びはじめたのは、この時代のことであった。

「大男、総身に智慧《ちえ》がまわりかね」

ということばとは反対に、かれの竹刀《しない》さばきには初めから天性の俊敏さがあり、長い年月稽古に励むうちに、入門した道場では敵《かな》う相手がいなくなってしまった。

そうなると、父母のいない身だけに身の振り方を決めるのは早かった。

（いつまでも奉公人ではたまらぬ、いずれは剣で身を立てよう）

と考えたかれは、飄然《ひょうぜん》と名古屋を去って江戸へ下ったのである。

安政《あんせい》三年（一八五六）二十八歳の時のことで、以後かれは本所《ほんじょ》の心形刀流《しんぎょうとうりゅう》坪内主馬《つぼうちしゅめ》の道場に通いつめて剣の技を磨いた。

江戸留学六年目の文久《ぶんきゅう》元年（一八六一）、すでにかれは免許皆伝となり、代稽古をも任されるようになっていた。

この時、運命的な出会いが起こった。松前《まつまえ》脱藩、神道無念流《しんとうむねん》の達人永倉新八《ながくらしんぱち》と知り合ったのである。

同流岡田十松《おかだじゅうまつ》の秘蔵の弟子で、剣理を究めるため脱藩してしまった永倉は、どんな相手に対してもがむしゃらに技をくり出してゆくことから、

「ガム新《しん》」

の異名を取る男。脱藩後にやはり神道無念流を教える本所亀沢町《かめざわちょう》の百合本昇三《ゆりもとしょうぞう》道場に身を寄せていたが、坪内主馬の道場にも時々師範代として招かれることがあった。

そんなことから魁は永倉と親しくなったのだが、この年に魁が名古屋に帰る時も永倉は江戸に残ったから、二年後に京で再会することになろうとは夢にも思わなかった。

それまで「川島」の姓を名のっていた魁は、名古屋へ帰ってまもなく名古屋城内でひらかれた撃剣会に優勝。それを見こまれて、大垣藩士島田才《さい》に養子入りした。

しかし、さらに武芸の修業をつづけたくなった魁は、養父に乞うて京へ上ることを許

された。

　文久三年三月、京に出て洛西一貫町《らくさいいつかんちょう》の農民丹波屋定七《たんばやさだしち》方に寄宿したかれは、まず槍《そう》術《じゅつ》の師を探そうとした。ところが丹波屋定七がいうには、このほど江戸から上京した佐幕派浪士たちが京都守護職の重職にある会津藩主松平肥後守容保《まつだいらひごのかみかたもり》に預けられ、洛外《らくがい》葛野郡《かどののごおり》朱雀野《すざくの》村字壬生《みぶ》に、

「壬生村浪士屯所」

の看板を掲げて腕の立つ同志を募っているという。

　江戸で五年間をすごすうちに魁はすっかり徳川贔屓《とくがわびいき》になっていたし、壬生浪士たちは刀槍《とうそう》の道に秀でた者ばかりとも聞いた。

（ならば、一手遣ってみるつもりでいってみるか）

という軽い気持で訪ねてみると、何とその壬生浪士には永倉新八が加わっていたのである。

　驚きかつ喜びつつ久闊《きゅうかつ》を叙し、槍術修業のため上京したのだ、というと、髷を総髪大たぶさに結っている永倉は精悍《せいかん》な浅黒い顔に笑みを浮かべて答えた。

「大坂で宝蔵院《ほうぞういん》流槍術の道場をひらいている谷万太郎《たにまんたろう》という達人も、やがてわれらに加わることになっている。会津侯からちゃんと給金もいただけるから、おぬし、ぜひ同志に加われ」

　また永倉と技を競えるほかに、宝蔵院流槍術も学べ、給金ももらえるのであれば一石

二鳥どころか一石三鳥である。喜んだ魁は、その場で壬生浪士に加盟することにした。

まもなく武家伝奏から、

「新選組」

の名称を与えられたこの集団にあって、永倉は小隊長にあたる副長助勤、魁は調役《しらべやく》並《ならびに》　監察に任じられた。

その島田魁が、初めて怪力のほどを同志たちに知らしめたのは、七月十五日——新暦であれば八月二十八日に大坂へ下った時のことであった。

大坂町奉行所から尊王攘夷《じょうい》派浪士たちの鎮圧を依頼されての出張であったが、八軒家《はちけんや》の船宿京屋忠兵衛《きょうやちゅうべえ》方へ入ってからも、この日はうだるような暑さがつづいていた。そこで局長芹沢鴨《せりざわかも》、副長山南敬助《やまなみけいすけ》、副長助勤の沖田総司《おきたそうじ》、永倉新八、平山五郎《ひらやまごろう》、斎藤《さいとう》一《はじめ》、野口健司《のぐちけんじ》と魁とは、稽古着に袴《はかま》、脇差《わきざし》だけの軽装になって舟涼みとしゃれることにした。

一同楽しく涼み、鍋島《なべしま》河岸に着くと、急に斎藤一が腹痛に襲われた。ではもう舟はやめようと河岸へ上がると、浴衣《ゆかた》掛けの相撲取りが太鼓腹を揺すりながらやってくる。

「はじへ寄れ」

強気をもって鳴る芹沢鴨が命じたが、相撲取りは、

「寄れとは何ちゅう言い草や」

と言い返してきた。その横柄な態度に逆上した芹沢は、

「おのれ！」

と叫びざま腰の脇差を抜き打ち一閃《いっせん》、一刀のもとにこの相撲取りを斬り殺してしまった。もともと大坂相撲の者たちは尊王攘夷贔屓だったから、芹沢は敵意を燃やしていたのである。

さらに進んで蜆橋《しじみばし》に差しかかると、今度は三人の相撲取りがやってきてやはり道をあけようとはしない。

「やっちめえ」

芹沢が叫ぶと、八人は一斉に三人の相撲取りに襲いかかった。

その時、一対一で先頭の相撲取りに組みついていったのが魁であった。がっぷり右四つに組んだ魁が、

「えい！」

と気合を放った時、相手の巨体はみごとに一回転してその場に叩《たた》きつけられていた。

これには三人ないし四人がかりで残るふたりをようやく組み敷いた同志たちも、唖然《あぜん》とするばかりであった。

この時から魁は、親しみをこめて、

「力《りき》さん」

と呼ばれるようになった。むろん、力士の「力」である。

三

青森港にふたたびつれてこられた力さんこと島田魁は、沖合に投錨《とうびょう》している大坂丸という新政府軍の運輸船に乗せられ、五月二十五日夜また箱館港につれもどされた。

（一体、何をやっておるのだ）

とは思ったが、斬首されても仕方のない身だから文句はいえない。

それから半年間、かれはともに尾張藩預けとなるという見知らぬ八人の降伏人とともに、箱館市中の寺院に謹慎させられた。

その間にかれは、番兵に頼んで「南無妙法蓮華経」と鋳こまれた鉄瓶を入手してもらい、その文字を撫《な》でながら念仏三昧の日々を過ごした。

指折りかぞえれば魁は、新選組に入ってから四十人以上の男たちを斬っていた。それとは別に、新選組隊士として京を闊歩《かっぽ》した同志たちですでに鬼籍に入った者も驚くべき人数に上っていた。

六年前の七月、大坂の相撲取りたちと喧嘩《けんか》した時一緒だった七人を取ってみても、芹沢鴨と平山五郎はその後まもなく土方歳三、山南敬助、沖田総司ら近藤勇の意を体した者たちに寝こみを襲われ、粛清された。山南敬助と野口健司は局中法度《はっと》に違反したとしてむりやり切腹させられたし、肺を病んでいた沖田総司は江戸へもどってから喀血《かっけつ》して死んだ。近藤勇は流山で官軍に捕われ、斬首されたし、土方は五稜郭から出撃して討死する途《みち》を選んだ。

まだ血と硝煙の臭いとが染みこんでいる軍服姿で暗い一室に端座していると、

(死んだ同志たちとこの手に掛けた者たちの冥福を祈ることこそ、おれのなすべきことなのだ)

と魁には思われてならなかった。

しかし箱館に身柄を移されてから、かれは夜ごと悪夢に魘《うなさ》れるようになった。

うちもっともよく見る夢は、慶応《けいおう》三年(一八六七)十二月いよいよ薩長《さつちよう》勢との開戦間近と覚悟し、いったん大坂へ引いた新選組が伏見へ再進出して奉行所の建物を本陣としたころのある光景であった。

新選組は日夜伏見市中を巡邏《じゆんら》するのに余念がなかったが、時々闇の中から何者かに不意討ちされ、負傷して帰ってくる者がある。

「おかしいぞ。おれたちが巡邏に出る時刻と道筋を察知しているやからがおるようだ」

と疑心暗鬼を生じるうちに、永倉新八が奉行所内で怪しい手紙を拾った。

見るとかれの部下の小林桂之助《こばやしけいのすけ》から、新選組を分離独立して高台寺《こうだいじ》党を組織したひとり篠原泰之進《しのはらたいのしん》あてのもので、新選組の動きが細大洩《も》らさず書きつらねられている。

慶応三年十一月十八日夜、

「人斬り鍬次郎《くわじろう》」

の異名をもつ新選組隊士大石《おおいし》鍬次郎ほか二名が油《あぶらの》小路《こうじ》木津屋橋《きづやばし》で高台寺党の領袖伊《い》東甲子太郎《とうかしたろう》を闇討ちすることに成功すると、永倉新八や魁らはその遺体を餌に高台寺党をおびき出し、服部武雄《はっとりたけお》、藤堂平助《とうどうへいすけ》、毛内有之助《もうないありのすけ》を討ち取ってしまった。

これを恨んだ高台寺党の生き残りたちが薩摩藩の庇護を受け、虎視眈々《こしたんたん》と復仇《ふっきゅう》の機会を狙っていることはわかっていた。だが、小林桂之助がかれらに通じているとは知られていなかった。

そこで永倉が土方歳三にその手紙を見せると、土方は答えた。

「内通者のおったことが隊内に知れわたると、時節柄動揺のひろがる怖《おそ》れがある。ここはひとつ島田君の膂力《りょりょく》によって、内々に始末してしまおうではないか」

まず魁が土方の部屋に呼ばれ、つづけて永倉が、何食わぬ顔で小林桂之助を請《しょう》じ入れた。膝行《しっこう》して入室した小林に対し、正面から土方が声をかけた。

「小林君、それで君に御用の儀というのはな、……」

すると小林は、

「ははっ」

といって頭を下げた。

横手から、それを合図に飛びついたのが魁であった。かれは、有無をいわさずその場で小林を絞殺してしまった。

その華奢《きゃしゃ》なからだに四十五貫の巨体でのしかかり、やつでのような肉厚い手を首に巻きつけると、両の拇指《ぼし》は粘土を押したようにその喉首に埋まっていった。仰向《あおむ》けた首をいやいやをするように左右に振りながら赤黒く変じていった小林の顔、白目を剝《む》きながら潰された蛙《かえる》のような厭《いや》な呻《うめ》き声を洩らしたかれの断末魔の表情と喉仏の砕ける感触が夢に甦《よみがえ》り、魁は夜ごと寝汗をかいて目ざめるようになったのである。

（ああ、永倉よ。おぬしは今いずこにおるのだ。どこにおるにせよ生きている限りは、おぬしもおれとおなじように、あまた手に掛けた男たちの悪夢に夜ごと魘れているのだろうな）

そんな時、魁はかならずそう呟《つぶや》いている自分に気づくのだった。

ガム新と呼ばれた永倉は、

「沖田総司は本当にやったら近藤先生より強いといわれているが、永倉はその沖田よりも稽古が進んでいるのではないか」

と隊内で囁《ささや》かれていたほどの強者《つわもの》であった。

魁が相撲取りひとりを投げ倒す怪力ぶりを発揮した直後、相撲取りたちが仲間四、五十人を引きつれ、手に手に樫《かし》の八角棒を持って復讐《ふくしゅう》のためやってきた時にも、永倉はその八角棒をかいくぐって数人を斬り倒すという荒武者ぶりを見せた。

元治《げんじ》元年（一八六四）六月五日夜に勃発した池田屋騒動の際にも、近藤勇、沖田総司、藤堂平助、谷周平《たにしゅうへい》と五人で二十余名の尊王攘夷派志士たちの中に乱入。右拇指のつけ根を切り裂かれながら四人を斬り倒すという獅子奮迅《ししふんじん》の荒れ狂いようであった。

新選組の主要な戦いにはことごとく参加した永倉だけに、手に掛けた人数はとても四十人では収まるまいと思われた。

（それだけに、おれより永倉の方が魘れる度合いも強かろう——）

そう思うと、眠れぬままに輾転《てんてん》反側する魁の脳裡《のうり》には、またしても別の記憶が浮かんでくるのだった。

これもやはり、新選組が伏見奉行所を本陣としてからのことであった。

昨慶応四年一月三日の午後七つ半刻《どき》（五時）、鳥羽街道小枝橋《こえだばし》付近で旧幕府勢と薩摩《さつま》勢とが激突すると、伏見奉行所とは北側の道ひとつへだてた宮前町《みやまえちょう》、備後町《びんごまち》、下大手《しもおおて》町《まち》に塁を築いていた長州《ちょうしゅう》兵、その北側の御香宮《ごこうのみや》神社の高みに大砲を引き揚げていた薩摩兵も、奉行所へむかって銃砲火を浴びせはじめた。

対して奉行所に集結していた旧幕府勢からは、会津藩の砲隊が応射を開始。旧幕歩兵第七連隊の八百、伝習一大隊七百が詰襟服ズボンに背囊《はいのう》を背負ったフランス式軍装で吶《とっ》喊《かん》をこころみた。

しかし前二列膝撃ち、後二列立ち撃ちの四段撃ちで応じた長州兵の銃火に薙《な》ぎ倒され、累々と屍《しかばね》の山を築いてしまう。

奉行所の一室でそれと知った永倉は、憤然たる面持《おももち》で提案した。

「かくなる上は、おれが決死隊となって斬りこみ、決着をつけてやる」

この時永倉は新選組二番隊の隊長、魁はその配下の伍長であった。ふたりは十余人の平《ひら》隊士たちを従え、奉行所の土塀を乗り越えて薩長勢の間に抜刀斬りこみをかけた。

この奇襲は功を奏し、黒ずくめの薩長勢を三町（三二七メートル）ほど押し戻すことに成功したものの、道の両側の民家が燃えあがってそれ以上は進めなくなる。やむなくまた土塀を乗り越えて奉行所内に入ろうとしたが、永倉は南蛮胴に鎖つきの籠手《こて》、臑《すね》当てに身を固めていたため、疲れが出たこともあって土塀によじ登れなくなっていた。

そのかたわらでひょいと魁が土塀に登ったのを見、永倉はわめいた。

「島田よ、ちょいと手を貸してくれ」

「よしよし」

とうなずいた魁は、平隊士のひとりからゲベール銃を借りると、それを棒代わりに永倉の胸先へ差し出しながらいった。

「しっかりつかまりなさい」

「うむ」

と応じた永倉が血刀を納刀し、銃身を握ったと思った時、その五体はふわりと宙に浮いてもう土塀の上に足を乗せていた。

「こりゃ何だか、一本釣りされた鰹《かつお》のような気分だぜ」

永倉は、目を白黒させていった。

「それにしても、何という怪力か」

この出来事があってから、ただでさえ仲の良かった永倉は、魁を命の恩人と思ったのであろうか、戦う時も退《の》く時もいつも魁を気遣ってくれるようになったのだった。

その永倉がなぜ五稜郭へこなかったかといえば、江戸へ戻ってから近藤勇と仲違《なかたが》いしてしまったからである。

昨年三月、甲陽鎮撫隊と改称して甲府城奪取を策し、一敗地にまみれて思い思いに江戸へ潜行した時、新選組が合流場所としたのは本所二つ目の上級旗本大久保主膳正《おおくぼしゆぜんのしよう》の屋敷であった。

が、近藤勇はなかなか姿を見せない。その間に集合した永倉や魁たちは、会津へ走って最後の一戦をこころみよう、ということで意見を一致させた。長く京都守護職として京にあり、尊王攘夷派を痛めつけてきた会津藩は、朝敵首魁《しゆかい》と名差されてもなお国許《くにもと》へ兵を引いて再戦準備に余念がなかったからである。

しかし、そう決まったあとでようやくやってきた近藤は、

「さような勝手な決議などは認められぬ」

と色をなしていい、こうつけ加えた。

「ただし、その方らが拙者の家臣となって働くと申すのなら話は別だ」

この言い草に、もっとも腹を立てたのが永倉であった。永倉は近藤の門人でもないし、幕府による佐幕派浪士募集に応じようと初めに近藤に提案したのもかれだったのである。

「これまでは同盟してまいったが、お手前の家来になど相なり申さぬ」

永倉が切り返すと伊予松山《いよまつやま》脱藩の十番隊長原田左之助《はらださのすけ》らも率先してかれに賛同したので、ここに新選組は分裂状態に陥ってしまった。

その後、永倉は原田左之助や古い剣友芳賀宜道《はがぎどう》とはかって、「靖共隊《せいきょうたい》」を結成。宇都宮を経て会津へ北上するまでは、旧幕江戸脱走諸隊のひとつとして土方の指揮するところとなった新選組と行をともにした。

だがそれからあとは各地に戦火が飛び火する中で消息が知れなくなってしまい、昨十月九日に榎本艦隊が蝦夷地へ走るべく仙台藩領松島湾を抜錨《ばつびょう》した時まで、とうとう姿をあらわさなかったのだった。

それを思うと魁は、

(なぜあの時永倉は、おれを靖共隊に誘わなかったのだろう)

と今でも考えこんでしまう。

(おれが土方さんとも親しくしていたから遠慮したのかも知れぬが、永倉と死生をともにしていたなら、このようにひとりぽつねんと暗い天井を見あげながら悪夢に魘れることだけはなかったろう)

という方向に、かれの思いは流れてゆくのだった。

四

そんなことをとつおいつ考えながら謹慎生活をつづけていた島田魁に、呼び出しがきたのは明治二年十一月四日のことであった。

今度こそ、多くの同志たちが命を散らした蝦夷地とはお別れである。

(この地に二度とくることはあるまい)

と思いながら鉄瓶を手に提げたかれは、箱館へつれもどされた時と同じ大坂丸に乗せられて、同月七日品川沖着。芝増上寺《しばぞうじようじ》に送られ、二十日ようやく尾張藩江戸屋敷へ預け替えとなった。

そして明治三年三月、魁はまた海路名古屋へ護送され、名古屋城三の丸東北部の御土《おど》居《い》の下、通称を、

「御土居下」

と呼ばれる低地の日当たりの悪い家に幽閉された。

この時もなお魁は「南無妙法蓮華経」と鋳こまれた鉄瓶を手放してはいない。これを自分が手に掛けた者、非命に斃《たお》れた新選組隊士たちの位牌《いはい》に見立て、日夜その前に正座して念仏を唱えつづけた。

その魁にとって最大の喜びは、藪蚊《やぶか》に悩まされた暑い夏もおわったころから警備がゆ

るみ、家族との面会を許されたことであった。

魁の恋女房は、名をおさとといった。初めて上京した時に寄宿した丹波屋定七が、さる貧乏公卿《くぎょう》からもらい受けて育てていた娘である。

この年で四十二歳になった魁よりも、十二歳年下の三十歳。島田髷のよく似合う富士額《びたい》、たまご形の顔だちをした京美人で気だても優しかったが、おさとにはひとつだけ問題があった。背丈が、四尺（一・二一メートル）あまりしかなかったのである。

そのため丹波屋にいたころから、おさとは家事を手伝いはしても義父母がいないと物干しの洗い物や軒下の切り干し大根、干し柿などを取ることができなかった。

「どれどれ」

前庭で稽古棒の素振りに励んでいるおりなどにそれと気づき、見かねて魁が手伝ってやるうちに、六尺豊かな大男と四尺しかないため嫁《ゆ》き遅れていた娘の間に恋が芽生えたのである。

魁は新選組の準幹部に採用されて定収入を得るようになると、すぐにおさとと祝言を挙げ、慶応二年には長男に恵まれて魁太郎《かいたろう》と名づけた。

そのころ、――。

魁の巨体では仕出しの弁当だけでは足りないだろうと考え、おさとが魁太郎をおんぶして西本願寺《にしほんがんじ》に置かれていた新選組本陣に弁当を届けにきたことがあった。それを見かけ、

「ほう、あんな小さな女子《おなご》でも使い物になるのかのう」

「大男に大物なし、小女に小物なしというじゃねえか」

と淫らな冗談を言い合った平隊士がいた。

魁は、それを耳にして烈火のごとく怒った。かれは背後から近寄ると肩を並べておさとのうしろ姿を見送っているふたりの髷を左右の手で同時につかみ、思うさま打ちつけてその場に悶絶《もんぜつ》させてしまった。

これが、

《私の闘争を許さず》

との一項をふくむ局中法度を制定していた新選組の中にあって、魁がただ一度だけ振るった暴力であった。

日ごとに尊王攘夷派が勢力を伸ばしてゆく京都の市中見廻《みまわ》りをこととしていれば、いつ尊攘激派と鉢合わせして斬死することになるかもわからない。万一を思った魁は、魁太郎が生後まだ二カ月になる前にもう家督を譲り、形の上では隠居の身分になってしまった。

鳥羽伏見の戦いにおもむく前には、

「生きて還《かえ》ったならかならず連絡するから」

とおさとの小さなからだを膝の上に抱き寄せ、西本願寺近くの借家をたたんで、魁太郎ともども丹波屋定七のもとに帰っているよう因果をふくめた。

その丹波屋定七あてに便りを出すことを許されたことから、おさとはようやく夫が生きていることを知り、四歳になった魁太郎の手を引いて名古屋へ駆けつけてきたのである。

再会してまもなくおさとは魁と同居することを大目に見られ、あけて明治四年九月、御土居下の謹慎所で次男柳太郎《りゅうたろう》を出産した。

「これはめでたいことだがね」

おさととももすでに顔なじみになっていた番人たちは、おしめ用の古手拭いや産着《うぶぎ》のお古を差し入れてくれた。

しかし、古ぼけた玄関式台にきちんと正座してそれを押しいただく魁は、まだ髷を載せている大ぶりな顔を赤らめて答えるばかりであった。

「死に遅れた賊徒として謹慎しておらねばならぬ身が、子作りなどいたしてしまって地下の友人たちに顔向けもできませぬ」

晴れて赦免を通達され、魁が妻とふたりの子供をつれて名古屋を去ったのは明治五年六月のことであった。

驚くべきことに、尾張藩は津軽藩からわたされたのであろう、魁が弁天台場で武装解除された時に差し出した両刀と槍《やり》、胸甲を保管しており、この時かれに返却してくれた。

おさとと手縫いのぶっさき羽織にたっつけ袴をまとい、島田家家紋丸に三ツ鱗を打った塗りの剝げた陣笠をかむった魁は、おさととふたりの子供を人力車に乗せて、岐阜県と名を変えた旧美濃国へむかった。

目的は、石田村の永縄家と日野村の川島家を訪問することであった。大垣の島田家に立ち寄らなかったのは、新選組入隊とともに大垣藩を脱藩したかたちになっていたため、義父には顔を合わせにくかったからである。

「昔大変お世話になったので、通りすがりに立ち寄ってみました」

律義に永縄・川島両家に挨拶し、魁はこれはもう不要と相なりましたので取っておいて下さい、と両刀と槍、胸甲とを差し出した。

「ただでいただくわけにはいかんが」

と両家が都合一俵の米を与えてくれたので、魁は右腰に鉄瓶をくくりつけ、左手に米俵を下げて京にむかった。

しかし、一貫町の丹波屋改め西村《にしむら》定七方にもどることはできなかった。

おさとと魁太郎とを丹波屋へ帰す直前、魁は新選組の軍用金を内々に運ぶ役目を命じられ、丹波屋の屋号入りの長持《ながもち》を使用したことがあった。すでにぞくぞくと京都入りしていた薩長勢に見とがめられぬための方便であったが、のちに官軍はそれと知り、丹波屋を激しく責め立てた。

それを今も怒っている定七は、おさとが名古屋へゆきたいと切り出した時、こう答えたという。

「あんな賊徒に加担した男を婿にしとったら、これからもどない迷惑するかわからんさかい、もう帰ってもらわんでよろし」

これは、実質上の絶縁宣言であった。京に四年半ぶりにもどるや魁は、このため家と職とを同時に探す必要に迫られた。

赦免された時に尾張藩から与えられた二両は旅の間に費消してしまったが、幸いおさとはかつて魁が与えた中から二百両以上を貯《たくわ》えていた。本願寺釜屋町七条下ルに借家を見つけた魁は、この貯えを元手にして雑貨屋をひらいた。

しかしこの雑貨屋は、まもなく失敗におわった。

おさとと相談したあげく、河原町の旧長州藩邸に置かれた舎密《せいみ》局製造の里没那埊《リモナーデ》（レモネード）を並べたり、書状切手売捌《うりさばきじょ》所を兼ねたりと、いろいろ工夫はしてみた。だが六尺に四十五貫の力士のような大男、しかも武家ことばを話す男がうっそりと店番しているだけで、客が寄りつかないのである。

おかげで魁は、毎晩売れ残りの饅頭《まんじゆう》ばかり食べるはめになった。かれはもともと酒は一滴も呑めず、甘味の大好きな性分だったからそれは苦にならない。とはいえ貯えを喰いつぶす一方では、いずれ路頭に迷うのは目に見えているから、魁は商売の鞍替《くらが》えを余儀なくされた。

「そうだなあ。おれがひとより優れているものといったら刀と剣術ぐらいのものだから、それでは撃剣道場でも始めてみようか」

ある日、これも売れ残りのまずい里没那埡をビンからラッパ飲みしながら魁がいうと、

「それがよろしゅうおす」

とおさとがいってくれたので、かれは下京《しもぎょう》区大宮《おおみや》通り丹波口下ルの仏具商八幡屋の店子《たなこ》となり、別に一軒を借りて剣道場をひらいた。

名づけて、

「島田魁撃剣道場」

その家を二十五坪総板張りの道場に改築するのに貯えは使いつくしてしまったが、この道場には入門者が相つぎ、魁はようやくひと息つくことができた。

明治七年のことで、この時魁はもう四十六歳になっていた。

五

おさとはこの年に長女おと免《め》を出産し、九年には、三男清次郎《せいじろう》、十一年には四男富之《とみの》助《すけ》を産んだ。

五十歳にして四男一女の父となった魁は一段と人柄がまるくなり、道場の門人たちとよくこんな賭けごとをした。

なおも四十五貫の雄大な体軀をほこるかれが、左右いずれかの二の腕を出して思いきり力瘤《ちからこぶ》をつくる。門人代表が樫の木の算盤《そろばん》をつかみ、思いきりその力瘤に叩きつける。

魁の力瘤が赤くなったらかれの負けで、門人一同に酒をふるまう。もし少しも赤くならなかったら魁の勝ちで、弟子たちがかれに鍋一杯のぜんざい（田舎《いなか》じるこ）を御馳走《ごちそう》する。

まことに他愛ない賭けごとではあったが、新選組結成から箱館戦争終結までの七年間修羅場を駆けぬけてきた魁の筋骨は、筋金入りである。いつも門人たちは、かれに鍋一杯のぜんざいを差し出さなければならなかった。

「やあ、すまんのう」

さすがに頭髪が薄くなり、髷を結いにくくなったため近頃ようやく断髪にした魁は、門人たちが唖然として見守る中で、にこにこしながらみごとに鍋をからにしてしまうのをつねとした。

道場が大いに繁盛したのは、魁のこのような人柄によるところが大きかった。

ただし一度だけ、門人たちは魁が仁王立ちになって怒るところを目撃した。

明治十三年のある日、今は明治政府に仕え、海軍卿の顕職に昇っている元蝦夷共和国政府総裁榎本釜次郎あらため武揚《たけあき》が京を訪れ、

「一度会いたい」

と魁に使いをよこしたのである。

紺の刺子《さしこ》の稽古着に同色の袴姿で一段高い師範席に正座し、籠手、面金《めんがね》をはずして使いの差し出した書状を一読した魁は、口をへの字にして立ちあがると使いを睨《にら》みつけて

叫んでいた。

「会いたくば、先方から出向いてくるのが礼儀というもの。おれが出かける必要が、どこにあるのだ」

「先生。そやけど榎本海軍卿ゆうたら、かつて先生とともに戦ったお方。積もる話があってのお招きやろし、一度お目にかかっても損はせえへんのやありまへんか」

門人のひとりが、京都人らしい計算を働かせて口をはさむ。いつになく険しい目つきでその門人を見た魁は、

「思うに榎本は、おれに政府への出仕を薦めるつもりなのであろう」

と、にべもなく答えた。

「おれがさような途《みち》を選んだならば、若くして賊徒の汚名のもとに死に、地下に眠っている友人たちはどうするのだ。死すべきところを生きながらえただけでも相済まぬことなのに、おれが、この島田魁がかつての敵になど仕えられるか！」

深く切れこんだ両眼に光るものがあるのに気づき、使いはそそくさと姿を消した。

魁は、謹慎生活をおえたあと明治政府に仕え、旧幕臣の出世頭となった榎本を最大の変節漢とみなしていたのであった。

明治十七年、魁は五十六歳にして五男に恵まれ、さすがに恥ずかしく思って末之丞《すえのじょう》と名づけた。これが末っ子、という意味である。

しかし十九年を境に、その剣道場はめっきりと寂れはじめた。西南《せいなん》戦争もひと昔前の思い出話となるに従い、武道熱は急速に下火になったのである。

「父上、こんなことならあの時やはり、榎本さまのお世話になっていずれかの官庁に出仕なさった方がよかったのではありませんか」

病弱なため詩歌と茶道の勉強をもっぱらとしている長男の魁太郎が心配しても、

「何をいうか。昔から『武士は食わねど高楊子《たかようじ》』とか『唐土《とうど》の虎は毛を惜しみ、日本の武士は名を惜しむ』と申してな、男子にはしてはならぬことがあるのだ」

としか魁は答えなかった。

それでもかれは家計を支えるため、昼は道場で竹刀を取り、夜は西本願寺の夜警に雇われることにした。

魁の元新選組伍長の矜持《きようじ》は、かつての官軍である明治政府に出仕することを許しはしない。だがあえて夜警に甘んじて一家を支えることは、何ら恥じるべきことではないのであった。

しかも西本願寺は、かつて新選組が本陣を置いたところである。

夜警用の法被《はつぴ》をあてがわれ、左手に提灯《ちようちん》、右脇に六尺の角棒をかいこんで右に堀川の流れとは築地塀《ついじべい》で画された御影堂門、左手に御影堂と本堂とを仰ぎながら二層の太鼓楼へ近づいてゆくたびに、魁はさまざまな記憶を甦らせて胸が一杯になるのだった。

新選組が壬生の屯所からこの西本願寺へ移ってきたのは、慶応元年（一八六五）四月のこと。尊攘激派との斬り合いに負けぬ膂力をつけるには肉食が一番と、新選組は残飯によって豚や鶏を飼育したから、門前堀川端にもももんじ屋の屋台がずらりと並んでにぎわったものであった。

それだけでも西本願寺の日常には大変化をきたしたが、さらに寺側を愕然《がくぜん》とさせたのは、隊士たちが連日境内で大砲や鉄砲の調練をおこなったことである。発砲時のすさまじい音響に、御影堂や本堂の屋根瓦はずれ落ちて割れ砕けるありさま。門主の広如上人《こうにょしょうにん》に至っては、布団にもぐりこんで息を殺し、病人のように震えていたこともあると聞いた。

まもなく寺側の要請を受けて発砲訓練は別の場所でおこなわれるようになったが、ここに本陣を置くうちに士道不覚悟を責められ、切腹を命じられて孤独に死んでいった隊士たちも少なくはなかった。

田内知《たうちとも》、瀬山滝人《せやまたきと》、真田次郎《さなだじろう》、田中寅蔵《たなかとらぞう》、佐野牧太郎《さのまきたろう》、芝田彦太郎《しばたひこたろう》、河合耆三郎《かわいきさぶろう》、……。

これらの死者たちの名前と面影を思い浮かべると、次には鳥羽伏見に散った隊士たち、つづけて甲州《こうしゅう》や会津、箱館の土となった者たちの姿が次々と思い出される。

（みんな、死んでしまったな。なのにおれだけが還暦近い年まで生き延びて、またこの西本願寺に還ってきたとは）

足許をほっかりと照らし出す提灯の光の輪を見つめながら境内を巡邏していると、

（おれがこの寺の夜警に採用されたのは、あるいは死んだ同志たちがおれを呼んでくれたためかも知れぬ。ならばおれは夜警としてこの寺の治安を守ることによって、かつて寺側に迷惑をかけたことの罪滅ぼしをせねばならぬ）

とすら、魁は思うのだった。

永倉新八がそんな暮らしをしていた魁をふらりと訪ねてきたのは、明治二十年の落葉の季節のことであった。

六

十九年ぶりに会う永倉新八は、

「杉村義衛《すぎむらよしえ》」

と名を変えていた。

かつて天保《てんぽう》十年（一八三九）九月生まれと聞いた記憶があるから、四十八歳になったはずである。

しかしインバネスをまとい、黒檀《こくたん》のステッキを手にして道場の前に人力車を乗りつけた永倉は、鋭い眼光を放つ両眼、たくましい鼻梁《びりょう》にぶ厚い唇と昔どおりの精悍さであった。変わったところといえば髪をうしろ撫でつけにし、漆黒の口髭と顎鬚《あごひげ》とをたくわえたことぐらいである。

「ああ、力さん。久しいな」

とその男臭い顔だちをくしゃくしゃにした永倉を迎えた時、魁は思わずその大きな両掌に永倉のそれを包みこんでいた。

「やはりおぬしは生きていたか。おれは明治五年六月に赦免になるとまた京へもどってきてな、この町道場をひらいたんだ。さあ、一別以来のおぬしのことを聞かせてくれ」

「うむ、話すとも」

奥の一室に請じ入れられた永倉は、インバネスを脱いで羽織袴姿で端座すると、出された茶を啜《すす》りながら口をひらいた。なぜかステッキは、からだの右脇に引きつけたままである。

……おれは慶応四年三月末に江戸で近藤勇と喧嘩別れしたあと会津入りをめざしたのだが、日光口《にっこうぐち》から会津に近づいた時にはもう官軍が先行しておって、とても入城できなかった。たまたま米沢《よねざわ》藩の雲井龍雄《くもいたつお》と出会ったので、会津への援軍を乞うため米沢へ行ってみたが、米沢藩は藩論が尊王と佐幕に割れておってどうにも埒《らち》が明かなかった。そこで町人に変装して江戸へ潜入し、鉄砲洲《てっぽうず》の知り合いの寮に身を隠しているうちに会津藩も降伏してしまったのだ。

これではどうにも身を隠しきれぬと悟ったおれは、ままよと思って松前藩江戸屋敷へ帰参を願い出た。松前藩は五稜郭を占拠した榎本軍に福山城を奪われてしまったと大騒ぎしていたところだったが、簡単に城を抜かれた原因は藩兵に洋式調練をしていなかっただ。

「では拙者が、フランス式の散兵戦術を伝授いたしましょう」

というと、江戸家老の下国東七郎《しもくにとうしちろう》は喜んでおれを百五十石取りで帰参させてくれたのだ、といわれていた。

「その福山城攻めには、土方さんやおれも参加していたんだ」

と魁が口をはさむと、何だ、そういうことだったのか、と永倉は楽しそうに笑ってつづけた。

……ところが箱館戦争がおわって土方も戦死したという噂《うわさ》が伝わってきたころ、おれは通りでばったり鈴木三樹三郎《すずきみきさぶろう》に出会ったのだ。ほれ、おれたちが斬った高台寺党の伊東甲子太郎の実弟だよ。

おれはその瞬間、

(しまった)

と思ったが、もうとぼけられない。鈴木とすればおれは兄の仇《かたき》だから、目を異常に輝かせおってな。

「やあ、しばらくでござったな。今はいずこにおられる」

とたずねてくるので、やむを得ず松前藩に帰参したと答えた。

「それでは、いずれまたお目にかかる機会もござろう」

というから会釈して擦れ違ったが、どうにも気になって仕方ないので振り返ると、あやつも振り返っておれをじっと睨んでいるではないか。

（これは、斬りつけてくる気だな）

と覚悟したおれは、黙ってやられるわけにはいかぬから下駄《げた》を捨て、袴の股立《ももだち》を取って斬り合いの仕度をした。

しかし力さんも知ってのとおり、鈴木の剣の腕はそう驚くほどのものではない。鈴木もひとりではとても駄目だと思ったのか、そのまま身をひるがえしおった。

だがそれから数日すると、松前藩邸の門前には究竟《くっきょう》の者どもが殺気立って――そうだ、昔おれたちが御用改めに出かける時のような風情で屯《たむろ》しおってな。むろん、おれがお長屋から門を出たらその場で滅多斬りにしてしまおう、という心算だ。

これは藩に迷惑がかかるからおれに暇を出してくれ、と下国家老に申し出ると、家老はかえって同情してくれてな。

「そういえば、国許詰めの藩医杉村松柏《しょうはく》から娘おきねの婿養子を捜してくれと頼まれている。貴公、新選組にいた時代にずいぶん人の恨みを買ったようだから、この話に乗って松前へ去ってはどうか」

というのだ。聞けば松柏は医者ながら気骨ある男だというので、おれは杉村家に養子入りして名を義衛と改めた。

その後明治八年に家督を相続し、北海道樺戸《かばと》監獄の典獄たちに剣を教えていたが、九年に所用で上京した時、いい話を聞いた。近藤勇と土方歳三の縁者たちが中心となり、

佐幕の大義に殉じたふたりをひそかに顕彰するため、多摩《たま》の高幡山金剛寺《たかはたやまこんごうじ》に、

「殉節両雄の碑」

を建立したというのだ。

おれは最後には近藤と喧嘩別れしてしまったが、衰亡する幕府に力を尽くしたことに変わりはないから、ふたりの死を悼む気持は誰にも負けぬ。そこでおれは、おれと別れてまもなく近藤が官軍に斬首されたという旧板橋宿《いたばし》を訪ね、なけなしの金をはたいて滝《たき》の川《がわ》の寿徳寺《じゆとくじ》の所有地に、

「近藤　勇昌宜《まさよし》
土方歳三義豊《よしとよ》之墓　」

と刻んだ記念墓を建ててきた。

石碑の左右には、思い出せるかぎりの死んだ同志たちの名前も刻んできたから、力さんも東京へゆくことがあったら線香の一本も手向けてやってはくれまいか、……。

「それは、いい供養をしてくれたな」

実はおれも、と魁はつづけた。

「おれもいつも、死んだ友人たち、この手に掛けた者たちの冥福を祈りつづけてきた。それにしても、しゃにむに墓を建ててしまうところがおぬしらしいな。さすがはガム新といわれた男だ」

昔の渾名《あだな》を持ち出すと、永倉はなつかしそうに笑っていった。

「力さん、ガム新などと呼び合える昔の同志は、もうおれたちだけかも知れぬのう」

「いや、一番年嵩《としかさ》の隊士だったおれが、もう五十九になったとはいえまだピンピンしているんだ。探せばまだ存命の隊士たちも多かろう」

と、魁は答えた。

「しかしおぬしの、鈴木三樹三郎と鉢合わせした話は聞いているだけで胆《きも》を冷やした。藪蛇にならぬよう、あまりこちらからは動かぬ方がいいのではないか」

「うむ、そうだな。おれもそう思って、今も万一の用心にこんなステッキに見せかけた仕込み杖《づえ》を持ち歩いているのさ」

と打ち明けた永倉に、ところで京にはどんな所用があるのかね、と魁はたずねた。

その答えは、意外なものであった。

永倉は新選組の二番隊組長として剛勇無双を自他ともに認めていたころ、島原《しまばら》遊郭亀屋の芸妓《げいぎ》小常《こつね》とわりない仲になっていた。永倉の子を身籠った小常は、慶応三年（一八六七）七月にのちにお磯《いそ》と名づけられた女の子をひそかに産み落としたが、産後の肥立ちが悪く、そのまま落命してしまった。

その直後に亀屋からは、お磯は祇園《ぎおん》大和橋《やまとばし》の小常の姉に預けた、と知らせがきた。しかしそのころ薩長両藩を中心とする討幕運動は日に日に盛んになっており、永倉は東奔西走していて小常の葬儀にも立ち会えない。使いに金を持たせ、松原通りの新勝寺へ埋葬するよう指示するのが精一杯であった。

十月に大政奉還があって幕府は倒れてしまい、十二月、新選組は不動堂《ふどんど》村のうちにあった第三の本陣から前将軍徳川慶喜《よしのぶ》に従って大坂城へ引くことになった。その転陣騒ぎでごった返しているさなかに、小常の姉のつけてくれた乳母《うば》がお磯を抱いて永倉を訪ねてきた。

本陣内には座る席もないため、永倉は門前の八百屋の奥の間を借りてあわただしく親子の対面を果たした。

「できることならだんさんに、この子を引き取ってほしいゆうのが小常さんの遺言どした」

と乳母はいった。

(もっともなことだ)

と永倉は思ったが、もはや薩長勢といつ開戦になるかわからない状況になっていて、とてもお磯の面倒は見ていられない。

永倉は伯母の形見の巾着と五十両とを乳母に差し出し、

「松前藩江戸屋敷に、永倉嘉一郎《かいちろう》という者がおる。拙者の親族ゆえ、この巾着を見せて訳を話してくれればきっとお磯を預かってくれる」

と断腸の思いで告げて、別れの盃《さかずき》を交わすのが精一杯であった。

その後永倉が松前藩に帰参して嘉一郎に訊《たず》ねても、乳母からは何の連絡もこなかったという。

（ああ、あの乳母は五十両を着服し、お磯をどこぞの遊女屋にでも売ってしまったのではないか）

と思った時、初めて永倉は肉親を喪《うしな》った者の胸の痛みを知った。元新選組の同志たち、考えの相違から敵味方に別れ、永倉に斬り捨てられた者たちの霊を弔わねばならぬ、と考えたのはこの時からのことだという。

「力さん、子供は何人おるかね」

と不意にたずねられ、

「五男一女だが、末っ子はまだ三歳なんだ」

魁が馬鹿正直に告げると、さすがの永倉も目を丸くして答えた。

「力さんは、昔から律義者だったからなあ」

おれの子は長男義太郎《よしたろう》と次女ゆき子のふたりだけだ、と永倉はつづけた。

しかしかれは、ゆき子を見るたびに襁褓《むつき》の中で別れたお磯のことが思い出されてならなかった。妻おきねにも打ち明け、八方手を尽くしてお磯の行方を尋ねつづけたところ、このほどお磯が役者になっており、尾上小亀《おのえこがめ》と名のって京阪地方を巡回していることをようやくつき止めた。

「今その一座が京都にきているので、明日晴れて二十年ぶりに親子の対面を果たすのだ」

「それはめでたい話だ。諦めなくてよかったのう」

といいながらも魁は、急に自分たちが滑稽に思われてならなくなった。

（元新選組の二番隊組長と伍長とが互いの子供の話をしていると知ったら、地下に眠る者たちが何と思うだろう）

と考えてしまったのである。

（でもまあ、許してくれ）

魁は、心の中で死者たちに呼びかけていた。

（生き残ってしまったおれたちには、おれたちなりの生きる苦労というものがあるのだ）

「ところで力さん、おれがどうしてこの住所を知ったか不思議だろう」

という永倉の声が、その思いにかぶさってきた。

「うむ、そういわれりゃあ、たしかにそうだ」

「おれはお磯のことをあちこちに問い合わせているうちに、思い余って西本願寺へも手紙を書いた。そうしたらその子のことは知らないが、夜警となって二十年ぶりに寺へもどってきた元隊士ならいる、という返事がきたのさ」

「そうか。去年二十年ぶりに西本願寺へ顔を出したおれを、今日はガム新が二十年ぶりに訪ねてくれたというわけだな。どれ、おれはその夜警の仕事を今日は休んでも構わぬから、おれの家に泊って積もる話をしてゆかぬか」

つるべ落としに日が暮れたのに気づいて、魁はいった。

だが、懐中時計を見た永倉は、

「いや、すまぬが妻《さい》を宿に待たせてあるので、そろそろゆかねばならん」

とすまなそうに答えた。

「おれは今、また上京して牛込《うしごめ》に剣道場をひらいているんだ。東京に来たら、きっと寄ってくれよ」

「なんだ、牛込か。近藤さんの試衛館《しえいかん》道場のあったところじゃないか」

「うむ、試衛館はもうあとかたもなくなってしまったがね」

と首を振りながら立ちあがった永倉は、インバネスを着け、ステッキを手にして玄関へむかった。

(はて、この際だからガム新に聞いておきたいことがあったはずだが、何だったかな)

と思いながら魁は見送りに出たが、どうしても思い出せない。

通りかかった人力車に乗った永倉が振り返りながらひらひらと手を振った時、

(ああ、そうだ。しまった)

と魁はつぶやいていた。

(おぬしも手に掛けた者たちの断末魔の形相を夢に見て、夜中に目ざめてしまうことはないかと聞いておくんだったな)

七

　それから一カ月後、永倉新八こと杉村義衛からは、無事に尾上小亀ことお磯と親子の対面を果たした、という内容の書状が届いた。しかしお磯はすでに芸道に生き甲斐《がいみ》を見出《いだ》しており、今の一座をぬけて永倉と東京へゆくことは拒んだという。

（おれの場合は、この年になってまだ借家暮らしとはいえ、一家そろって何とか暮らしてゆけるだけまだましなのかも知れぬな）

　と、あらためて魁は思った。

　しかし、それから二年を経た明治二十二年から、思いがけない不幸が連続して魁を襲った。

　まず二十二年、病弱だった長男魁太郎が二十四歳で早逝してしまった。四尺あまりの小さなからだが五十を過ぎてますます縮んできていたおさとは、その翌年に死亡。これに衝撃を受けた長女おと免も、その一週間後に心臓麻痺《まひ》を起こし、十七歳で頓死したのである。

　そして三男清次郎も、二十五年におと免と同い年で夭逝《ようせい》——何と魁は、わずか四年の間に妻と三人の子供を喪ってしまったのだった。

（ああ、これが自業自得というものであろう）

六十四歳となってさすがに頭も禿《は》げあがり、からだの張りも失われてきていた魁は、なおも西本願寺の夜警を勤めながらしばしば呻いた。

(四十人もの命を奪い、なかんずく小林桂之助をこの手で縊《くび》り殺してしまったこのおれだ。釈尊は鬼子母神に対した時のごとく、おれに肉親の死に接するつらさ、哀《かな》しさを教えて下さっているに違いない)

かねてから浄土真宗《じょうどしんしゅう》に帰依していた魁は、これ以降ますます信心に打ちこみ、明治二十七年からは真宗教会京都支部の世話係も兼ねるようになった。

二十八年一月九日から十六日まで、西本願寺のもっとも重要な年中行事である「御正忌報恩講」がおこなわれた時にも、魁は全国から集まってきた門徒たちを法被袴姿で世話するのに余念がなかった。その間には、書院の二百三畳敷きの大広間で、門主が門徒たちと対面する儀式もとりおこなわれた。

それもおわり、魁が門徒たちに欄間の雲中飛鴻《ひこう》の透かし彫りの由来を説明していた時、

「あら、あんたはんは島田魁はんやおへんか」

と話しかけてきた品のよい老婦人がいた。

魁を、さきがけ、と正しく発音して呼びかけてくるひとは珍しい。

「そうですが、どなたでしたかな」

かれが礼儀正しく答えると、三つ編みにした髪を後頭部に丸め、いわゆる、

「伊太利《イタリ》結び」

にして地味な和服をまとっている小柄な老婦人は、伸びあがって魁の耳に囁きかけるように告げた。

「わてどすがな。昔、近藤先生のお世話になっていた幸《こう》でござります」

お幸を世話役の控室へ誘《いざな》った魁は、あらためて深々と頭を下げ、御一新以降の自分の歩みを問わず語りに語った。

お幸は新選組の全盛時代に島原遊郭の木津屋に出ていた遊女で、源氏名を、

「深雪《みゆき》太夫」

といった。近藤勇に落籍《ひか》されて七条通り醒ケ井《さめがい》木津屋橋下ルの興正寺《こうしょうじ》下屋敷に囲われていたころ、魁はその休息所（妾宅《しょうたく》）でひらかれる幹部たちの宴会でよく顔を合わせたことがある。

しかし、その後お幸は瘻麻質斯《リヨウマチス》を病んでしまい、長い間伏見の医者に泊りこみの治療を受けざるを得なくなった。その間に近藤がお幸と同居していたその妹お孝《たか》にも手をつけたことがわかったため、お幸は近藤から二百両もらって身を引き、島原にお茶屋をひらいた。

魁はそこまでしか知らなかったが、もう六十歳前後のはずのお幸は、魁の話につづけるように自分の来し方を教えてくれた。

年号が明治と改元されたころから、

「あれは壬生浪《みぶろ》に落籍されていた女子や」

と風当たりが強くなったため、お幸はお茶屋を畳んでしまった。その後明治七年に、八幡《やわた》の関口《せきぐち》という財産家から後妻に迎えられたので今は何不自由なく暮らしているが、可哀相《かわいそう》なのはお孝とお勇《ゆう》だ、とお幸はまだ艶のある声でいった。

「お勇さんとは——？」

魁が口をはさむと、

「近藤はんとお孝の間にでけた子どすがな」

といって、またお幸はつづけた。

新選組が京から消えてしまうと、お孝はお勇をお幸に預け、神戸の開港場へ働きに出た。お幸もその時はまだお茶屋の仕事があったので、お勇をさるところへ里子に出した。その後関口と結婚して暮らしにゆとりもできたため、関口の許しを得てお勇を引き取りたいと先方と交渉しはじめた。だがお勇は里子とは明かされずに育てられていたため泣いて厭がり、とうとうお幸のもとへは帰ってこなかった。

その後、西南戦争もおわって少ししたころに祇園の舞妓《まいこ》でお勇の幼な顔にそっくりな妓《こ》がいると聞いて調べてみると、やはりお勇だった。伝手《つて》をたどって面会にこぎつけ、お幸は口説いた。

「あんたのお父はんはな、近藤勇ゆう立派なおかたどしたのえ。そのあんたが舞妓なんかにならはって、それでは、お父はんのお名を汚すゆうものやおへんか」

しかしお幸はお勇の実の親でもないし、お孝は上海《シャンハイ》か香港《ホンコン》へわたったという風聞であったから、お勇は説得を聞き入れなかった。そのうちお勇は女衒《ぜげん》の口車に乗せられたらしく、祇園から姿を消してしまった。

そして明治十五年、お孝が突然神戸から手紙をよこしたので会いに行ってみると、シンガポールで働いて千円溜《た》めて帰ってきたという。お勇の話を持ち出すと会ってみたいというのでまた八方手をつくして調べたところ、下関《しものせき》で売れっ子芸者になっており、伊藤博文《いとうひろぶみ》や井上馨《いのうえかおる》にも贔屓にされていることがわかった。

そこで大坂の代言人に頼んで取りもどしに行ってもらい、ようやくお孝はお勇に再会することができた。そのお勇は、今は朝鮮の貿易商に嫁ぎ、三人の子の母親となっている、……。

「ははあ」

まことにさまざまな人生があるものだ、と思った魁は、

「ところで近藤先生は、三本木《さんぼんぎ》から出ていた芸妓駒野《こまの》という女性《にょしょう》との間にも男の子があったはず。あの子はどうなりましたか」

とたずねてみた。

「へえ、あれは明治十二年のことどしたやろか。あては、その駒野はんを訪ねてみたのどす」

とお幸は答えた。

お幸がこの男の子のことをたずねると、駒野は、五歳まで里子に出し、その後手元に引き取ったが、あるひとの勧めで七歳の時東福寺《とうふくじ》に入れて仏弟子とした、今では末頼もしい知識になっている、と誇らし気に答えたという。

「それは、地下の近藤先生も喜んでおられることでしょうな」

魁はうなずいてみせたが、しかしはたしてそうか、という気もした。

お勇にせよ、駒野の子あるいは永倉の娘のお磯にせよ、新選組隊士とのかりそめの契りによって生まれた子供たちが、父母の情愛を知らずに育つことを運命づけられていたことは確かであった。

(もう新選組という組織が地上から消えてしまって三十年近い歳月が流れたというのに、まだその影を曳《ひ》きずりながら生きている者たちがいるのだな)

と魁は自分のことは棚に上げてしみじみと思い、お幸が別れのことばを述べて立ちあがったのにも少しの間気がつかなかった。

八

もっとも年長の新選組隊士であったにもかかわらず、はからずも戊辰《ぼしん》戦争後三十年近くを生き延び、隊士の子に生まれついた者たちの運命をも知ってから、魁はさらに西本願寺の夜警の仕事に打ちこむようになった。

老いて喘息《ぜんそく》の発作も起こるようになり、さしもの巨体も皺《しわ》みはじめたかれは、やがて寂れきった剣道場を畳み、夜警だけを仕事とする途《みち》を選んだ。

次男の柳太郎は東京に学び、明治三十年から敦賀《つるが》におもむいて、教師たちに生徒の教授法や教育原理を講義する生活をしていた。四男富之助は西本願寺の法物課に勤めはじめ、月給九円に満たない老いた父を助けていた。

明治十三年のある日、まだ元気だった魁は海軍卿榎本武揚が一度会いたいと使者をよこしたのに対し、

「会いたくば、先方から出向いてくるのが礼儀というもの。おれが出かける必要が、どこにあるのだ」

といって、言下に断わってしまった。

その理由が、

「おれが新政府に仕官などしたら、若くして賊徒の汚名のもとに死に、地下に眠っている友人たちはどうするのだ」

というものであったことを、柳太郎と富之助とは当時の門人から幾度も聞かされていた。そのためかれらふたりは、あえて清貧に甘んじる父に何の文句もいわなかったのである。

その魁の給与は、明治三十一年五月にようやく九円となった。かれはもう七十歳であったが、これは巡査の初任給とおなじ額でしかない。

同年十二月、長年の精勤を認められて夜警監督に昇任した魁は、しかし三十三年二月十七日をもって退職を申し出た。

この時のかれの給与は、ようやく十円。五男末之丞はまだ十七歳の親がかり、柳太郎と富之助とはまだ独り身であったから、薄給とはいえこの定収入は是が非でも必要であった。だが喘息が次第にひどくなるのに先が短いことを悟った魁は、出処進退をあきらかにすべく引退を申し出たのである。

対して西本願寺は、そのつましい暮らしぶりもせがれが法物課に勤めていることもよく知っていたため、かれを退職ではなく休職扱いとし、月々本俸の三分の一を支給してくれることになった。

ただ感謝の思いでこの好意を受けた魁は、その後も体調のいい日は自主的に西本願寺へ顔を出し、愚直に夜廻りの仕事を果たした。

結果として、これが仇《あだ》となった。

明治三十三年三月二十一日の早朝、眠い目をこすりながら庭掃除を始めた小僧のひとりが太鼓楼にほど近いところに、魁の巨体が太鼓楼へにじり寄るような恰好《かっこう》で倒れているのを発見した。

前日は春の彼岸の中日に当たり、境内にはひとの出入りが絶えなかった。

（こんな日には変事が起こりやすいものだ）

と考えて、夜分ひとりで境内を廻りはじめた魁は、なつかしい太鼓楼を万感の思いをこめて見上げた時喘息の最終的な発作に襲われ、朽木のように倒れたのである。享年七十二であった。

西本願寺から葬儀料二十円、慰労金二十五円、満年賜金十五円――計六十円を与えられた柳太郎と富之助は、笹屋町《ささやまち》通り浄福寺《じようふくじ》東入ルの島田家菩提寺《ぼだいじ》、浄土真宗本願寺《ほんがんじ》派長円寺《ちようえんじ》でその葬儀を営んだ。

参列者の焼香が始まってしばらくした時、息子とおぼしき中年の男に左肩を支えられ、右手に黒檀のステッキを突いて進み出た和装、白髯瘦軀《はくぜんそうく》の老人が、

《釈教証》

と書かれた白木の位牌にむかって涙声で語りかけた。

「力さんよ、あの太鼓楼の前で倒れるとはおぬしらしい死に方だったな。おぬしはあそこで倒れることを、本望としていたのかも知れぬのう」

不思議に思った柳太郎と富之助が、末之丞をまじえてのちにお悔み帳を調べてみると、

「杉村義衛」

「杉村義太郎」

と並んで記帳されている見知らぬ名前が、その父子を差しているようであった。

しかしこのふたりが何者なのか、父とどのようなかかわりを持つ者なのか、元新選組伍長島田魁の息子たちにはもう知る由もなかった。

〈参考資料〉　塩津敦子「島田魁」（新人物往来社編『続・新選組隊士列伝』所収）、子母澤寛『新選組始末記』（中公文庫）他。

総司の眸《め》

羽山　信樹

羽山《はやま》　信樹《のぶき》（一九四四～一九九七）

昭和十九年、東京に生まれる。武蔵工大卒。海外放浪を経て、創作活動に入った。昭和五十八年、文庫版小説誌「月刊小説王」（角川書店）『流され者』で作家デビューする。『幕末刺客列伝』を刊行、以後『滅びの将――信長に敗れた男たち』から始まる〝信長三部作〟など、優れた作品を書き続けたが、発表当時、正当な評価を受けたとはいいづらい。ようやく一般の注目を集めるようになったのは『邪《あ》しき者』からであろう。さらなる飛翔が期待されたが、平成九年六月十日、肝臓癌で死去。享年五十二歳であった。

「総司の眸」は「野性時代」（昭60・2）掲載、『幕末刺客列伝』（角川書店　昭60刊）に収録された。

1

その日も、沖田総司《おきたそうじ》は八ツ半（午後三時）過ぎ、ブラリと屯所の長屋門を出た。露地を左に曲がり、壬生寺《みぶでら》の境内を横切り、西山の方向へと田の中の道を向かった。

二丁ほどで、地蔵のある辻《つじ》を左へ折れた。右手は封境《ほうきょう》の藪《やぶ》が迫り、朱雀路《すざくじ》の南のかなたに、東寺《とうじ》の五重ノ塔が黒く見えた。あたり一帯は、今は一面褐色の壬生菜畑だった。その平面のむこうに、大小さまざまな寺社の甍《いらか》が続いていた。どこまでも単調な、洛西《らくさい》の田園風景である。二月も半ば過ぎだというのに、まだ春の気配はどこにもなかった。

しばらく行くと立ちどまり、総司は長身を折り、コンコンと咳込《せきこ》んだ。顔を上げると、抜けるような白い肌に血が昇り、うっすらと桜色に上気していた。長い睫毛《まつげ》に囲まれた美しい眸《め》に、一瞬、暗い光が灯《とも》った。総司は、薄い肩を上下させ、二、三度深呼吸し、また歩き出した。

右方の田の先に、こんもりとした緑の茂みが展《ひろ》がっていた。そこに通じている小径《こみち》に、総司の足は向かった。

常緑樹に囲まれた中に、ひっそりと祠《ほこら》が現われた。空地の中央に一本、巨大な楠《くすのき》が葉を茂らせ、あたりは夕刻のように薄暗かった。

かつて総司は、一番隊の隊士数名と共に、この空地に入ったことがあった。その折一人が、腕試しに楠の梢《こずえ》を斬ろうとした。

「やめろ」

総司はその時、いつになく厳しい口調で叱責した。

「この枝は、何百年も生きているんだ。この先また、何百年も生きていくんだ。生きるとは、大変なことなんだ。戯れにその生命《いのち》を断とうとする奴《やつ》は、この沖田が許さんぞ――」

総司は、その老木の際に立ち、小さく口笛を吹いた。

と、すぐに、祠の縁の下から、まっ黒い塊がとび出してきた。一つ、二つ、三つ。最後に大きなのが一つ。それらは、膝を折った総司のもとに転げるように突進し、とびついた。三匹の仔犬《こいぬ》と、一匹の母犬だった。

「やぁ、元気でいたか」

総司は、嬉《うれ》しそうな声を出した。甘さの感じられる、よく徹《とお》る美声だった。仔犬たちは、みな後肢《あとあし》で立ち上がり、頸《くび》をいっぱいに伸ばし、夢中で競い合うように総司の首元を舐《な》めまくりだした。

「まて、まて、まってくれ」

総司は悲鳴を挙げた。一匹の前肢を摑《つか》み、頭上高々と掲げ、そっと地に置いた。仔犬たちから身をかわすように長身を丸めると、総司は懐に手をつっ込んだ。

取り出した懐紙を、地に置いた。何枚かの魚の干物が現われた。

仔犬たちは、尻尾《しっぽ》ばかりか体全体を慄《ふる》わして歓《よろこ》びを表わし、すぐにむしゃぶりついた。母犬は、総司に身をすり寄せ、嬉しげに尻尾を振りながらその子供たちを見ていた。総司もまた、母犬とそっくりの眸《め》をしていた。切れ長の、涼しげな総司の眸は、そのときどきの感情を表わして、じつにさまざまに変化するのだった。

食べ終ると、仔犬たちはまた総司のもとへ殺到した。総司が立ち上がると、足にじゃれついた。足の甲を、その一匹の腹にもぐらせ、総司は軽く蹴り上げた。仔犬はすっとび、悲鳴を挙げた。が、すぐにまた、まりのように駆け寄った。

総司は走り出した。

仔犬たちは、一斉にあとを追った。母犬はピョンピョンとはね、はやし立てるように吠《ほ》えた。

楠のまわりを、総司はぐるぐると回り出した。

仔犬たちは、短い四肢をもつれさせ、身をはずませて追っかけた。

総司が、毎日決まった時間にこの空地を訪れるようになって、早いものでもう半月あまりが過ぎていた。さる昼、祠の陽だまりで戯れる野犬の親子を初めて見た時、総司はうらやましそうな顔をして、四半刻《しはんとき》ほども眺めていた。

犬に限らず、総司は親子連れを見ると、いつも足をとめ、いつまでも眺めている癖があった。そうした時の総司は、新選組一の剣客として尊攘《そんじょう》志士を慄え上がらせている男とはとても思えぬ、ひどく淋《さび》しげな、弱々しい表情を体いっぱいに漂わせた。

総司は、幼くして両親と死別し、親子の情愛というものを知らなかった。九歳の年、江戸小石川《こいしかわ》の剣道場試衛館《しえいかん》に、内弟子として預けられた。以来、殺伐とした男ばかりの中で、竹刀《しない》の音を聴いて育った。父を恋い、母を恋い、独りひそかに泣くことがあった。その親を恋う想《おも》いは、二十一のこの歳《とし》になっても、いっこうに消えなかった。いや、ますます強まるばかりだった。

犬の親子連れを見た翌《あく》る日、総司は賄いに握り飯を作ってもらい、祠を訪ねた。野犬の親子は、警戒心をあらわにし、縁の下から出てこようとはしなかった。翌る日も、また翌る日も、総司は食べ物を懐に、田の中の道を祠に向かった。やがて、一匹、二匹と姿を現わすようになり、いつしか口笛を吹くととび出してくるまでになった。

——犬たちと走り回っていた総司は、不意にふらっとよろけ、動きをとめた。幹に手をつき、体を支え、激しく咳込みだした。そのままズルズルと、その場に蹲《うずくま》った。長身を折り、背を丸め、総司は苦しげに咳込み続けた。

咳が熄《や》んでも、肩を大きく波打たせ、しばらく蹲っていた。

昨年、池田屋斬り込みの際初喀血《かっけつ》してより、病状は確実に悪化の一途をたどっていた。それが総司にはよく分った。以前は、咳のあとに軽い虚脱感があるだけだったのが、このごろはひどく息苦しく、胸の中に氷の塊を押し込んだようなひんやりとした冷たさが拡《ひろ》がった。それも最初は雫《しずく》ほどだったのが、今では拳《こぶし》ぐらいの大きさに感じられた。

四匹は、総司のかたわらで小首を傾《かし》げ、じっとおとなしくしていた。やがて総司は、懐紙を取り出し、幾度も口を拭うと顔を上げた。

くう……。

犬たちは、哀《かな》しげな声を洩《も》らし、総司に身をすり寄せた。総司は手を伸ばし、その一匹一匹の体を撫《な》でた。血の気の無いまっ白い口唇《くちびる》の端に、うっすらと淋しげな微笑《ほほえ》みが刷《は》かれた。

総司の手は、仔犬の頭を撫でた。背を撫でた。脚を撫でた。小さな黒い体を、ひしと抱きしめた。

2

「来たぞ」

一人が短く言った。

男たちは一斉に道のかなたに目をやり、すぐにかたわらの露地に走り込んだ。全部で五人。

翌る日の白昼のことである。

やがて現われた総司のほっそりとした長身は、肩をすぼめるようにし、前方の小川の畔《ほとり》の、黒板塀に囲まれた格子戸に吸い込まれた。

「非番日は、まったく例外なしに訪れる。判で捺《お》したようだ」

消えるのと同時に、一人が呟《つぶや》いた。

「どうしてこうも、山南《やまなみ》の妾《おんな》のところへ足繁《あししげ》く通うのだ」

「最初はおおかた横恋慕でもしておるのかと思ったが、どうも様子が違うようだ」

男たちは、いずれも鬢《びん》の縮れ上がった、ひどく面ずれした顔をしていた。眼光鋭く、ただ者でないことは一目で分った。

「ほれ、きょうは大工仕事だ」

一人の声に、男たちは一斉に前方を注視した。

黒板塀の中から、トントンと、何かを打ちつける規則正しい金づちの音が洩れ聴こえていた。五人は、無言で互いの顔を見合わせた。

選び出された五人の手練者《てだれ》が、沖田総司をつけ狙いだしてから、はや一月《ひとつき》あまりが経《た》っていた。男たちに話をもってきたのは、お西様、つまり西本願寺《にしほんがんじ》筋のさる者だった。

この当時、京にある東西二つの本願寺は、東が佐幕、西が長州《ちようしゆう》系の倒幕と、くっきりと二分されていた。西本願寺内には、昨年の禁門《きんもん》の変で京を追われた長州系激派の残党が多数匿《かくま》われ、地下活動に奔走していた。

佐幕派にとっては目の上のコブであるそのお西様に難題をもちかけたのが、新選組である。郷士宅に分駐している壬生の屯営が手狭になった、ついては西本願寺集会所《しゅうえじょ》を本陣としてお貸し願いたい、と言い出したのである。

もっとも、このあからさまないやがらせ案には、新選組内部でも一部に猛反対があった。発案は、副長土方歳三《ひじかたとしぞう》、そして反対の急先鋒《きゅうせんぽう》は、総長山南敬助《けいすけ》だった。

　土方と山南は、江戸試衛館時代から仲が悪く、何かといえば衝突していた。この時も穏健派の山南は、僧侶を喝《おど》すなど武士にあるまじき行為、と激怒した。が、結局、局長近藤勇《こんどういさみ》は、土方案を採った。

　長州系激徒たちが、その唐突な申し出に驚愕《きょうがく》したことはいうまでもない。連日、鳩《きゅう》首《しゅ》に鳩首が重ねられ、やがてある一つの結論が導き出された。

　それが——沖田総司暗殺計画であった。沖田は、新選組一の遣い手であり、その兇《きょう》刃《じん》に斃《たお》れた同志は数知れない。遺恨の標的として申し分なかった。さらに沖田は一番隊組長として、局長近藤勇の親衛隊長的立場にある。土方にも、山南にも近い。その者を失う新選組の打撃は計り知れず、屯営移転話などたちどころに吹きとんでしまうに違いなかった。

　——五人の刺客たちは、しばらくあたりをうろついていた。黒板塀の中からは、あいかわらず金づちの音が響いていた。やがて首領格らしき男の指図で、五人は隠れ処《アジト》の西本願寺方向へと、露地に吸い込まれていった。

「やぁ、やっと終った」

総司は、汗を浮かべた上気した顔を上げた。

「姉さん、濡縁《ぬれえん》の修繕終りましたよ。雨樋《あまどい》の直しはどこでしたっけ」

「まぁ総司はん、いつもいつもすんまへん」

奥から、女が手を拭き拭き出てきた。

「このまま一気呵成《かせい》にやっつけちゃいます。どこのところでしたっけ」

総司は首を伸ばし、庇《ひさし》を眺め渡した。

「ああ、あれは職人はんにやってもらいました。ほれ、そこ」

「なぁんだ」

総司は、がっかりした顔をした。

「総司はん、もう慣れんことはせんといて、あ、そうそう、おいしいおはぎさんがあるんやけど、食べてくれはります？」

「おはぎ、こいつはすごい！」

盆に載ったおはぎが出されると、総司は濡縁に腰掛け、身をのり出し、すぐに箸を伸ばした。黄や黒の塊は、たちまち消えていった。屯所では、驚くほど少食の総司が、ここではいつも別人のようによく食べた。

そして、多弁だった。

女を前にすると、総司はまるで母親に対している子供のように、息せききって夢中で喋《しゃべ》りまくった。ひっきりなしに軽口を叩《たた》き、女を笑わせた。

女は総司より、五つ六つ上にみえた。

お光《みつ》、といった。

その名を山南から初めて聴かされた時、総司は驚きを隠さず、訊《き》き返した。お光——、それは総司のたった独りだけ残された肉親、姉の名と同じだった。

他の子供たちが遊び、家族と戯れている時間、いつも竹刀を握っていた総司は、一方で常に烈《はげ》しく、異常なまでに肉親のぬくもりを求めていた。いつしか試衛館の一番上の兄弟子近藤勇に、父の姿を見るようになった。そして、たまにやってくる姉のお光に、母を重ね合わせた。

近藤先生とお光姉さん——総司の胸の裡《うち》で、その二つの名は、絶対的存在として輝きを放っていた。

山南から妾《めかけ》の名を聴いて以来、総司はときどき山南と共に、その東寺裏梅小路《うめこうじ》にある山南の休息所（妾宅《しょうたく》）を訪ねるようになった。そのうちに、巡邏《じゅんら》の途中で、ふらりと一人だけでも顔をみせたりするようになった。

二月《ふたつき》ほど前、ちょうど西本願寺問題がもち上がった頃から、何故《なぜ》か山南は、ぱったりとそのお光の休息所へ足を向けなくなった。逆にその頃から総司は、昼間ひんぱんに立ち寄るようになった。非番の日には、昼頃必ず訪れ、何かと雑用を探しては、まるで下男のようにこまめに動き回るのだった。

「姉さん」

と総司は呼んだ。

「ごちそうさま。寿命が二年延びたような気がしますよ」

湯呑《ゆの》み茶碗《ぢゃわん》を盆に置き、

「や」

と総司は頭を搔《か》いた。

「いけない、全部食べてしまった。姉さん、これ山南さんのために作ったんでしょ。あの人、おはぎ大好物だから……」

お光のほうに顔を向けた総司は、すぐに笑顔を消し、あとの言葉を嚥《の》んだ。お光は、しょんぼりと目を伏せていた。

「ええと……」

総司は、慌てて顔を庭に向けた。

「さてと、次の非番日は、少し庭の手入れでもしようかなァ……」


——総司が、山南敬助と言い合いをしたのは、つい昨日のことだった。

「山南さん、きちんと応えてください。はぐらかすなんて、男らしくありませんよ」

八坂《やさか》の塔から三年坂《さんねんざか》を上る途中で、総司は気色《けしき》ばみ、山南の袖を引いた。茂った樹木の下に、ところどころ、先日降った春雪の名残があった。その上を、冷たい北風が渡っていた。

「いや、沖田君、君には……」

「君には男女の機微《こと》は分らない……、そんな台詞《せりふ》、もう聴きあきましたよ。いいですか、山南さん、二月《ふたつき》ですよ、二月。いったい何を考えているんですか」

山南は、口の端に漂っていた薄笑いを消し、総司をみつめた。

「あの女《ひと》は、私には何も言わないけれど、私にはあの女《ひと》の哀しみがよく分る。二月以上もほったらかしにし、梨のつぶてなんて、いくらなんでもあんまりじゃないですか。私は人が淋しげにしている姿を見るのがたまらないんだ。山南さん、あなたはあの女《ひと》が嫌いになったのですか。誰か別に好きな女でもできたのですか」

「……沖田君、そこまで言うなら聴かしてやろう」

山南は、総司に向き直った。日頃温厚な山南の顔色が、珍しく変っていた。声音にはっきりと、怒気が滲《にじ》んでいた。

「そうだ、確かにあきたのだ。お光には、もうあきあきしたのだ。いいか、沖田君、この京洛《みやこ》にはな、いい女など星の数ほどもいるのだ。祇園《ぎおん》、先斗町《ぽんとちょう》、島原《しまばら》、三本木《さんぼんぎ》……」

「山南さん」

総司の面上に、兇暴な光が疾《はし》った。

「うん、そうだ、沖田君」

山南は、さらに言いつのった。

「なんならお光は、君に進呈しよう。そうだ、それがいい、よかったら君、受け取ってくれたまえ」
「山南さん！」
総司の右手は、思わず左腰に疾りそうになった。総司は懸命に堪《こら》え、ブルブルと慄え
ながら山南を睨《にら》んだ。

「………」
庭にひっそりと咲いている紅梅をみつめながら、総司は、その時のことを想い出して
いた。古いつき合いの、ときに兄とも慕う山南に対して、かつて一度たりとも殺意など
抱いたことはなかった。その一瞬の激情がどこからきたものか、いくら考えても総司に
は分らなかった。
ふと妙な声を耳にしたような気がし、総司は我に返った。
見ると、お光が深く首をうなだれ、細かに肩を慄わせていた。
「……姉さん」
その声に、お光は両掌《りょうて》で顔を覆うと立ち上がった。はっきりと嗚咽《おえつ》を洩らし、隣室へ
と走った。
「姉さん」
総司は下駄《げた》を脱ぎ、部屋へ入り、そのあとを追った。いくら誘われても、一人の時に
は決して上がり込んだことなど無かった。お光が初めてみせた涙に、総司は動転してし

まっていた。

隣室に入ると、お光は薄暗い隅で、声を殺して泣いていた。

「……姉さん」

総司は膝を折り、しょんぼりとした声を出した。

「許してください、姉さん。私が山南さんのことなんか言うから……。お願いです、姉さん。泣かないでください。……姉さんに泣かれたら、自分はどうしていいか……」

語尾は、くぐもった鼻声になった。

「……かんにん」

お光は涙声を洩らした。

「かんにん、総司はん……、辛《つろ》うて、……うち、つろうて……」

「姉さん、山南さんは戻ってきますよ。姉さんのもとに、必ず帰ってきますよ」

お光はまたしばらく、さめざめと泣いていた。

「ああ……、うち……」

泣き声に、切れ切れの呟きが混じった。

「……殺してやりたい……、ああ、うち、あの人を……、いっそ殺してやりたい……」

「……姉さん」

お光の背をみつめる総司の眸《め》に、ふっと小さな暗い点が生まれた。

「……総司はんは、分ってくれはるやろ。このうちの気持ちが……、分ってくれはるやろ」

「分りますよ、姉さん、よく分ります」

眸の中の暗い点は、じんわりと拡がった。

「姉さんを泣かせる人間は、お光姉さんを苦しめる人間は、この総司が断じて許しません。姉さんは、私が護《まも》ります。必ず護ってさしあげます」

そう硬い声で言う総司の眸が、ぞっとするほどの暗い光に充ちていることなど、お光には分ろうはずはなかった。

悲劇の因子《たね》は、この時に蒔《ま》かれた。

3

翌、朝まだき、自室で寝《やす》んでいた総司は、土方歳三に叩き起こされた。山南敬助が、書置を残し、隊を脱したというのである。総司は土方と共に、七条醒ケ井《さめがい》木津屋橋《きづやばし》下ルの、近藤の休息所へ走った。

「江戸へ戻ると書いてある。総司、すぐ追え」

置手紙を読んだ近藤は、幾分蒼《あお》い顔をし、下知《げじ》した。

朝もやの中を、総司は三条大橋へと馬を駆った。藪《やぶ》の下《した》、山科《やましな》、四《し》の宮《みや》、追分《おいわけ》と、東海道をひたすら下った。ほんの四半刻ほどで、近江大津《おうみおおつ》にさしかかった。

沿道の茶店は、半分ほどが早立ちの客相手に店を開け、あとは板戸を開けたり、水を打ったり、開店の準備に追われていた。ちらほらと、旅人の姿があった。

その中を、馬腹を蹴り、総司は一気に疾り抜けようとした。

その時、

「沖田君」

背後で、思わぬ大声がした。手綱をいっぱいに引き、急制動し、ふり向くと、なんと茶店に山南敬助の姿があるではないか。

鞍《くら》からとび下り、総司が駆け寄ると、山南はそれが癖の、口の端に薄い歪《ゆが》みを浮かべて迎えた。

「君が相手とは思わなかった。どうやら私の武運も尽きたようだ」

どうだ、飲まないかね、山南は、手にした大きな湯呑みをかざした。葛湯《くずゆ》のようだった。山南は、奥にそれをもうひとつ注文し、

「土方君や他の連中だったら、目釘《めくぎ》の折れるまでお相手仕《つかまつ》ろうと、覚悟を定めていたのだがね」

と、かたわらの刀の柄《つか》を撫でた。山南は、天然理心《てんねんりしん》流の他に、北辰一刀《ほくしんいっとう》流も遣った。沖田を別格とすれば、新選組でも一、二の遣い手だった。

葛湯がき、総司は山南の横に坐《すわ》った。口に含むと、どろりとした熱さが、冷えきった体中に沁《し》み渡るようだった。

「ふ……」

山南の口許《くちもと》の歪みが、ちょっと深く刻まれた。

「佐々木《ささき》君も言っていたが、君はまったく不思議な男だなぁ」

「佐々木……？」

「見廻《みまわり》組の佐々木唯三郎《ただざぶろう》君だがね。先日彼と会った時、君の話題が出てね。曰《いわ》く、剣客などという修羅場に生きる人間にしたくなかった男が一人いる、沖田総司だ、沖田に剣の天稟《てんぴん》あったは、じつに悲しむべきことである。……いや、私もまったく同感だがね」

「………」

総司は、無言で湯呑みを傾けた。

佐々木唯三郎は、新選組によく似た幕臣による佐幕組織『京都見廻組』の、与頭《よがしら》をしている男だった。何かと新選組と職域が重なるため、両組織の仲はあまりよくなかった。だが山南はそうしたこだわりをもたず、その者らと平気で付き合った。そのあたりも、閉鎖的な土方とは好対照だった。ちなみに佐々木は、新選組を誕生させた策士、清河八郎《きよかわはちろう》を暗殺した男であり、坂本竜馬《さかもとりようま》、中岡慎太郎《なかおかしんたろう》暗殺にも加わっていたといわれている。

「君だけは、どうも憎む気になれない。そのくせ、私には君という人間がどうしてもよく分らないのだ。君の心は、高瀬川《たかせがわ》の河床にゆらめく石のように、透き徹ってすぐにも触れられそうでいて、手を伸ばすとすうっと遠のき、ユラユラと揺れ、掴《つか》みがたい」

「……山南《サンナン》さん」

総司は、そう呼んだ。眸《め》に、親しげな光があった。

江戸試衛館時代、山南は仲間たちから、そう愛称で呼ばれていた。京へ上ってからいつとはなしに言われなくなり、今では、たまに口にするのは総司だけだった。それはここ一、二年、なんとなく古き同志と肌合いの合わなくなりだした山南の立場を、雄弁に物語るものかもしれなかった。

「どうされますか、これから」

「どうって、仕方がない。君と一緒に屯所へ戻るよ。近藤先生宛てにもしたためたが、私は土方君の西本願寺に対する奸策《かんさく》がどうにもがまんならぬのだ。私の意見が容《い》れられない以上、隊を脱するしかないと思ったが、帰ってもう一度だけ、土方の奸媚《かんび》に迷われるなと近藤先生へ諫言《かんげん》してみよう」

「局中法度《はっと》はご存知ですね」

「もちろん分っているさ」

山南は、白い歯をみせた。

「が、仮にも私は総長という立場にある人間だよ。そんな馬鹿なことはあるまい」

局中法度とは、五か条よりなる新選組の隊規だった。その一つに『局ヲ脱スルヲ不許』とあった。違反者は、『切腹申付ベク候也』である。そのことを言っているのだった。

「サンナンさん」

もう一度、総司は呼んだ。

「私を斬って、江戸へ逃げてくださいませんか」

「え？」

「私はどうも長くはなさそうなんです」

総司は、自分の胸を軽く叩いた。

「近藤先生から追手を申し付けられた時、そう決めたんです。どうかお願いですから、この場で私を斬って生きのびてください。……ただサンナンさん、ひとつだけ聞いて欲しいことがあるんです」

「？」

「江戸へ着いたら、あの女《ひと》を呼んでやってくれませんか」

「あの女《ひと》……？」

「お光さんです。お願いです、サンナンさん」

「馬鹿な」

山南は、とたんに不機嫌な声になり、吐き捨てた。

「沖田君、馬鹿なことを言うんじゃない。私がそれほど未練な男にみえるかね」

「……サンナンさん」

「さ、沖田君、帰ろう。帰って近藤先生に会おう」

「山南さん」

サンナンからやまなみに戻っていた。山南は、そのことに気づかなかった。

「もう一度お願いします。私は命を賭けているのです。江戸へ戻って、あの女《ひと》と一緒に生活してくださいませんか」

「くだらん。私は先に行くぞ」

山南は、怒ったように立ち上がった。

「…………」

総司は、凝《じ》っとその背をみつめた。

「……分りました、山南さん」

背に向かい、小さく呟いた。

「よく分りました。お供させていただきます」

その総司の眸が、前日みせたのと同じ、救いのない沈んだ暗さに充ちていたことを、すでに数間《けん》先を歩き出していた山南は知らなかった。

4

屯所に戻った山南は、坊城《ぼうじょう》通りに面した西側の一室に軟禁された。

奥まった近藤の居室では、ただちに幹部全員が召集され、会議がもたれた。隊規通り切腹を主張する者、抵抗せずおとなしく帰隊したことに免じ、ひとまずその主張するところを聴いてみようと提案する者、総長という大幹部の地位をおもんぱかって離隊の特例を認めようとする者、さまざまな意見が百出した。

切腹を強硬に主張したのは、いうまでもなく土方歳三だった。近藤は、意を決しかね、どちらかというと助けられるものなら助けてやりたいといった態度にみえた。総司は、一言も口を利かず、終始むっつりと押し黙っていた。

やがて議論は、切腹か助命かの二つに絞られた。共に主張を譲らず、その人数も伯仲し、座は膠着《こうちやく》状態となり、あたら刻《とき》ばかりが過ぎていった。

「沖田君」

近藤は、総司に顔を向けた。

「お前の意見はどうなのだ。申してみろ」

総司は、数呼吸沈黙していた。やがて、顔を上げると、

「切腹以外、あり得ません」

きっぱりと、言いきった。

「隊規の前には、総長も平《ひら》隊士もありません。組の法令に照らし、脱走のゆえをもって切腹を命ず、それが当然のことです」

全員、意外の感にうたれた。幹部の中では、総司は一番山南に近い。当然、助命を乞う発言をするものと、誰もが思っていた。それだけに、その発言は重かった。座の空気

は、一気に動いた。

呼び出された山南は、切腹申し渡しに、さっと顔色を変えた。目を瞠《みひら》き、近藤以下居並ぶ幹部連中を睨み渡した。総司に目をとめ、

「沖田君っ」

中腰になった。が、そこで覚悟が定まったものか、山南は、血の気を失って白くなった口唇《くちびる》の端を薄く歪め、力を抜き、坐り直すと、

「ありがたきしあわせにござる」

と言った。

「――ついては沖田君、介錯《かいしやく》は貴君にお願いしたい。奸物の汚れた手でやられてはかなわない」

土方への、精一杯の皮肉であった。

一室に戻り、総司らの見守る中、切腹の準備が進められている時、突然に坊城通りに面した西の出窓が激しく叩《つ》かれた。近くにいた総司が何事かと手障子を開けると、なんと格子の向うに、目を吊り上げたお光が立っていた。

「姉、姉さん……！」

その声に、山南ははじかれたように立ち上がり、格子へと駆け寄った。

「お光っ」

「先生っ」

二人は絶叫し、激しく格子に顔を寄せた。

「お光、ああ……、お光……」

「先生……先生……」

二人は必死に身をすり寄せ、互いの顔をみつめ合い、声もなくただ滂沱《ぼうだ》と涙を流した。誰か山南に同情的な者が、そっとお光に知らせたに違いなかった。

「許してくれ、お光……、許してくれ」

やがて山南は、呻《うめ》くように言った。

「未練があってはならぬと思ったのだ。……隊を脱すると決めた時から、私はお前への想いを断ち切ろうと、どんなに苦しんだことか」

「ああ……、先生……」

山南は、格子の隙間から手を伸ばし、お光の頰に触れようとした。と、その手は、すうっと桟を走った手障子にはじかれた。山南とお光の間には、白い色の幕が下りた。

「山南さん」

かたわらに総司が立っていた。

「この期に及んで、まだ妄言《ぼうげん》を弄し、か弱き女《ひと》を苦しめるつもりですか」

「沖田君っ」

山南の顔面に、一気に憤怒《ふんぬ》が噴き上がった。山南は、かつてみせたことのない凄《すさま》じい形相をして総司を睨んだ。

総司はその山南を、平然とみつめた。

山南は、しばらく睨み続けていた。やがてその片頬に、うっすらと歪みが刷《は》かれた。淋しげな、絶望的な歪みだった。山南は、全身から力を抜き、肩を落し、その場に坐り込んだ。

黒羽二重《くろはぶたえ》に衣服を改め、水盃《みずさかずき》をし、山南が用意の蒲団《ふとん》の上に坐ったのは、もう西陽《にしび》の傾く頃だった。出窓から、弱い陽が射し込んでいた。

「……沖田君」

小刀を手にした山南は、ふと動きをとめ、背後で、白い襷《たすき》がけで立っている総司にふり向いた。

「……君は、本当に不思議な人だ」

山南のまっ白い口唇が、小さく慄えながら、言葉を吐き出した。

「いつまで経っても童児のような心をもっている。……悲しいかな、君には、男女の機微というものがまるで分らない」

続いて、

「ウッ」

という声がたった。

総司の手の抜刀が一閃《いっせん》したのは、ほとんど同時だった。

首の転がる音。烈しい血沫《ちしぶき》。その中で、総司は抜刀を左下段に鎮めたまま、凝っと動かなかった。

5

介錯を了《お》えると、総司は袴《はかま》をはき、手も洗わずに、屯所の裏門を押した。

まっすぐに西へ向かった。五条、六条と過ぎ、壬生川沿いを右に折れ、梅小路へと急いだ。

「姉さん、姉さん」

戸は、どの戸も、内側から心張《しんば》りがしてあった。総司は、蹴開けた。

嗅ぎ馴《な》れた臭いが充満していた。総司は顔色を変え、その臭いの源へと疾った。

お光は、膝をしっかりとくくり、血の海の中にうつぶせていた。

「姉さん！」

抱え起こすと、まだかすかに息があった。懐剣の刺さった胸元から、ごぼごぼっと新たな血が溢《あふ》れた。

「姉さん、しっかりしてください、姉さん！」

お光は、薄く目を開けた。その目はすぐに、かっと瞠かれた。恐怖と嫌悪の色が、瞳孔いっぱいに拡がった。

「ひ……ひ……」

「何ですか、姉さん！」

総司は、必死にお光の口許に耳をくっつけた。じきにはじかれたように顔を起こし、茫然《ぼうぜん》とお光をみつめた。

「……人殺し」

たしかにはっきりと、お光はそう言った。

「人殺し……、触ら……ないで……」

「姉さん……」

「ひ・と・ご・ろ・し……」

もう一度しっかりと言うと、お光は顔面を憎悪に歪め、そこでふっとこと切れた。

「…………」

総司はお光の体を抱いたまま、ぼんやりと、呆《ほう》けたような顔をしていた。

覚束《おぼつか》ない足取りの総司が、田の中の祠近くにさしかかった時、すでに中天には月が昇っていた。

満月だった。

あたりは黄金色の光に包まれ、静まり返っていた。梢を渡る風の音ひとつしなかった。

総司の足は、ふらりとよろけ、常緑樹の林の中へと踏み出した。

その時、にわかに風が巻いた。

続いて、バザッと、湿ったものを叩きつけたような一瞬の音がたった。

総司の横で黒い姿が一つ、呻きながら倒れ込んでいった。

総司は肩を落した姿勢のまま、力なくつっ立っていた。その右手に、いつの間にか月光にきらめく抜刀が下げられていた。

また一陣の風が、背後から総司を襲った。

総司の体はゆらっと揺れ、同時に、黄金色の光が閃《ひらめ》いた。

月明りに、男の首が高々と舞い上がるのが映った。首は沫《しぶき》を噴き上げながら、正確な放物線を描いて樹林の暗がりへと消えた。

左右、前方から、同時に三つの影がとび出した。

総司は抜刀を下げ、その姿が眸《め》に映らぬかのように、曖昧な恰好《かっこう》のままで立っていた。

三つの影は、動きをとめた。

総司は、ゆらり、ゆらりと、歩き出した。

三つの影は、その総司との間合を崩さずに、音も無くあとじさった。

空地の中央の、見事な枝ぶりの楠の間から、満月の光が射し込んでいた。その光の帯を、三つの影がよぎった。横顔が、闇に浮いた。山南の休息所を張っていたうちの三人だった。

三人は、左右の二人が大上段、前方の男は青眼《せいがん》に構えていた。あとじさる都度、手の細長い月光が、キラッ、キラッと光った。

楠の木の下で、総司は足をとめた。そのまま動きを失った。総司のほっそりとした長身は、降り注ぐ月光の中でまどろんでいるかのように動かなかった。

三人は、正三角形の互いの間隔を、ジリ、ジリっと詰めた。息詰まる静寂の中、総司との間合は徐々に詰まっていった。

と、不意に、総司の体がフラっと揺れた。

コン、コン。

軽く咳込む音が、沈黙を破った。

左右の影が躍ったのは、その瞬間だった。影は宙を舞い、身をかがめた総司に殺到した。

うわぁっ。

叫び、二つの影は、とび込んだ勢いそのままに、大きく左右にはじけとんだ。地に叩きつけられた時、それはすでに物体と化していた。

総司は膝を折り、背を丸め、激しく咳込み出した。

死ねーいっ。

その総司のもとに、正面の男が突っ込んだ。

総司は、蹲り、咳込み続けていた。

突進した男の体は、そのまま一気に、丸まった総司の背を呑み込んだ。

そこで、すべての動きがとまった。

月明りが、総司にのしかかったままの姿勢で静止している男の背に、静かに注いでいた。

その背の中央部から、冷たい金属の光が、長く垂直に中天の満月を指していた。男の体の下方から、くぐもった咳はまだ聴こえていた。その都度、男の背がかすかに慄えた。

やがてそれが熄み、しばらくの沈黙が落ちた。

男が、フワリと体を起こした。

いや、そうではなかった。

下になっている総司が、膝を立てたのだった。総司は、崩れ落ちる男の肩に左手を当て、深々と刺さった抜刀を静かに引き抜いた。

突然に男の胸元から、栓を抜かれた酒樽《さかだる》のように、ごぼごぼと暗い色の液体が溢れ出た。

総司は、崩折《くずお》れ、尽きることなく液体を流す男の体を、しばらくぼんやりと眺めていた。双眸《そうぼう》は、何の感情ももたぬ、ただ月光の色のみを映す、冷たい二つの球体だった。

総司は、ゆらりと足を踏み出した。その総司の眼前に、巨大な楠が立ちふさがっていた。何百年の生命を秘めた、圧倒的な巨《おお》きさの幹だった。

と、突然総司は、やにわに右手の抜刀を横殴りに払った。

そしてそれを地に落すと、力なく踵《きびす》を返した。

二、三歩歩いた時、背後で凄じい地響きが起こった。両断された楠が、地に倒れ込んだ音だった。

総司のもとに、ぶち当たってくるものたちがあった。

総司は、膝を折った。

それらは激しく総司の体に身を投げ、むしゃぶりついた。四匹の野犬であった。

「ああ……」

総司はそれらの体を、しっかりと抱きしめた。

「ああ……、ああ……」

総司の切れ長の双眸から、堰《せき》を切ったように溢れるものがあった。

一匹一匹をひしと掻き抱き、肩を慄わせ、総司は初めて嗚咽の声を洩らした。涙は果てしなく頰を伝い、総司はそうしていつまでも泣き続けた。

祇園の女

火坂　雅志

火坂《ひさか》　雅志《まさし》（一九五六〜二〇一五）

昭和三十一年、新潟市に生まれる。早稲田大学卒業後、歴史雑誌の編集者となる。そのかたわら創作を志し、昭和六十三年、書き下ろし長篇『花月秘拳行』でデビュー。平成二年から専業作家となった。デビュー当初から、エンタテインメントに徹した時代活劇を得意としたが、しだいに重厚な作風へと変化。平成十一年、豊臣秀吉の隠し参謀・施薬院全宗を主人公にした『全宗』で、作家的成長を示した。以後『覇商の門』『黒衣の宰相』『家康と権之丞』など、優れた作品を上梓。平成十九年に『天地人』で第十三回中山義秀文学賞を受賞した。

「祇園の女」は「小説宝石」（平7・6）掲載、『新選組魔道剣』（光文社　平8刊）に収録された。

一

洛東下弁天町《らくとうしもべんてんちょう》にある安井金比羅宮《やすいこんぴらぐう》といえば、

──悪縁切り

にご利益のある神社として、その筋では名高い。

酒乱の亭主と別れたいとか、口うるさい姑《しゅうと》と縁を切りたいとか、逃れようとて逃れられない悪縁を断ち切りたいときに、京の人々は安井金比羅宮にお参りする。人と人の付き合いがぬかみそのように湿った京という土地では、すっぱりと人間関係を断つこともままならず、積もり積もった不満が悪縁切りの神社へ足を向けさせることになるのだ。

「おい、広瀬《ひろせ》君。ちょっとこいつを見てみろ」

市中見廻《みまわ》りからの帰り、夕立に追われて安井金比羅宮の境内にある絵馬堂に飛び込んだ新選組副長助勤藤堂平助《とうどうへいすけ》は、一枚の絵馬を指さし、同行の若い隊士に声をかけた。

「何でしょうか」

雨に濡《ぬ》れた木綿羽織の肩を払いながら広瀬市之進《いちのしん》がこたえる。

色白で愛嬌《あいきょう》のある広瀬は、まだ十九歳と年は若いが、なかなか小才《こざい》のきく男で、藤堂をはじめ新選組の幹部たちにもかわいがられていた。

「こいつだ。この絵馬だ。こっちへ来て、絵馬の裏に書いてある願文を読んでみるがいい」

「はっ」

市之進は、藤堂の指さす絵馬に顔を近づけた。

絵馬のおもてには、岩絵の具で猿の絵が描かれているが、裏返してみると、墨でくろぐろと願いごとが書かれている。絵馬を奉納した当人が書いたものにちがいない。

「夫喜代次が、前妻とその娘みつと縁が切れますように、二度と会うことがありませぬように……。ほう、これはまたすごいですね」

広瀬市之進がおどろいた表情になり、藤堂のほうを見た。

藤堂平助は、伊勢津《つ》藩主藤堂侯の落とし胤《だね》と自称しているが、真偽のほどは平助自身にも定かではない。平助の母が、藤堂家の江戸屋敷に奉公していたことは事実だが、母は平助にじつの父の名を明かす前に、若くして死んでしまった。

叔父《おじ》のもとで育てられた藤堂平助は、北辰一刀《ほくしんいっとう》流の千葉周作《ちばしゅうさく》の道場で剣を学び、目録を得たのち、近藤勇《こんどういさみ》の試衛館《しえいかん》道場へ食客として転がり込んだ。近藤一派が京へ出て新選組を結成すると、藤堂も参加し、副長助勤の要職を割り当てられたのである。

「願いごとの筋からして、おそらく、喜代次という男の後妻が書いたものであろうな」

藤堂平助は新選組隊士のなかでも指折りの、品のいい端整な顔をくもらせた。

「願文を書いた女は、妻子のある男と無理をして一緒になったはいいが、男のほうは血を分けた子供に未練があって、しばしば前の女房のところへ出掛けて行くのであろう」

「ははあ、それで縁切りの安井金比羅宮に、こんな願いをしたわけですね。それにしても、薄気味悪い」

広瀬市之進が首をすくめてみせると、藤堂はとがめるような目をし、

「そんなことを言うもんじゃない、広瀬君。人には誰だって、事情ってもんがある。この女にしたって、なにも好きこのんで絵馬を吊《つ》るしたわけじゃあるまい」

「藤堂さんはお優しいんですね」

「ばかを言うな」

母を早くに亡くしている藤堂は、女人に対する憧れの気持ちが強い。それだけに、絵馬に思いを託す女の身があわれに感じられる。

雨はやまない。地を刺すように降りつづいている。

藤堂平助と広瀬市之進は、ひまにあかせて絵馬をひとつひとつ見てまわった。

――娘が隠れ門徒の衆と縁が切れますように、お願い申し上げます。もとのような娘に戻りますように、どうか新しい良縁が授かりますように、お願いいたします。

願主父母

——宗十郎と千代さんの縁が早く切れますように。また、相性のよい良縁にそれぞれが恵まれますように。

願主母

——久蔵さんが宮川町の女と縁が切れますように。そして、前のように私を大事にして夫婦《めおと》になってくれますように。

願主かめ

などと、いずれも他人《ひと》には言えぬ願いがしたためられている。

市之進は絵馬を見ながら、

「おそろしいですねえ」

とか、

「女の怨念は怖い」

とか声を上げていたが、藤堂はおそろしさよりもむしろ、人というものの哀れさが胸に滲《し》みるのをおぼえた。悩みあってこそ、人ではないか。

「藤堂さん。もし万が一、自分の名前が絵馬に書かれていたら、どうなさいます」

と、広瀬市之進がおどけた顔で、藤堂を振り返った。

「そりゃあ、まあ、いい気持ちはせんだろうな」

「薄気味悪くて、私など、それこそ熱を出して寝込んでしまいますよ」

「さては、広瀬君。身におぼえがあるな」

藤堂が言うと、市之進は冗談じゃありませんよと、あわてたように顔の前で手を振った。

　空が少し明るくなったようである。雨も小降りになってきた。

「それにしても、藤堂さん。いったい、どこのどんな人間が、縁切りの絵馬なんかに願いをかけるんでしょうか。きっと、世をすねた変わり者なんでしょうね」

「いや、そうとばかりは言い切れんぞ。こういうもんは、案外、どこにでもいるようなふつうの人が願かけに来るものさ」

「ふつうの人ですか」

「そうだよ、広瀬君。ふつうの人間だからこそ、他人に言えない悩みや苦しみを心に抱え込んでいるんじゃないか」

「深いお言葉ですねえ……」

　市之進が腕を組み、いたく感心したような顔をした。

「行くか」

「はい」

　藤堂が広瀬市之進をしたがえ、絵馬堂を出て歩きだしたとき――。

　神社の北門のほうから、濡れた青い石畳を踏みしめて小走りに駆けて来る女の姿が目に入った。涼しげな紫苑《しおん》色の紗《しゃ》の袷《あわせ》を、粋《いき》に着こなした若い女である。

　途中までさしてきたのであろう、紫色のあざやかな蛇の目傘を閉じて片手に持ち、素足につっかけた黒塗りの下駄《げた》をカラコロと小気味よく鳴らしながらこちらへやって来る。

藤堂が道をわきへよけてやると、女はちらりと目を上げ、かるく会釈をした。

思わず、はっとするような美人である。

年は二十二、三。目鼻立ちが京人形のように小づくりに整い、肌の色が雪のように白かった。

（いい女だな……）

藤堂はふと足をとめ、女の行くほうを振り返った。

女は、藤堂たちがつい今しがたまで雨宿りしていた絵馬堂に駆け込んでゆく。

何をするのかと見守っていると、女は手にしていた蛇の目傘を御堂の柱に立てかけ、人目をはばかるようにして、ふところから小さな板切れを取り出した。

（絵馬だな……）

藤堂は目を細めた。

女は用意して来た絵馬を、絵馬堂の掛け板に吊るすと、パンパンと軽く手をたたいて願かけをした。それがすむと、こんどは神社の拝殿のほうへ行き、そこでも何ごとか祈願する。

「おどろきましたね、藤堂さん」

広瀬市之進が、藤堂の耳もとでささやくように言った。

「あんな綺麗《きれい》な女が縁切りの絵馬を……。しつこく言い寄ってくる男と、縁を切りたいとでも言うんでしょうかねえ」

「口をつつしみたまえ、広瀬君」

「はっ」

「勝手な憶測でものを言うのはよくないぞ」

広瀬市之進をたしなめながらも、

(いったい、あの女は何を祈っているのだろう……)

藤堂は、一心に祈りをささげる女の白いうなじが目に焼きついて離れなかった。

二

藤堂平助が、安井金比羅宮で見かけた絵馬の女とふたたび出会ったのは、祇園《ぎおん》坂下にある〝山絹《やまぎぬ》〟という茶屋だった。山絹は、新選組局長近藤勇の行きつけの茶屋で、艶福家の近藤はそこに小まんという馴染《なじ》みの芸妓《げいぎ》がいる。

「平助、たまにはおれの遊びに付き合え」

と、近藤に誘われ、藤堂は山絹へ行ったのである。

派手な茶屋遊びが好きな近藤にくらべ、藤堂はどちらかと言えば、芸妓をあげてどんちゃん騒ぎをするのが性にあわない。むろん、酒は人並みに嗜《たしな》むし、女にももてたが、宴席というのが苦手で、結盟以来の新選組幹部でありながら、そうした席にはつとめて顔を出さないようにしていた。

　この日、藤堂が山絹へ行ったのは、局長の近藤に大事な話があると言われたからである。

「近々、わが新選組は大がかりな浪士狩りをおこなう」

　黒紋付きの羽織の袖に両手を突っ込んだ近藤は、にこりともせずに言った。

　十畳ほどの座敷には、近藤と藤堂のほかに誰もいない。近藤が命じて、人払いをしてあるのだ。

　障子の向こうから三味線の音《ね》がきこえてくる。室町《むろまち》あたりの旦那衆が、芸妓に弾かせているのであろう。

「長州《ちょうしゅう》ですか。それとも薩摩《さつま》ですか」

　藤堂は近藤の目を見た。

　京の市中で騒ぎを起こす浪士といえば、長州か薩摩の息がかかったものと相場は決まっている。

「長州だ」

　近藤は、いかつい顎を動かして押し殺すように言った。

「近ごろ、京の町なかで長州の浪士が不穏な動きをみせているとの報告が、監察のほうからあった。それによれば、連中は市中に火を放ち、禁裏《きんり》を占拠しようとくわだてているらしい」

「大それたことを……」

「何かあってからでは遅い。その前に、やつらの根城を襲って、一網打尽にするつもりだ」

「成功すれば大手柄ですな」

「そうだ」

近藤はうなずき、

「君はふだんは物静かだが、いざとなると〝先駆け先生〟とみなに呼ばれるほど勇猛果敢だ。いざ斬り込みとなったら、新入りの若い連中のなかに腰の引ける者もおるだろうが、そうしたときには君が率先して斬り込んでくれたまえ」

「承知しています」

藤堂は口もとを引き締めた。

どうやら、近藤は自分に先駆けせよと言いたくて、わざわざ一席をもうけたらしい。

そんなことを言われなくても、藤堂はいざとなれば、隊士たちの先頭に立って獅子奮迅《ししふんじん》の働きをするつもりである。

「君はいい男だ」

近藤は表情をやわらげて言った。

「江戸以来の仲間として、君のことは信頼している」

すぐに宴席になった。

酒と膳が運ばれ、きらびやかに着飾った芸妓衆がつぎつぎと座敷にすがたをあらわす。

「おお、小まん。こっちへ来い」

近藤が、小柄な芸妓を手招きした。近ごろ近藤がひいきにしている小まんである。

「先生、お会いしとうおしたわァ」

小まんは着物の裾をさばいて座敷に入って来ると、近藤の左隣にすわり、その肩にしなだれかかった。

小まんにつづいて中年増《ちゅうどしま》の女が二人、三味線を持った古株の芸妓が一人、最後に若い女が入ってきた。

「こんばんは」

と、挨拶した女の顔を一瞥《いちべつ》して、藤堂平助は思わず、

——あっ
と、息を呑《の》んだ。

女はつい三日前、広瀬市之進とともに安井金比羅宮の境内で見かけた、絵馬の女だったのである。あのときは芸妓姿ではなかったが、あでやかななかにも憂いをふくんだ色白の顔は、見まちがえようがない。

女のほうでも、藤堂の顔を見覚えていたらしく一瞬、はっと目をみはり、おどろいたような表情をみせた。

だが、すぐにもとの愛想のいい芸妓の顔にもどり、素知らぬふうをよそおって、小ま

んとともに近藤のそばにつく。

（あの女、祇園の芸妓だったのか……）

自分の両脇についた中年増の芸妓二人に酒をすすめられながら、藤堂はその女から目が離せないでいた。

何がおかしいのか声を上げて笑う小まんと近藤の横で、女はひっそりと花のようにほほ笑んでいる。

中年増の芸妓にきくと、女は君香《きみか》という名で、つい最近、この世界に入ったばかりだという。

（絵馬の件といい、何かよほどのわけがありそうだな）

藤堂の見たところ、女の横顔には、どこか寂しげな薄幸の影がただよっていた。

その夜、藤堂平助はいつになくしたたかに酔った。

近藤にすすめられ、江戸で習った新内《しんない》をひとふし唸《うな》ったところまではおぼえているのだが、あとの記憶がない。

喉の渇きをおぼえ、藤堂が目覚めると、そこは宴《うたげ》のあった座敷とはちがう、四畳半ほどの小部屋だった。まだ夜明け前であろう。月明かりが、障子を青白く濡らしている。

（ここは……）

藤堂はゆっくりと身を起こした。

「気ィつかれましたか」

と、女の声がした。見ると、枕元に女がすわり、自分のほうへ団扇《うちわ》で風を送ってくれている。


「大丈夫どすか」

女らしいやさしげな物言いで、藤堂の身を気づかうように言う。

「誰だ、おまえは」

「芸妓の君香と申します」

「君香……」

藤堂は相手の顔をたしかめようとしたが、部屋が暗いのでよく見えない。

「待っておくれやす。いま、火入れますよって」

女が行灯《あんどん》に火をともした。

明かりに浮かび上がった顔は、たしかにさきほどの君香である。

「ここはどこだ」

藤堂はきいた。

「何にもおぼえておへんのどすか」

「ああ」

「あんさまは、お座敷で正体もなく酔い潰れておしまいになり、それで近藤先生が、茶屋のどこか静かな部屋で介抱してやってくれと、うちに頼まはったのどす」

「とすると、ここは山絹か」

「へえ」

「近藤さんは、どうした」

「もう、とっくにほかの芸妓衆を連れてお帰りどすえ」

これはいかん、と藤堂は思った。

局長の招きで茶屋遊びに来たのに、自分のほうが酔って寝てしまったとあっては、面《めん》目《ぼく》丸つぶれである。

藤堂があわてて立ち上がろうとすると、君香が意外な強さで袖を押さえ、

「よろしいやおへんか。近藤先生も明日《あす》の朝まで寝かせてやってほしいと、機嫌よさそうに言っておられましたえ。お言葉に甘えて、ゆっくり休んでいかれたらどうどす」

「そうか」

藤堂は女に言われるままに、座敷に腰を落ち着けた。

飲み過ぎて気分がよくない。近藤がそう言うなら、開き直って休んでいってやれという気持ちになった。もともと放胆なところのある男なのである。

「すまぬが、一杯、水をくれぬか」

藤堂が頼むと、君香は小さくうなずいて席を立ち、しばらくして、白い湯気の立つ大ぶりの湯呑《ゆのみ》を盆にのせてもどってきた。

「梅湯《うめゆ》どす。水よりも、このほうが酔いざましに効きますえ」

よく気の利く女だと、藤堂は思った。

なるほど、ほどよく酸味のきいた温かい梅湯は、胃の腑《ふ》に心地よく染みわたり、酔いによる気分の悪さもしだいに薄れてくる。

「そういえばそなた、このあいだ、安井金比羅宮で願かけをしていたな」

藤堂は、ふと思い出して、絵馬堂でのことを口にした。

「やはりご覧になっておいでどしたか……。お恥ずかしゅうございます」

「立ち入ったことをきくようだが、何か困っていることでもあるのか」

「へえ……」

「介抱してもらった恩もある。よかったら、相談にのるぞ」

「あんさまが？」

「うむ」

と、藤堂がうなずいたのは、決して妙な下心あってのことではなかった。純粋に女の力になりたいと思ったのである。

そんな藤堂の気持ちが伝わったのだろう、君香がぽつりぽつりと、縁切りの絵馬を吊るさねばならなかったわけを語りはじめる。

「うちは石不動之町《いしふどうのちょう》の三雲宗玄《みくもそうげん》という町医者の娘だったんどす」

君香の話によれば、君香はゆくゆくは親の決めた医術見習いのいいなずけと所帯を持ち、親の跡を継ぐことになっていたという。それが、君香の両親が相次いで病死したあと、いいなずけの男がにわかに尊王攘夷《じょうい》の思想にかぶれ、長州や薩摩の浪士たちと行き来しはじめるようになった。

「それだけなら、まだ、よろしおした」

と、君香は眉をひそめてみせ、

「何でも、同志の方々とのお付き合いに要るとかで、実家《うち》の金を勝手に持ち出すようになったんどす。ところが、よくよく調べてみれば、勤王の志士きどりになっていたのは最初のうちだけで、あとは島原《しまばら》の太夫にすっかり入れ上げてしもうて……。あっと気づいたときには、実家の家屋敷まで借金のかたに取られておりました」

「それで、おまえは芸妓になったのか」

藤堂の問いに、君香は目を伏せ、無言でうなずいた。

君香のいいなずけは、君香が芸妓になったのちもしつこくやって来ては、金をせびっていたらしい。思いあまった君香は、どうか悪縁が切れますようにと、安井金比羅宮に絵馬を奉納しに行ったというのである。

「きけばきくほど、ひどい男だな」

藤堂は、つね日ごろ冷静なこの男にはめずらしく、義憤にかられて頬を紅潮させた。

「よし。このおれが、おまえのいいなずけとやらに、ひとこと意見をしてやろう。なに、新選組の者が来たと言って脅してやれば、震え上がって料簡《りようけん》をあらためるさ」

「いいえ。その話なら、もうよろしいんどすえ」

「なぜだ。おれに遠慮をしているのか。だったら、気づかいは無用だぞ」

「いいえ、ほんとうに」

と、君香は目を上げ、

「うちのいいなずけは、あの絵馬を吊るしに行った次の日、酔ったはずみに堀川《ほりかわ》へ落ちて溺れ死にました。だからもう、あの男のことで、うちが悩まされることは金輪際おへんのどす」

「そうか、男が死んだか……」

「へえ。金比羅宮さまのご利益どすやろか」

君香は藤堂がびっくりするほど妖艶な笑みを浮かべた。

その夜、藤堂平助は君香を抱いた。

三

半月後――。

藤堂平助は祇園の芸妓君香を、人に隠れてこっそりと囲うようになった。

新選組では、屯所で共同生活を送る平《ひら》隊士は外泊を禁じられているが、藤堂のような幹部ともなれば、外に女を囲うのは自由だった。

ましてや藤堂は独り者である。冷やかされこそすれ、人に後ろ指をさされるようなことはない。それでも藤堂は隊の者に知れるのが嫌で、できることなら内緒にしておきたかった。

「ええ家やわァ」

藤堂が用意した仕舞屋《しもたや》を見て、君香は小娘のように嬉《うれ》しそうな顔をした。

その家は、東大路松原上ル東入ル《ひがしおおじまつばら》、俗に夢見坂《ゆめみざか》と呼ばれるあたりにあった。ヤツデの葉があおあおと茂る庭から、隣家の屋根越しに八坂《やさか》の塔の上半分が見える。

「気に入ってくれたか」

「気に入ったどころやおへん。うちみたいな女に、こんなええ家まで用意してくれはって……。そのお気持ちだけで、君香は嬉しゅうございます」

縁側に立ち、藤堂のほうを振り返った女はうっすらと涙ぐんでさえいる。

「ばかだな。泣くやつがあるか」

藤堂は照れ隠しに、わざとぶっきらぼうな口調で言った。

家は、十畳間と四畳半、それに三畳間がついており、女の一人暮らしには広すぎるくらいの間取りである。もと、狩野《かのう》派の絵師が住んでいたのを買い取っただけあって、床の間のこしらえや透かし彫りの欄間ひとつにも、どことなく雅趣があった。

藤堂は座敷にどっかと腰を下ろし、

「おれも、隊務の合間をみては、ここに通ってくる。むろん、毎日というわけにはゆかぬが、二日おきくらいには来れるだろう」

「ほんま？」

「ああ、ほんとうだとも」

「嘘《うそ》やおへんな」

「武士に二言があるものか」

何度も念を押す君香に、藤堂は笑ってこたえてやった。京の女にはめずらしい君香の情の濃さが、たまらなくかわいくもある。

古来、京の女は、

——好いても惚《ほ》れぬ
といわれる。

表面は誰にでも愛想よく振る舞っているが、心底、男に惚れたりはしない——というのである。都の水で洗われた女ならではの、人あしらいのうまさというものであろう。

だが、それはあくまで、京女が男に惚れなかった場合のことである。いったんこれはと見込んだ男に惚れてしまえば、京の女は人変わりしたかと思うほど情熱的になる。とことん惚れ抜き、濃い情念を男にそそぎ込む。

——京の女は惚れたら百年目、惚れられたら百年目
という言葉もある。日ごろ、自分を押さえながら生きているだけに、そのたがはずれたときに溢《あふ》れ出る情念も、椿《つばき》の蜜のように濃いのである。

「それより、君香。障子をしめてこっちへ来い」

「へえ」

君香は言われたとおり、障子をしめて藤堂のそばにやって来ると、寄り添うようにすわった。

入れ替えたばかりの真新しい畳の匂いにまじって、女がふところに忍ばせた匂い袋の甘い香りが鼻をつく。

藤堂は、君香の華奢《きやしや》な身体《からだ》を畳に押し倒した。

「いけまへん、こんな昼間から」

「よいではないか。ここでは、人に遠慮することもない」

「そやけど……」

まだ何か言おうとする女の口を、藤堂はおのが唇でふさいだ。君香の帯を解き、近江《おうみ》上布《じようふ》の着物と長襦袢《ながじゆばん》の前をはだける。

素肌につけた肌着をめくると、乳房がこぼれ出た。細身の体には似合わず持ち重りするほどの豊かな乳房である。

藤堂は、きめの細かな女の肌に指を這《は》わせ、乳房全体をゆっくりと揉《も》むように愛撫《あいぶ》した。

――あっ
と、君香が小さく声を上げ、喉をのけぞらせる。

(感じているな……)

藤堂はうれしくなり、腰に巻かれた湯文字《ゆもじ》を解いて、太腿《ふともも》のあいだの女の秘《ひ》め処《どころ》をさぐった。

「嫌やわァ……」

顔を上気させた君香が、ため息ともつかない声を洩《も》らす。

「何が嫌なんや」

と、藤堂もつられて上方言葉《かみがた》になる。

「声が、声が洩れてしまいます」

「もっと声を上げさせてやる」

藤堂がおのが着衣を脱ぎ捨て、女の体を押し割って入ると、君香は狂ったように惑乱し、

「あんさま、首を絞めて……」

と、あえぎながら訴える。

「首がどうした」

「絞めておくれやす、首を」

「ほんとうに、首を絞めるのか」

藤堂がきくと、女は髪を振り乱してうなずいた。

これまでの交わりのときもそうだったが、君香はいたぶられ、苦しめられ、なぶられることを望んだ。藤堂が手荒にあつかえばあつかうほど、喜びが深まるようである。

藤堂は女と体をつなげたまま、左手を畳について体をささえ、右手で女の首をかるく

絞めてやった。

「もっと、強う」

「死んでしまうぞ」

「死んでもいい。あんさまの手で死ねたら本望やわァ……」

藤堂はさらに力を込め、君香の首を絞めた。

女の顔に苦しみとも喜びともつかない、複雑な歓喜の表情がひろがった。雨上がりの虹のごとく頬がかすかに紅色に染まり、閉じた下瞼《したまぶた》がヒクヒクと痙攣《けいれん》して小さくふるえる。眉間にきざまれた深い縦皺《たてじわ》と、なかば開きかけた、赤い唇は、このうえない淫蕩《いんとう》さをたたえていた。

頂点に達する寸前の凄絶な君香の姿を見て、藤堂は女というものの底知れぬ深淵《しんえん》をのぞいたようで、一瞬、背中に冷や水を浴びせられたような感じがした。

ことがすんだあとも、君香は目を閉じたまま動かなかった。

「大丈夫か、君香」

藤堂はあわてて、女の頬を平手でたたいた。

死んだようにぐったりとしていた君香の顔に血の気がさし、やがて、女はまぶしそうに目を細くあけた。

「うち、おかしいんやろか」

「おかしいとは、何が」

「だって、うちがあんまり変なお願いをするから……」

「誰にだって癖というものはある。おれは、おまえが喜ぶ姿を見るのが嬉しいんだ」

遠くで、鐘の音がした。暮れ六つを知らせる清水寺《きよみずでら》の鐘であろう。

藤堂は身を起こし、肩に襦袢を引っかけた。

「今夜は、ここに泊まっていってくださりませんの」

「ああ。仕事がある」

「寂しいわァ。こんどお出《い》でになるときは、もぎ茄子《なす》の煮付けと、じゅんさいの吸い物でも作っておきます。きっと、早くいらしてくださいませね」

「約束しよう」

身じまいをととのえ、両刀を腰にたばさんだ藤堂平助は女の家を出た。

すでに祇園祭の季節である。

薄い闇の立ち込めた京の町なかを歩きながら、

（いずれ、あの女と所帯を持ってもいいかな……）

藤堂は思った。

君香はいい女である。女房にしたら、きっとうまく家内を切り盛りするだろう。死んだいいなずけから君香が受けた心の傷も、自分なら癒してやれるという自信が、藤堂にはあった。

祇園祭の山鉾《やまぼこ》が立っている京の町なかをぶらぶらと歩き、壬生《みぶ》の屯所の近くまで来た

とき、

「藤堂さん、藤堂さんーッ！」

とっぷり暮れ落ちた道の向こうから駆け寄ってくる者がいた。平隊士の広瀬市之進である。

「ずいぶんお探ししましたよ、藤堂さん」

市之進は息をはずませて言った。

「何かあったのか、広瀬君」

「はい。とにかく、屯所に戻るようにとの局長の命令です」

「わかった。すぐに行く」

四

その夜の深更、新選組副長の土方歳三《ひじかたとしぞう》らとともに壬生の屯所を出た藤堂平助は、高瀬《たかせ》川《がわ》ぞいの商家枡屋《ますや》を襲い、あるじの枡屋喜右衛門《きえもん》を捕縛した。

枡屋喜右衛門とは、じつは勤王の浪士古高俊太郎《ふるたかしゅんたろう》の変名で、新選組は翌早朝になって彼の自白から、重大な情報を得た。それは、同日の夕刻、長州をはじめとする尊攘《そんじょう》浪士の過激派が、三条縄手《なわて》の四国屋、または三条小橋の池田屋で秘密の会合を持つというものだった。

「すわ、不穏の浪士たちを一網打尽にする絶好の機会」

とばかりに、新選組は色めきたった。だが、肝心の会合が四国屋、池田屋のいずれでおこなわれるか分からない。

局長の近藤勇は隊を二手に分け、四国屋へは副長の土方を指揮官とする十数人をやり、みずからは沖田総司《おきたそうじ》、原田左之助《はらださのすけ》、永倉新八《ながくらしんぱち》をはじめとする六名の手だれをひきいて池田屋へ向かった。

藤堂平助は、精鋭ぞろいの近藤隊に加わった。むろん、北辰一刀流の剣の腕を見込まれてのことである。

京の町なかを走って池田屋に急行した近藤隊は、到着するなり、まずは局長の近藤がくぐり戸をあけて土間へ踏み込んだ。

「主人はおるか！　御用改めだッ」

突然の新選組の急襲におどろいた宿のあるじは、あわてて二階へつづく階段の下に駆け寄り、上で会合をしていた浪士たちに急を告げた。だが、車座で議論しながら酒を呑んでいた浪士たちに、あるじの声は、届かなかった。

この騒ぎに、遅参した同志が来たものと勘違いした土佐《とさ》藩浪士北添佶麿《きたぞえよしまろ》が座敷から顔を出し、ちょうど階段を駆け上がろうとしていた近藤と視線を合わせた。

「敵だァ！」

と、北添が声を上げるより早く、近藤はどっと階段を駆けのぼり、愛刀虎徹《こてつ》を抜きざま、北添の頭から肩にかけて一文字に斬り下ろした。もんどりうって、北添が倒れる。

突然の闖入者《ちんにゆうしや》に、酒を呑んでいた浪士たちが騒然となった。

このときすでに、藤堂平助は刀を抜き、近藤につづき、沖田総司、永倉新八とともに二階へ駆け上がっている。

階段をのぼりつめた藤堂に、横合いから、半槍《はんやり》を持った浪士が突きかかってきた。藤堂は相手の槍の柄《え》をたたき斬り、肩口から袈裟《けさ》がけに斬り捨てる。

一階の見張りに立った原田左之助、谷三十郎《たにさんじゆうろう》らをのぞき、わずか四人の手勢しかない新選組に対し、敵方はじつに四十人近い。だが、その人数の大半は、藤堂らと刃《やいば》を交えようともせず、窓の手すりを乗り越えて、つぎつぎと庭へ飛び下りはじめる。新選組が大人数で捕縛に来たと思ったのである。

藤堂は廊下を進み、さらに二人斬った。

これまで経験したことのないほどの大捕物である。敵と斬り結びながら、胴ぶるいがする。

近藤、沖田らは、と座敷のほうを見ると、両人とも鬼神のごとき形相で斬りまくっていた。

（よし、おれも……）

藤堂は血刀を引っさげ、座敷へ踏み込んだ。

と、そのとき——。

屏風《びょうぶ》のかげで人影が動いた。

――あっ
と思ったときには、横から額を斬りつけられていた。

さいわい、かぶっていた鉢金《はちがね》に刃が当たって致命傷にはいたらなかったが、眉間から小鬢《こびん》を斬られ、目の前が噴き出る血で真っ赤に染まる。

藤堂は廊下に倒れ、気を失った。

元治《げんじ》元年六月の池田屋事変で、新選組は勤王の浪士を一網打尽にするという大手柄をたてた。新選組の雷名は、この事件をきっかけに、にわかに天下にとどろきわたった。

藤堂の受けた傷は、深手だった。

その夜のうちに、壬生の新選組医療手当所の浜崎大輔《はまさきだいすけ》宅へ運ばれ、縫合手術を受けた。

「傷がふさがるまでのあいだ、当分、安静にしているように」

飄々《ひょうひょう》とした風貌の浜崎老医師が告げた。

言われなくても、藤堂は身動きができなかった。傷のために高熱を発し、三日三晩うなされたのである。

床《とこ》に伏せているあいだ、しばしば夢を見た。

君香が、ふざけながら自分の首を絞める夢だった。

(よせ、君香。苦しいではないか……)

藤堂は、夢のなかで悪ふざけする女の手を払いのけようとしたが、金縛りにでもあったように体が動かない。

（よせ、よせと言うのに……）

苦しさのあまり、はっと目をさますと、そこに君香の白い顔があった。

「気ィつかれましたか」

君香がほっと安堵《あんど》したような表情をみせた。

いつかどこかで、同じ言葉をきいたような気がする。たしか、君香とはじめて結ばれた夜のことだった。

「ずいぶんうなされておいやした。心配しましたえ」

「君香……。どうしておまえがここにいる」

「すぐそこの、新選組の屯所へ行って、あんさまのことをきいたんどす。しばらく音沙汰がなかったから、お怪我《けが》でもしはったんかと、いてもたってもいられのうなって」

「見てのとおりのざまだ」

白い晒《さらし》の巻かれた顔をしかめ、藤堂は吐き捨てるように言った。

「そやけど、局長の近藤はんは、このたびのあんさまの働きを、えろう褒めてはりましたえ」

「おまえ、近藤局長に会ってきたのか」

「へえ。ついでに、うちらが一緒に暮らしはじめていることも、それとのう、お知らせしておきました」

「勝手なことをするな」

藤堂はむっつりと黙り込んだ。

自分の私生活を、他人に知られるのは気持ちのいいものではない。君香が屯所に押しかけ、自分との関係を打ち明けたことを、近藤はどう思ったであろうか——。

局長の近藤や副長の土方とはむかしからの付き合いだが、彼らは自分たちとは剣の流派の違う藤堂のことを、どこかさめた目で見ているようなところがあった。藤堂のほうも、近藤たちのことを頭から信頼しきってはいない。

「とにかく、二度と屯所へ顔を出すようなまねはするな。わかったな」

「へえ」

と、うなずきながらも、君香は心のうちで承服しかねるといった顔をした。

来るなと言ったにもかかわらず、君香は毎日のように壬生の浜崎宅へ見舞いにやって来た。もともと医者の娘だけに、傷の手当は浜崎家の看護人も舌を巻くほどに手慣れていて、

「病人には、もっと精のつくもん食べさせなあきまへん」

などと、看護人に文句をつけ、みずから鰻雑炊《うぞうすい》や薯蕷汁《とろろじる》をこしらえて来たりする。身動きできない藤堂のために、木の匙《さじ》で鰻雑炊をすくい、自分で一度口にふくんでから藤堂に口うつしで食べさせた。

人の手前、

「やめろ」

と、藤堂は拒否するのだが、火傷《やけど》しはったらどないしはりますと言って、君香はきかないのである。

——藤堂の口うつし

といえば、新選組隊内で誰知らぬ者がないほどの評判になった。

男社会の新選組では、性惰弱《せいだじやく》をもっとも嫌う。惰弱というだけで〝士道不覚悟〟の名のもとに粛清された隊士も数多くいる。

君香の気持ちはありがたかったが、それも度を越えれば、藤堂にとってしだいにわずらわしいものになってくる。

一月後、藤堂は床から起き上がれるようになった。怪我で寝ていたあいだの遅れを取りもどすべく、藤堂はよりいっそう隊務に励んだ。

そんなときである。

「藤堂君。新規隊士募集のため、江戸へ行ってくれぬか」

と、局長の近藤勇に言われたのは——。

五

藤堂が江戸行きの一件を打ち明けると、君香は見るも気の毒なほど打ちしおれた表情をみせた。

「せっかくお怪我がようならはったのに、こんどは江戸へ行っておしまいにならはるんどすか」

「なに、江戸へ行くといっても、わずか半年ばかりのことだ。すぐに京にもどって来るさ」

「ほんまに……。半年で帰って来てくれますの」

「こんどの江戸での隊士募集はかなり大掛かりのものになる。半年、いや、もっと長くかかるかもしれんな」

　先日の池田屋事変で、新選組の盛名はすでに天下に隠れなきものになっていた。その後の隊の拡大にともない、腕の立つ隊士が大量に必要になったため、江戸の剣術道場に顔のきく藤堂が選ばれて、隊士募集の任にあたることになったのである。

　応募してきた者をいちいち吟味しなければならないから、そうとうに時間はかかる。へたをすれば、向こう一年は江戸に滞在しなければならないかもしれない。

　江戸に思いをはせ、遠い目をする藤堂に不安を感じたのか、君香が膝をにじらせ、

「もしかして、あんさま、江戸にいい人でもいてはるのんとちがいますか」

「いきなり何を言い出すんだ」

「そやかて、うちと離れ離れになるのに、ちっとも寂しそうな顔をしてはらしまへん」

「おれだって、むろん寂しいさ。だが、仕事は仕事だ。きっと、早く終わらせて京へ帰

ってくるから」

「嘘や」

君香が、きつい目で藤堂をにらんだ。

「あんさま、もう、うちのことが嫌いにならはったんや。それで、江戸へ行くのにかこつけて、うちと別れようと考えてはる」

「君香、いいかげんにしろ。おれがいつ、おまえと別れると言った」

「だったら、うちを一緒に江戸へ連れて行ってください」

「おい……」

女の訴えには、さすがの藤堂も困りはてた。

だいたい、今度の江戸行きはただの物見遊山ではない。れっきとした隊の公用である。それを一緒に江戸へ連れて行けなどとは、わがままにもほどがある。

「しばらくの辛抱だ。京で待っておれ」

「それが辛抱できへんから、こうしてお願いしてますのや。どうか一緒に」

「だめなものはだめだ」

藤堂が突き放すように言うと、女は突然、わッと畳の上に泣き伏し、なおも涙ながらにくどくどと藤堂をかき口説いた。

女の取り乱した姿を眺めながら、

（君香とは、もうこれで終わりになるかもしれぬな）

藤堂は、にわかに心が冷えていくのをおぼえた。

かつては、いとしいと思った女の情念の強さも、いまはただの重荷としか感じられない。蜘蛛《くも》の巣に搦《から》め捕られてしまったような、息苦しさだけがある。

(とにかく、一刻も早く江戸へ行きたい)

藤堂は思った。江戸へ行って、少し頭を冷やさねばならない。

藤堂平助は、女となかば喧嘩《けんか》別れをするようにして、単身、江戸へ下った。

一年半ぶりの江戸である。

藤堂は、京の湿った風土も決して嫌いではなかったが、いったん江戸へもどってみると、江戸のがさつな乾いた空気のほうが肌にしっくりとなじむような気がする。

江戸に着いて早々、藤堂は隊士の募集をはじめた。

池田屋事変の噂《うわさ》は、江戸でも評判になっており、初日から入隊希望者が殺到した。藤堂は労を惜しまず、一人一人面接し、みずから竹刀《しない》で試合をして剣の腕をためしてから、合格した者のみ、順次、支度金を持たせて京へ旅立たせた。

面接につぐ面接の日々で、女のことなど思い出す暇もないほどの忙しさである。

そんなある日、藤堂はみずからの運命を決定づけることになる大物を、新選組に勧誘することに成功した。

深川佐賀町《ふかがわさがちょう》の道場主、伊東甲子太郎《いとうかしたろう》。藤堂とは同門の北辰一刀流の剣客である。

伊東は剣の腕のみならず、学問のほうでも盛名が高く、当時一流の尊王攘夷の論客として、諸国の浪士のあいだでつとに名を知られていた。その伊東甲子太郎以下、いずれも手だれぞろいの門弟七人を、藤堂は同門のよしみで新選組に引き入れたのである。

それまで、隊内に北辰一刀流の流れをくむ幹部は、藤堂のほか山南敬助《やまなみけいすけ》ただ一人しかいなかったから、伊東一派の加入は藤堂にとっても、おおいに歓迎すべき出来事だった。

（彼らは他流のおれを、心の底から信じきっていないのではないか）

身内の天然理心流《てんねんりしん》の者ばかりを信頼する近藤や土方らのやり方に対し、藤堂は疑問を感じはじめていた矢先であった。

新選組に入隊した伊東甲子太郎は、藤堂より一足先に京へ上り、局長の近藤勇から参謀という特別職を与えられて歓迎された。

隊士募集の任務をおえた藤堂平助は、九ケ月ぶりに京の土を踏んだ。

帰ってすぐ、藤堂が夢見坂の君香のところへ行かなかったのは、隊務が忙しかったせいもあるが、江戸へ発《た》つ前の喧嘩別れのことが心に引っ掛かっていたからであった。しかし、一月たち、二月がたつと、藤堂はしだいに君香の肌の匂いがなつかしくなってきた。

（さぞや恨んでいるだろうな……）

君香の気性からして、藤堂が江戸へ去ってからは、それこそ責め苦を受けるような辛《つら》い日々であったにちがいない。

考えてみれば、君香が取り乱したのは、それだけ女が自分に惚れ抜いていたあかしではないか。決して君香自身に悪気があったわけではない。

（たずねてみるか）

藤堂は非番の日、君香と暮らした夢見坂の仕舞屋へ足を向けてみた。

しかし、君香は半年も前に家を引き払っていて、隣に住んでいる家主にきいても女の行く先は杳《よう》として知れなかった。

（どこへ行ったのだ……）

女がいなくなればいなくなったで、にわかに執着心が湧くのが男の身勝手さである。

藤堂はその日一日、君香の立ちまわりそうなところを足を棒にして探し歩き、いよいよ探しあぐねて祇園の茶屋山絹をたずねた。茶屋のおかみに聞けば、女の消息がわかるかと思ったのである。すでに日はとっぷり暮れ、軒行灯のともった祇園の小路を酔客がそぞろ歩く時刻になっている。

藤堂が山絹の前まで行くと、ちょうど、のれんを押してどこかの藩の留守居役らしい侍が外へ出てくるところであった。侍のあとから、二、三人の芸妓衆が客の見送りに顔を出す。

藤堂は女たちのなかに、忘れもしない君香の白い顔を見つけ、

――あっ
と、息をのんだ。

なんのことはない、君香はもとの芸妓にもどっていたのである。

客を送り出した君香が、暗がりに立っている藤堂に気づき、瞬間、いまにも泣き出しそうな顔をする。

「会いとうおした、藤堂はん」

君香は着物の裾を乱し、ころぶように駆け寄ってくると、人目もはばからず藤堂の胸にすがりついてきた。

その夜、藤堂は安井金比羅宮の出逢《であ》い茶屋《ぢゃや》で一夜をともにした。

君香は藤堂に去られてしばらく、家に閉じこもって抜け殻のような暮らしを送っていたが、見かねた茶屋のおかみが外に出るように声をかけ、それがきっかけでもとのお座敷に出るようになったのだという。

「でも、ほんま言うて、どんなお座敷によばれても、うちが思っていたのはあんさまのことだけどす。風の噂に、また京へもどらはったときいて、どれほどお顔を見たいと恋い焦がれていたことか」

「おれも、おまえに会いたかったぞ」

藤堂は言い、女との交わりを急いだ。

男を受け入れた君香は、以前よりも、いっそう激しく悶《もだ》え、ほとんど正気を失ったのではないかと思うほどに惑乱する。

「また、首を絞めて」

藤堂の体の下で、君香がもとめた。

望みどおり首を絞めてやると、君香は凄《すさ》まじい歓喜の表情をみせ、

「このまま、うちと死んで……。もう、あんさまのこと、離さしまへん」

苦しい息の下から、途切れ途切れにうめくように言った。

藤堂は夢中になってなおも首を絞めようとしたが、ふと、忘我の境をさまよう女の白い手が、枕元に脱ぎ散らかされた着物のあいだをまさぐっているのに気づいた。

あっと思う間もなく、女の手がきらりと光る刃物を握り、自分におおいかぶさっている藤堂の首筋めがけて突き立てようとする。

「何をするッ！」

藤堂はとっさに、女の手を払った。

君香の手から小刀がはじけ飛び、畳の上を転々ところがっていく。

「おまえという女は」

藤堂は一瞬にして興がさめ、女から身を離した。

「おまえ、おれを殺そうとしたのか」

「かんにんえ、かんにんえ……。こうでもせえへんと、あんさま、また、うちの手の届かんところへ行ってしまう。そやから、あんさまを殺してうちも一緒に死のうと……」

嗚咽《おえつ》を洩らしながら、床《とこ》の上をのたうつ君香の裸身は、藤堂の目に得体の知れぬ化け物のように映った。いくら自分にぞっこん惚れ込んでくれていても、殺されてしまったのではたまらない。

「君香、おまえとはもうこれきりだ」

「藤堂はん……」

「短い縁だったが、達者で暮らせ」

そそくさと身じまいをととのえ、部屋を出て行こうとする藤堂の背中に、

「うちのこと、捨てはるんどすか。ひどい、そんな藤堂はん、ひどい……」

君香が喉の奥からしぼるような言葉を投げつけたが、藤堂は二度と振り返ろうとはしなかった。いや、振り返ることができなかった。君香の顔を見るのがつらかったのだ。

藤堂はそれきり、君香には会わなかった。

女は幾度か、屯所に藤堂をたずねて来たようだが、藤堂はそのたびに居留守を使い、顔を合わせないようにした。毎日のように届けられる女からの文も、ろくに読みもせずに破り捨てた。

二年後の慶応《けいおう》三年、藤堂平助は伊東甲子太郎以下、十数名の隊士とともに、新選組を離脱した。

建前でこそ勤王と称しているが、実態は幕府の〝犬〟に成り下がっている殺戮《さつりく》集団、新選組に愛想がつきたのだ。伊東には、真の勤王をめざしたいという理想があり、藤堂はその伊東の考え方に深く共鳴したのである。

伊東甲子太郎一派は、孝明天皇から、

——御陵衛士《ごりょうえじ》

の職を拝し、東山高台寺月真院《ひがしやまこうだいじげつしんいん》に本拠をおいた。世に言う高台寺党である。

藤堂は、この新選組とはまったく思想性の異なる集団のなかで、あらたな人生を切り開くことを夢見た。が、結成からわずか半年後、高台寺党は無残に瓦解していく。

慶応三年十一月、高台寺党の首領伊東甲子太郎、新選組により斬殺。

伊東の死骸は七条油小路《あぶらのこうじ》の路傍にさらされ、同日夜、亡きがらを引き取りに来た藤堂平助ら高台寺残党と、彼らの殲滅《せんめつ》をはかる新選組とのあいだですさまじい斬り合いがはじまった。

高台寺党七人に対して、新選組は四十人あまり。

藤堂は斬りに斬り、勇猛果敢に闘ったが、多勢に無勢、ついに追いつめられて逃げ場を失った。

そのとき、敵方にいたかつての同僚永倉新八が、

「行けッ、藤堂」

と、道をあけた。

どうやら、昔のよしみで藤堂を逃がそうとしているらしい。

（すまぬ……）

藤堂は永倉のあけてくれた退路を走った。

ところが、事情を知らない新入り隊士の三浦常太郎《みうらつねたろう》が、逃がすものかとばかりに背後からいきなり斬りつけてきた。

――わッ

と、よろめいたところへ、立てつづけに数太刀《たち》浴び、藤堂はついにこらえきれず、どっと道ばたへ倒れた。

藤堂平助、わずか二十四年の短い人生であった。

油小路の事件から数日後――。

安井金比羅宮境内の絵馬堂で、一枚のやや古色をおびた絵馬を手に、声を殺して忍び泣いている女の姿を見た者がある。

通りすがりの者がわけをたずねても、女はただかぶりを振り、うちのせいや、うちのせいであの人は死んだんやと、うわごとのように同じ言葉を繰り返すだけだった。

その絵馬の裏には、

――藤堂平助さまと新選組の縁が切れますようにお願い申し上げます　願主君香

と、書かれていたという。

さらば新選組
――土方歳三――

三好　徹

三好《みよし》　徹《とおる》（一九三一〜）

昭和六年、東京に生まれる。横浜国立大学経済学部卒。読売新聞の記者を経て、昭和四十一年から専業作家となる。昭和三十四年に、三好漠名義で投稿した「遠い声」が、第八回文學界新人賞の次席に入選、翌三十五年の長篇『光と影』でミステリーに、『風は故郷に向かう』で日本では不毛だったスパイ小説に挑み、昭和四十二年には、スパイ小説第三作『風塵地帯』で、第二十回日本推理作家協会賞を受賞した。昭和四十三年『聖少女』で第五十八回直木賞受賞。時代小説や評伝小説にも、優れた作品が多い。

「さらば新選組——土方歳三——」は「小説宝石」（昭57・10）掲載、『さらば新選組』（光文社　昭60刊）に収録された。

1

いわゆる断髪廃刀令が出た明治四年八月、維新政府の大官たちは、国民に範をたれる必要もあって、大半のものがそれまでの総髪からざんぎり頭になった。もうチョンマゲの時代ではない、というわけである。江戸城の主《あるじ》が将軍から天皇に代わり、幕府の役人に代わって薩長《さっちょう》の官員がハバをきかすようになっていても、江戸の庶民たちは、さほど時代の移り変わりを感ずることはなかったが、この風俗の一大変化だけは、何よりも雄弁に新時代の到来を象徴するものだった。

しかし、ざんぎり頭を叩《たた》いてみれば、文明開化の音がする、というざれ唄が流行したのは、それから一、二年たってからである。当初は、やはり抵抗があって、断髪にするものは、ほとんど官員だった。

大官のなかでも、三条《さんじょう》や岩倉《いわくら》らは、総髪のままだった。率先したのは、木戸《きど》、大久保《おおくぼ》、大隈《おおくま》、伊藤《いとう》らである。

ざんぎり頭となると、それまでの総髪と違って、月に一、二度は、どうしても散髪しなければならなくなる。大官連中の大半は、散髪の技術を覚えた髪結い職人を役所に呼びつけて、頭の手入れをした。しかし、木戸だけは銀座の床屋へ出かけて行った。

ほかの大官連中がそうしなかった第一の理由は、暗殺を惧《おそ》れたからである。不平士族が巷《ちまた》に溢《あふ》れており、市中の治安は決して万全ではなかった。なにしろ東京警視庁ができたのは、三年後の明治七年なのである。だが、木戸は、若党一人を連れただけで、平気で銀座を歩いた。

木戸の側近もそれを心配して、

「ああいう危ないことをなさる先生の気持ちがわからない」

といった。すると、福地桜痴《ふくちおうち》が、

「なアに、京洛《きょうらく》で新選組の近藤《こんどう》につけ狙われていたころのことを思えば、何ほどのこともないだろうさ」

と評した。

福地は、元来は幕臣である。天保《てんぽう》十二年、長崎の生まれで、少年時代から神童といわれた。蘭学、英学に通じ、のちにはフランス語もよくした。幕府瓦解のときは、将軍が大統領に就任して、独裁権をもつ方策によるべきである、と建言した。

その福地がどうして木戸の側近になったかというと、木戸に命を助けられたからである。福地は、慶応《けいおう》四年の四月に「江湖《こうこ》新聞」を発行して、官軍批判をくりひろげた。

彰義《しょうぎ》隊の戦いが終わった三日後の五月十八日に福地は、池之端《いけのはた》の自宅から引き立てられた。

一応の調べがあって、斬罪。官軍側も、気が立っていた。ところが、木戸が処刑を中止させたために、福地は九死に一生を得た。木戸は、洋学に通じた福地の才幹を惜しんだのである。以来、福地は木戸のために尽くすことが多かった。

明治四年十一月十二日、岩倉使節団は欧米に向けて横浜を出帆したが、福地も随員として同行した。木戸も大久保も副使としていっしょである。福地は、このとき大蔵省書記官で、大蔵卿《きょう》は大久保だったから、その部下ということになるが、彼は大久保がきらいで、もっぱら木戸の船室に出入りした。

木戸は、銀座歩きに関する福地の言葉を聞いていて、

「それは、ちと違う」

といった。

福地は納得しなかった。よく知られているように木戸は、桂小五郎《かつらこごろう》のころ、斎藤弥九郎《さいとうやくろう》の錬兵館《れんぺいかん》で塾頭をつとめたことがある。塾頭は、学問もさることながら、何よりも剣技に秀でていなければ、つとまらない。じじつ、桂の剣は、江戸でも評判だったのだ。錬兵館に比べると、近藤の天然理心流《てんねんりしんりゅう》試衛館《しえいかん》は、いなか道場だった。まともな勝負なら、桂が負けるはずはない、と福地は思っている。現に木戸は、池田屋の変のとき、乱刃をかいくぐって、その難を逃れ得たではないか、といった。

木戸は答えずに黙っている。

福地はなおもいった。

「自分はじつは若いころ、近藤の門に入ろうとしたことがあります。土方《ひじかた》も沖田《おきた》も、みな知っているのです」

ほう、というように木戸は福地を見た。

福地は、事情を知らぬ相手には、ほらをふくことがある。しかし、これは事実だった。福地の書いたものによると、近藤のところへ行ったのは、文久《ぶんきゅう》二年の暮れから翌年二月ごろまでの間だったらしい。つまり、近藤らが上洛して新選組を結成する直前である。

福地によると、

「近藤勇《いさみ》というと、世間では年中、自慢の虎徹《こてつ》の鯉口《こいぐち》をくつろげて、たえず人を斬ろう斬ろうとしている人物であったように思っているらしいが、どうして、決してそんな人物ではなかった」

という。また、土方については、

「ちょっと商人ふうなところがあり、おまけに色も白ければ、なで肩の少し猫背がかってはいたが、身長もすらりとした、あの仲間内では男っぷりもよい方である上に、人との応対にも抜け目なく、かつ如才なかった男だけに、少しく気障《きざ》なところがないでもなく、人によって毛ぎらいするものもかなりあったようで」

と書いている。

福地は、何度か小石川小日向町《こいしかわこひなたちょう》の道場へ遊びに行き、たまたまそこへきていた伊庭《いば》八郎《はちろう》や、道場に居ついている永倉《ながくら》、藤堂《とうどう》、沖田らとは親しく口をきいたが、土方とは、ほとんど口をきかなかった。

福地はのちに「東京日日新聞」（いまの毎日新聞）の主筆から社長になった、いわば新聞記者の草分けの一人で、その観察眼はなかなか鋭いものがあるのだが、近藤に比して、土方に対しては、やや軽い印象をもっていたらしい。もしかすると、武骨な近藤には、いかにも武芸者らしい感じがあるのだが、土方は役者にしたいような好男子だったので、その印象を誤ったのかもしれない。

じっさい、土方が好男子だったことについては、今日も残っている一枚の写真からもうかがえるし、彼をよく知るものたちの証言でも裏付けられている。

「黒髪がふさふさと漆のようで、顔が役者のように優しく……」（篠原泰之進《しのはらたいのしん》〔のち秦《はた》林親《しげちか》〕遺談「新選組始末記」）

「土方は役者のような男だとよく父がいいました。眼《め》がぱっちりして引締った顔でした。むっつりしていて、あまりものをいいません。近藤とは一つ違いだとのことですが、三つ四つは若く見えました」（八木為三郎《やぎためさぶろう》老人壬生《みぶ》ばなし「新選組始末記」）

木戸も土方を知っている。だが、彼は福地のお喋《しゃべ》りを聞いても、無言を保った。

池田屋の変で、福地は、木戸が乱刃の下をかいくぐって脱出したようにいっている。しかし事実はそうではなく、木戸は、たしかにいったんは池田屋の会合に出るつもりで現われたが、時間が早かったために、対州《つしゅう》屋敷に用を足しに行った。そのため、近藤らが踏み込んできたときには、いなかった。そのことは、いまではよく知られているが、明治四年の時点では、そうではない。大多数の人が福地と同じように考えていた。

木戸が池田屋にいなかったことが知られたのは、明治七年に木戸みずからが書いた「自叙」によってである。

「五月六日会桑《かいそう》及び新選組等暴《あからしま》に長州人《ちようしゆうじん》を捕縛し、或《あるい》は撃殺せり。長人大いに怒る。孝允《たかよし》等も此《この》夜旅店池田屋に会するの約あり、初夜五ツ時此屋に至る。同志未《いま》だ来らず。依《よっ》て一《ひとまず》去て又来らんと欲し、対州の別邸に至る。于時《ときに》而て未経数刻（いまだ数刻を経ずして）又、会、新選組等暴に池田屋を襲う」

要するに、これを書くまで、木戸は事実についてはほとんど語っていなかったのである。

また、木戸は「五月六日」とはっきり記しているが、これは記憶違いである。正しくは「六月五日」なのだ。

このあと蛤御門《はまぐりごもん》の変が七月十八日に起こり、木戸は但馬《たじま》に逃れ、翌年四月まで、名前を変えて潜伏した。

この但馬時代のことは、木戸は、生涯ほとんど人に語らなかった。語りたくないことがあまりにも多すぎたのだ。その心境は、潜伏中につくった次の俳句によって、うかがうことができる。

おもうほど　おもう甲斐《かい》なき　浮世かな

かりそめの　夢と消えたき　心地かな

2

このころ発句《ほっく》をする武士は少なかった。

土方は、その少ない一人であった。木戸に比べると、土方の俳句は、あまり上手ではない。

土方は、俳名を「豊玉《ほうぎょく》」といった。残っているのは、わずか三十六首だが、じっさいには、もっと数多くつくっていたはずである。

玉川《たまがわ》に　鮎《あゆ》つり来るや　彼岸かな

これは、まだ多摩《たま》にいたころのものであろう。どちらかといえば、平凡である。同じころのものらしいが、

水音に　添《そえ》てききけり　川千鳥

というのもある。

江戸や多摩の在を往《い》ったり来たりしているころの土方は、自分の生涯について、明確な設計をもっていなかった。というよりも、そういう境遇ではなかったといってもいいであろう。

土方は天保六年（一八三五年）の生れである。武州日野宿石田《ぶしゅうひのじゅくいしだ》の富農土方義醇《よしあつ》の四男として生まれた。ほかに女子二人があり、彼は末ッ子である。近藤より一年の年下になる。

天然理心流の道場は江戸にあったが、多摩に門人が多かったのは、二代目、三代目とも多摩から出たからで、近藤は四代目にあたる。近藤はその実力を買われて、十六のときに三代周助《しゅうすけ》の養子となった。近藤は、月のうち半分くらいは、多摩へ出張稽古にやってきた。つぎつぎに泊まり歩いては、門弟に稽古をつけるわけである。

その稽古先の一つに、日野宿の名主佐藤彦五郎《さとうひこごろう》があった。彦五郎の妻のぶは、土方の姉である。土方はそこに居候をしていた。近藤と知り合ったのはその関係である。土方が十代のなかばころだったろう。

福地が「如才なかった」というのは、居候の間に、家伝の石田散薬の行商をしたり、それ以前に、上野広小路《ひろこうじ》の松坂屋に丁稚《でっち》奉公をしたことがあったからである。また、二十歳のころに、江戸で奉公したが、好男子のせいで、女性関係のトラブルが絶えなかった。おそらくそのころの作か、

知れば迷い　知らねば迷う　恋の道

というのもある。

女のことで、義兄の彦五郎にはどやしつけられるし、土方の青春時代は、あまり楽しいものではなかった。

剣術は熱心に修行したが、剣術家としての先は、土方自身にも見えていた。天然理心流の道場は、五代目を沖田総司《そうじ》が継ぐことは決定的であった。

沖田は天保十三年の生まれだから、土方よりも七歳の年下である。しかし、その剣はまさしく天才的で、明治まで生き残った永倉新八《しんぱち》は、

「土方や藤堂平助《へいすけ》や山南敬介《やまなみけいすけ》は、沖田にかかっては、子供扱いにされた。本気で立ち合ったら、先生の勇もやられることだろう、とみんないっていた」

と、その技をほめている。

じじつ、沖田は二十歳前に、免許皆伝をうけ、塾頭になっている。土方はついに最後まで、格下の「目録」だった。剣士としては、俗にいう十把一からげの口に属する。だから福地が見かけたころの土方は、沖田と一つ部屋で暮らしていたが、

（おれの生涯は、どうなることだろう）

と思っていたであろう。

梅の花　一輪咲くとも　梅はうめ

などというように、自分の一生を案じているのである。梅はたった一輪でも梅としての美しさをもっているが、それに比べて、おれはどうなのか、という若い土方の感傷がうかがえる。

武士にもあらず商人にもあらず、鬱々たるものがあったとしても当然である。このあたり、但馬時代の木戸の心境と、やや相通ずるものがある。

もちろん、木戸は土方が豊玉などという俳名をもっていたことを知らなかった。彼の目にうつった土方は、そういう男ではない。危機一髪だった池田屋のことに関していうならば、

（あのとき、池田屋を調べにきたのが近藤ではなく、もし土方であったならば、自分の命もあったかどうか）

という思いである。

古高俊太郎《こたかしゅんたろう》の取調べから、志士たちの会合を知った新選組が、木屋町《きやまち》三条の町会所に集結したのは、五ツ時だった。つまり午後八時である。ちょうど、木戸が池田屋に立ち寄ったころだ。

このころ、新選組の隊士は、総数約八十名だったが、大坂へ人を出したり、食中毒で寝ていたりで、動員できたのは、約三十名であった。

近藤は、会津《あいづ》藩や所司代に、応援を依頼していた。五ツ時には揃《そろ》う約束だったが、それは守られなかった。

結局、二時間待ったが、まだ揃わなかった。近藤は決心して、二十名を土方に任せ、四国屋へ向かわせた。そっちにも志士たちが集まるという情報もあったのだ。

池田屋については、むしろ確信があったわけではなかった。もしあったならば、近藤は少数の隊士を二手に分けることはしなかったはずである。

近藤は、午後十時に、町会所を出た。池田屋まで、歩いて数分の距離である。

表の大戸は閉まっていた。池田屋は奥行きは十五間《けん》（一間は約一・八メートル）とあるが、間口は三間半である。志士たちの集まっていた二階の八畳二間は、道路に面していた。

階下の灯は消えていたが、二階からは灯がもれ、話し声も聞こえた。

近藤は、表戸を叩いた。

女中があけた。近藤は土間に入った。草履が並んでいる。かなりの人数が会していることは疑いなかった。

主人の惣兵衛《そうべえ》が出てきた。近藤を見るなり、ぎょっとしたように、二階へ声をかけようとした。

近藤は、すばやく走り寄り、惣兵衛を力まかせになぐりつけた。惣兵衛のからだは、ゴムまりのように、はね飛んだ。

その音で、二階の廊下に出ていた土佐《とさ》の北添佶摩《きたぞえきつま》が何事かと上から下を見た。近藤は飛鳥のように駆け上がり、斬った。最初の一刀で、まだ血のりがついていないから、見事に斬れる。北添は即死同然で、転がり落ちた。

あとは、よく知られているように、約二時間の乱闘である。

志士たちは、死亡七名。重傷四名をふくむ二十三名が捕縛された。

生存者は、土佐の野老山吾吉郎《ところやまあきちろう》。長州藩邸に脱出したが、傷が悪化して、二旬後に死亡した。また作州《さくしゅう》浪人安藤精之助《あんどうせいのすけ》も脱出したものの、蛤御門の変で戦死。池田屋にいたもので、唯一の生存者は、姫路《ひめじ》浪人北村善吉《きたむらぜんきち》で、六十一歳まで生きて、明治三十二年死去。捕えられた二十三名は、すべて斬首された。

北村は、維新後も、息をひそめるようにして生きたので、木戸も、そのことは知らなかった。

ただ、彼は、事件のいきさつについては、調べて知っている。

近藤は、剣に自信があったせいもあるのだろうが、勇に逸《はや》った、と木戸は思っている。永倉らを階下に残し、沖田とたった二人で二階へ斬り込んだ。

もし土方ならば、草履を見たとき、何くわぬ顔をして、外へ出たであろう。そして、見張りをきびしくして、応援を待ったに違いない。その方が確実である。また、土方流でもある。

京都における新選組の戦法は、すべて集団で押し込み、確実に相手を倒した。狙ったら決して逃さなかった。たった数人で斬り込んだ池田屋は、唯一の例外である。それでも大成功したのは、四国屋から土方らがすばやく駆けつけ、池田屋を包囲し、逃げる志士たちを捕えたからだった。

志士たちの判断も誤っていた。かれらは三十名以上だった。新選組は、はじめは数名しかいないように見えた。そのために斬り合っても勝てる、と考えた。もし、首領株の宮部鼎蔵《みやべていぞう》が、

「なりふりかまわず逃げろ」

と命令すれば、大半は逃げることができたはずである。そうしていれば、土方らが到着する前、脱出することは可能だった。斬り合ったために、脱出しようとしたときは、包囲されていた。

いいかえれば、近藤にとっては、万事が都合よく運んだのだ。

志士たちは、すべて不運だった。唯一の例外は、ほかならぬ木戸である。木戸は、近藤が斬り込んだので、対州屋敷でその騒ぎを聞いた。

土方ならば、何くわぬ顔をして池田屋を出て、包囲網をととのえただろう。そうしていれば、木戸はのこのこと戻ってきて、その網にひっかかったに違いなかった。

木戸に比べると、近藤は、わりあいに単純である。その単純さが男らしさとうつり、人びとに好かれるのだろう、と木戸は思っている。だが、最盛期においてさえ、たった三百名たらずだった新選組が、あれほどに恐れられたのは、局長近藤勇の存在の故では

ない。近藤や沖田だけだったならば、新選組はさほどの威力を発揮しなかったろう。なぜなら、近藤には、時代の流れを消化する能力がなかった。最後まで、剣を信じていた。

それにひきかえ、土方は新しいものを身につける能力をもっていた。相手がいかに弱敵であっても、集団で立ち向かう戦法を開発したのも、土方なればこそである。たとえ、男らしくないといわれても、土方は意に介さない。目的のためには、評判を気にしないのだ。合理的であり、近代的である。

また、近藤は、新選組が消滅してしまうと、もう何もできなかった。つまり組織力や適応能力に欠けていた。

土方はそうではない。むしろ、新選組が消えてからの方が、土方はいきいきと生きた。

(それがあの男の恐ろしいところだ)

と木戸は思った。と同時に、木戸にも、どうしてもわからない疑問が残っている。局長と副長という関係だけではなく、二人は生死を共にと誓った盟友だった。それなのに、なぜかれらは流山《ながれやま》で別れたのだろうか。

3

筆者も、じつはこの疑問にとりつかれている。この稿はそれを解くために筆をとっているようなものだが、順序として、二人の別離の前後について書く。

新選組は、鳥羽伏見《とばふしみ》の戦いに、会津軍の一翼として参加した。

近藤は、その前に狙撃され、大坂城で療養していた。沖田も病気で、参加しなかった。

幕軍は一万五千名、薩長軍は、三千名といわれているが、じっさいは二千二、三百名だった。土佐兵二百名が加わったが、第一日だけ参加したにすぎない。二、三日目は、山内容堂《やまうちようどう》の命令で、参加できなかった。

兵力では圧倒的にまさっている幕軍が、どうして負けたのか。

理由はいくつかあるが、一つは、装備の差であり、もう一つは、はじめは幕軍として出陣した藤堂軍の裏切りである。徳川《とくがわ》政権は、小早川《こばやかわ》の裏切りによって成立したにひとしいが、歴史の皮肉は、まさしく繰りかえされた。

幕軍は、一万五千名といっても、戦意のあるのは、会津兵三千名、桑名《くわな》兵千五百名にすぎなかった。だから、実質的には、一対二の比率である。

しかし、装備には、大きな開きがあった。薩長軍は、小銃も新式の元込《もとごめ》銃であり、大砲の門数も多い。会桑の銃は、大半が旧式だった。

薩長軍は、すべて洋服である。会桑兵は、昔ながらの鎧《よろい》を着用したものが多かった。

新選組もそうである。銃も大砲もすべて旧式であり、服装もそれに応じている。それ以前の戦闘、元治《げんじ》元年の蛤御門の変では、それでよかったのだ。

長州藩は、数次の実戦で、すっかり近代化していた。薩摩《さつま》もそれにならっていた。

一月十五日、近藤、土方らは、海路、品川《しながわ》に帰着した。隊士は六十三名である。ほかに二十二名が横浜で下船した。

近藤は、松本良順《まつもとりょうじゅん》のところへ行き、治療をうけた。なかば以上に回復しており、数日後には、土方を伴って、登城した。

そのとき、佐倉《さくら》藩士だった依田百川《よだひやくせん》が二人に会っている。

近藤は、負傷した肩にまだ布をあてていた。依田は、近藤に、

「伏見での戦《いく》さは、いかがなものでしたか」

と質問した。

近藤の返事を、依田は、漢文で書き残している。

——昌宜《まさよし》（近藤のこと）曰《いわ》ク、僕ハ傷ヲ負イテ戦《いくさ》ニ臨マズ。

それから近藤は、うしろに坐《すわ》っているものの方を振り向き、その説明のために連れてきたものです、といった。

——余ハ其《その》人ヲ見タリ。短小蒼白《そうはく》ニシテ、眼光ハ人ヲ射ル。昌宜、余ノ為《ため》ニ言ウ。土方歳三コレナリ。余ノ為ニ姓名ヲ通ズ。ヨッテ問ウニ戦状ヲ以《もっ》テス。歳三、詳シク之《これ》

ヲ説キ、カツ曰ク、戎器《じゆうき》ハ砲ニ非《あら》ザレバ不可ナリ。僕ハ剣ヲ佩《はい》シ槍《やり》ヲ執ルモ、一トシテ用ウル所ナシ。ソノ言、質実。絶エズ誇張ヲ事トセズ、蓋《けだ》シ君子人ナリ。

依田の目には、土方は、やや背が小さく見えたらしい。要するに土方は、

「もう武器は鉄砲でなければいけませんな。わたしは、剣を帯び、槍をもっていたけれども、まったく役に立たなかった」

といったのだ。

じっさい、それは彼の実感であった。

そう思うと、この男は、行動が早い。土方は会計方の島田魁《しまだかい》にいった。

「おい。おれも、ダンブクロをつくることにした。注文しておいたから、代金を払っておいてくれ」

「いくらです？」

「三十五両だ」

島田はびっくりした。三十五両は大金であった。

元込銃が一丁二十両くらいである。刀は、ふつうの品で五両程度だった。また、命がけで戦った池田屋で、会津から下された報償は沖田クラスで二十両。平《ひら》隊士で十五両にすぎなかった。それから五年たって、物価は上昇しているが、三十五両は高い。

しかし、土方の要求である。島田は、いやとはいえない。

「わかりました。払います」

と島田は答えた。

これが一月二十二日のことで、「金銀出入帳」として、いまでも残っている。

もっとも、新選組は、財政は豊かだった。江戸に戻ったときでも、約五千両はもっていた。品川で、一人につき十五両のこづかいを渡している。また、近藤の乗る馬に七両二分。松本へ百両の薬代。近藤へ五十両の手当。近藤の妻に生活費として三百両。

それを思えば、土方には洋服代くらいしか支出していない。

しかし、土方は、洋式の軍服に、大いに満足していた。それを着用して横浜へ行き、写真をとった。脇差しを腰にさしているが、それは致し方ない。ないと、何か落ち着かないのである。

しかし、近藤の方は、洋服には見向きもしなかった。

「あのような奇なる衣服を着用して、城中へは行けぬではないか」

というのである。

(いまさら何を下らぬことをいうんだ)

と土方はいいたかった。

徳川家自体が生きるか死ぬかの淵《ふち》に立たされているのである。生き残るためには、やがて押し寄せてくるであろう薩長軍に勝たねばならない。

そのためには、まず何よりも洋式兵器である。その購入については、横浜にいる異人どもが骨折ってくれる。また、幕府でも洋式調練をフランス人の助けをかりて、旗本の子弟にほどこしている。鳥羽伏見の戦いには間に合わなかったが、きたるべき一戦には大いに役立つだろう。

土方自身、戎衣《じゅうい》を身につけてみてはじめて悟ったことなのだが、最初のうちこそいくらか窮屈に感じても、慣れてしまうと、じつに便利なものである。そして鉄砲を操作するには、戎衣でなければならぬことがよくわかる。それに、一つ一つの動作も軽快になるのだ。

鳥羽伏見では、家重代《いえじゅうだい》の鎧を着用した会津藩士たちは、動きが鈍重で、薩長軍の鉄砲玉の餌食になってしまった。

新選組は、斬り合いには自信があった。現に第一日目は、白兵戦を演じて、部分的には勝っていた。だが、二日目からは、斬り合いになる前に、土方たちは猛射を浴びて手も足も出なかった。依田にもいったように、自慢の刀槍《とうそう》の術がまったく役に立たなかった。

（たしかに新しい時代がきている）

と土方は感じている。

多摩の土くさい男たちが、京都では、武士として通用した。いや、人びとの畏敬の対象となった。

当初、文久三年の春に、清河八郎《きよかわはちろう》の口車にのせられて上洛《じょうらく》したときは、近藤もふくめてはたして武士として通用するのかどうか、誰もが自信をもっていなかった。

そういう隊士たちの実態は、新選組として天下に知られるようになっても、じつは変わっていなかった。土方の調べでは、三百余名の隊士のなかで、郷士《ごうし》身分のものをふくめて、いわゆる士分のものは、八十七名にすぎなかったのだ。あとの二百数十名は、俗にいうどこの馬の骨ともわからぬものだった。

だから、屯所のなかは、ひどいもので、松本良順がはじめて訪れたときに、驚いたものだった。


——屯所を巡り観《み》るに、あたかも梁山泊《りょうざんぱく》に入るの思いあり。或は刀剣をみがき、或は鎖衣をつなぐなど、甚だ過激のありさまなり。総数百七、八十名にして、横臥《おうが》、仰臥《ぎょうが》、裸体、陰所をあらわすもの少なからず、その無礼いうまでもなし。


と松本はのちに書き残している。

右の文章は、彼の日記「蘭疇《らんちゅう》」から採ったものだが、これは慶応元年のことだった。近藤に依頼されて、隊士たちの健康を診断に訪れた。松本の診断では、隊士のうち四割は病人だった。局長の近藤も、胃カイヨウになっていた。やはり、神経的なものだったであろう。また、病気は、かぜ、食あたり、梅毒が大半だった。

慶応元年というと、新選組の名声は、すでに確立している。京都の市内を、かれらは肩で風を切って歩いていたころだが、その実態は、こんなものだった。

にもかかわらず、「武士」として通用したのは、土方にいわせれば、彼が近藤と相談して定めた「局中法度《はつと》」のためである。

一、士道に背くまじきこと。
一、局を脱するを許さず。
一、勝手に金策致すべからず。
一、勝手に訴訟取り扱うべからず。
一、私の闘争を許さず。

の五条である。これに背いたものは、切腹であった。

この五条のうち、第一条を除くと、すべて具体的な禁止条項である。第一条だけが、きわめて抽象的である。

これを第一条に入れるように、強く主張したのは、ほかならぬ土方だった。

「こんなわかりきったことを、わざわざ定めるまでもあるまい」

とそのとき近藤はいった。

「そりゃ、違う」

土方は首を振った。

「なぜ？」

「このさき、どういう連中が入ってくるか、わかったものじゃない。むしろ、筋目の正しい武士に限るとしたら、入ってくるものはいないかもしれない。あんたの気に入らんかもしれないが、おれはそう思っている。商人だろうが職人だろうが、おれは構わねえ。そういう時世になってきたんだよ」

近藤は苦い表情になった。土方はなおもいった。

「だから、おれは入りたいというやつの、氏《うじ》素性は詮索しない。腕が立って、志をもっていれば、それでいい。しかし、それだけではまとまりがつかない。形だけ武士らしくしたところで駄目だ」

「武士たるの覚悟を求める、ということか」

「それもある」

「それ以外には？」

「覚悟だけじゃ、武士にはなれねえということさ」

と土方はいった。

近藤は、わかったような、わからないような顔をした。土方は、さっさと清書した。

土方は、本当は、こういいたかったのだ。

（世が世なら、あんたもおれも、侍にはなれなかったところなんだ。現に、おれが何年か前までは、薬の行商をしていたことは、あんたも承知だろう。だが、三百年の泰平で、刀の抜き方も知らねえ侍ができてしまった。そのおかげで、おれたちは侍になれた。いいかえれば、おれたちに剣という力があるからだ。昔ながらの身分という垣根が取り払われたわけじゃない。だから、こっちに力がなくなれば、どうなるか、わからない。すぐにでもお払い箱になるだろう。そういう目にあわないためにも、力をつけておかなければならない。そして武士らしく振舞わなければいけない。あとから加入してくるやつらにも、そうしてもらう必要がある。そのためには、この一条がモノをいうのだ。もともと侍ではないものを武士らしくするために、あるいは、いつまでたっても侍になれないやつを排除するためにも、これが必要なのだ）

4

じっさい、この苛烈な、いわば隊内規定が新選組を強力なものにした。効果は絶大だったのだ。

といっても、土方が予想していたように、身分の垣根まで除かれたわけではなかった。隊士たちの身分は、あくまでも、浪士であった。

仕事の面でも、同じころ、旗本の次、三男を集めて作った「見廻組《みまわりぐみ》」とは、はっきり差別されていた。

見廻組は、その本営を洛内の二条城の近くに置いていた。警備の受け持ちは、御所や城、会津守護職屋敷その他の、いわゆる官庁街である。隊士の給料も十五両である。

新選組は、洛外の壬生村が本営であった。受持ち区域も、三条から下であった。給料も、のちには十両を支給されたが、はじめのうちは、飲み代《しろ》にも事を欠いた。

文久三年七月、つまり、結成されて四カ月後のことだが、芹沢《せりざわ》と近藤が、大坂まで出かけて行き、鴻池善右衛門《こうのいけぜんえもん》をたずねた。用件は借金の申し込みである。

借金とはいっても、事実上は、ゆすりであった。鴻池家では、二百両を用立てた。

このときの借用証は、いまでも残っているが、芹沢の肩書は、たんに「浪士」である。

それが、一年半後の元治元年十二月には、鴻池ら大坂の豪商組合から、七万両の大金を調達してもらっている。近藤の証文にも、はっきりと「新選組隊長」の肩書が記入されている。いかに強大になっていたかが、よくわかる。

だが、武士としての身分は、いぜんとして曖昧なままだった。ようやく、慶応三年六月になって、正式に「士分」になった。

近藤が「大御番組頭取《おおごばんぐみ》」。土方が「組頭」である。沖田らの幹部が、平組員（という言葉はなかったが）である。大御番組というのは、老中に属し、江戸城、二条城、大坂城などの警備にあたる役である。組員の身分は、与力《よりき》であった。

近藤の「頭取」は、扶持《ふち》では七十石に相当した。だから、直参《じきさん》としても、ごく軽輩である。それでも、この沙汰をうけたとき、近藤は狂喜した。

新選組は、会津守護職預かりだった。つまり会津藩の、現代ふうにいうと院外団のようなものでしかなかった。仕事は、治安警察であるが、金でやとわれたようなものだったのである。それが正式に、幹部だけは「直参」にしてもらえたのだ。四年三カ月、命をマトに汗水たらして働いて、である。

そのとき土方は、涙を流して感激している近藤を見て、

（おや？）

と思った。

「自分は新選組隊長のままで結構です」

と、どうして突っぱねなかったのか。

そうすれば、これからは「身分」がモノをいう時世ではない。実力がモノをいうのだ、と幕閣の愚か者どもにわからせることができたはずなのだ。

新選組隊長は、実力の象徴なのである。変に、下っ端の直参になるよりも、その方がずっといいではないか。

近藤は、大御番組頭取になってから、毎日きちんと二条城へ出るようになった。幕府の職制上、それは当然のことである。だが、土方には、それがいかにもバカらしく思えてならなかった。そんな役をもらわないでいれば、窮屈なお城勤めなどは、しなくてもよかったのだ。

土方も、組頭として、出仕するように、といわれたが、彼は、

「それでは、新選組のたばねができませぬ」

とことわった。

もちろん、それは認められた。新選組のタガがゆるんでは、幕府としても困るからである。

一昔前であれば、彼のこうした拒絶は、とうてい認められなかったであろう。それどころか、老中のお指図をないがしろにする不届きなやつ、ということで、たちどころに処分されたに違いない。

それが認められたのは、幕府が新選組を必要としているからである。

（近藤さんには、それがわかっていない）

と土方は思った。

虎徹を手に真剣勝負をすれば、天下無双だが、城中で、政治に関与するのは、近藤には適《む》いていない。いままでは、新選組隊長として恐れていた連中も、

「なんだ、この程度か」

と侮るようになるだろう。

はたして、土方の抱いた危惧は、現実のものとなった。

その一つの実例は、土佐の後藤象二郎《ごとうしょうじろう》とのいきさつである。

後藤が山内容堂の命をうけて入京してきたのは、九月である。

「容堂公のお指図で、後藤は何か建白するらしい」

と、もっぱらの評判だった。

あとで、それが「大政奉還」の建白だったとわかるのだが、上洛そうそうは噂《うわさ》だけで、中身は誰にもわからなかった。また、後藤は、そういう業《わざ》が得意な男で、諸所に出没して、雰囲気を盛り上げて行った。「土佐の後藤」は、天下の名士になりつつあった。

近藤は、九月二十日に、大目付永《なが》井《い》玄蕃《げんば》頭《のかみ》のところで、後藤に紹介された。後藤は如才がない。

「ご高名はかねてより承っております」

といった。

近藤も、そういわれると、まんざらではない。すると後藤は、

「しかしながら、その長いものに頼る人とは胸襟をひらいて政治を語ることはできませんな」

といって哄笑《こうしょう》した。

「や。これは失礼」

近藤は、手もと近くにあった大刀を遠ざけた。

初対面の新選組隊長に、そのようなことをいったものは、一人もいなかった。さすがに評判の人物だ、とわけもなく感心してしまった。

二日後に、近藤は、手紙を書いた。初対面のときに話が出たことであるが、明二十三日に伺ってもよろしいか、と問い合わせたのである。後藤の返事は、

「二十六日に、わたしの方からお訪ねする」

というものだった。

近藤は大いに喜び、仕度をととのえて待った。だが、二十五日の夜に、後藤からまた手紙がきた。

「嵐山《あらしやま》に遊びに行き、かぜをひいたので訪問できなくなった。まことに申し訳ないが、悪《あ》しからず」

というのである。

近藤も手紙を出した。四、五日のうちにお目にかかれないか、というのである。

後藤は、それに対して、十月一日ごろなら暇はあるかもしれない、といった。

嵐山に紅葉を見に行く暇はあったが、近藤には会いたくないのである。要するに、いいようにあしらわれたのだ。後藤のような、権謀にとんだ政治家からみれば、武骨一辺倒の近藤をあしらうのは、幼児の手をねじるようなものであったろう。

ところが近藤の方は、自分も一人前の政治家になったつもりでいたのだ。美麗な裃《かみしも》を身にまとって出仕しているうちに、そういう錯覚に陥ってしまったらしい。

考えてみれば、つい五年前までは、多摩の農民相手に、剣を教えて、何がしかの謝礼をもらっていたのだ。江戸では、試衛館といっても、知る人は、ほとんどいなかった。京都へ、将軍家警護に行くという仕事に応じたときも、平隊士だった。

「このまま江戸にいても仕方があるまい。上方《かみがた》へ行ってみようじゃないか」

と、藤堂に誘われて、みんながその気になった。

土方にしても、こうなるとは、予想もしていなかったのである。しかし、京都へきて、時代がまさしく動きつつあることを悟った。ほかのものもそうであったろう。しいていうなら、そうしたものに超然としていたのは、もっとも若い沖田だけだったかもしれない。

沖田は、江戸にいたときと、京都に入ってからも、まったく変わらなかった。よく冗談をいっては笑っていた。唯一の例外は、山南敬介の切腹に際して介錯《かいしやく》をつとめたあとで、土方に対して、しばらくは、口をきこうとしなかった。

たまりかねて、土方は彼を部屋に呼んでいったことがある。

「総司、いつまでそうやって、おれを困らせるんだ？　いいかげんにしろよ」

「別に土方さんを困らせているつもりはありませんよ」

「山南は局中法度に背いた。だから切腹を申し付けた。それだけのことじゃないか。本人だって覚悟の上でやったことだぞ。お前がいつまでもそのことにこだわっているのは、おかしいよ」

「山南さんは心のやさしい人だった。江戸にいたころから、わたしはあの人が好きでした」

「それとこれとは別だ。組を脱《ぬ》けようとした。誰であろうと、赦《ゆる》すわけにはいかない。いいか。新選組は、鎌倉幕府以来、長い武家の歴史のなかで、かつて似たような存在のなかった組織なんだ。いまの侍は、藩とか公儀に拠《よ》ることしか知らない。すべて君命によって動いた。しかし、おれたちはそうじゃない。おれたちには、主君というものはいない。そういう侍は、いなかったんだ。しいていうなら、法度が君命の代わりをするんだよ。つまり山南は君命に背いたので、切腹したのだ」

「理屈は、おそらく土方さんのいうとおりでしょう。でも、山南さんは、そうするしかないように追い込まれたんです。そして、誰がそういうふうに追いつめたか……」

「総司、もういうな」

と土方はいった。

たしかに、山南を追いつめたのは、土方自身だった。山南の職分は、土方と同じく「副長」であった。それは、近藤の配慮だった。

土方にしてみれば、副長が二人いて、別々の指図を下《くだ》していては、新選組を維持できないのである。それは、新選組の実力を削《そ》ぐことになる。

5

沖田にもいったように、武士は「藩」に拠って生きるしか道を知らなかった。藩を離れてしまえば、何もできなかった。浮浪の徒と同じであった。

新選組は、その点で、まったく類似するものがない新しい組織なのである。近藤は隊長であるが、藩主ではない。隊士は、近藤の家来ではない。近藤もまた主君ではない。根本的には、各人が同志関係なのである。

それをつくったのは、必ずしも土方ではないが、その特異な仕組みをもっとも活用してきたのは自分だ、と彼は自負している。

山南は沖田のいうように、気がやさしい。隊士たちにも人気があった。

それはそれでいい。しかし、その人気に目をつけて、新規加入の伊東甲子太郎《いとうかしたろう》が、党中党をつくろうとしている。山南は、それにのせられた。

たかだか三百人の集団なのである。一本にまとまっていてこそ、力を発揮しうるが、二つに分かれていては、それも不可能になる。

禍根は早いうちに摘んでおかねばならぬ、と土方は判断したのだ。そのために、山南を意識的に追いつめた。それは、総司のいうとおりだった。

江戸でごろごろしていた時代からの、古いなじみであることを思えば、情に欠けるやり方だったかもしれない。総司がそれをなじるのも当然だろう。しかし、新しい時代の波をのりこえて行くためには、あるいは新選組という集団の力を強めるためには、古い血は排出しなければならなかったのだ。

沖田総司という若者は、そこまでは思いを致さないであろう。それはそれでいい、と土方は思っている。むしろ、あの明るさと情にあつい性格をいつまでも持ち続けてもらいたい、と土方は考えている。「与力」格の身分となったときも、総司は、少しも嬉《うれ》し

そうな顔をしなかった。口にこそ出さなかったが、

「わたしは、試衛館塾頭というだけでいいですよ」

といいたげだった。

そこが、師匠の近藤との決定的な差であった。

近藤は大御番組頭取になってから、馬にのり、供を従えて、出仕するようになった。そのことに大いに得意であった。近藤は、七条通り醒ケ井《さめがい》の、女を囲った私宅から出仕していたが、城中での勤めがすむと、屯所へやってきた。屯所も、そのころには、壬生から不動堂《ふどうどう》村に変わり、「新選組本陣」の大看板をかかげるようになっていた。大名屋敷ふうの、堂々たる表門、高塀、式台玄関、長屋をそなえた造りである。

お迎えの隊士の礼をうけて、近藤は馬を下りる。いつだったか、総司がそれを寂しそうに眺めていたことがあったが……。

おそらく総司は、貧乏だった江戸時代をなつかしんでいたのではないか。あのころの方がよかった、と感じていたのではないか。

土方には、その心情はわかるが、同調する気はなかった。

さて、鳥羽伏見では、一敗地にまみれたが、まだ勝負がついたわけではない。薩長も天下を取るためには、関東へ下向してこなければならない。そこでの戦いが、雌雄を決するものとなるはずである。

それまで数カ月はあるだろう。その間に、洋式装備をととのえ、じゅうぶんに調練をほどこしておけば、前回のような惨敗を喫することはありえない。それどころか、兵力、資金力とも、こちらが上である。勝算は大いにある。

それが新しい運命を切り拓《ひら》く唯一の道である。だから、土方としては、近藤にも、戎衣を作ってもらいたかった。それを着用して登城し、頭の古い連中に、時代が変わったことを悟らせてもらいたかった。

ただ、土方にも気がかりがある。それは、総大将たる徳川慶喜《よしのぶ》がまるで戦意に欠けていることだった。

慶喜は一月十一日に品川に到着した。そのとき出迎えた勝海舟《かつかいしゅう》の日記に様子が書いてある。

——初《はじめ》て伏見之顚末《てんまつ》を聞く。会津侯桑名侯ともに御供中にあり、其詳説を問わんとすれども、諸官唯《ただ》青色、互に目を以てし、敢《あえ》て口を開く者無し。

十三日、江戸城内では、慶喜臨席のもとに会議が開かれた。

このとき陸軍奉行並《なみ》兼勘定奉行の小栗上野介《おぐりこうずけのすけ》が主戦論をとなえ、いったんは承認されたが、勝の進言で、慶喜は一夜のうちに決心をひるがえした。そして、翌日登城してきた小栗に、じきじき免職を申し渡した。小栗が、慶喜の袴《はかま》をつかみ、その変心をなじったからだという。

元来、幕府体制においては、辞令は老中から沙汰をする。将軍みずから（もっとも、このときには、公式には辞任していたが）いい渡すことは、絶対になかった。小栗のこの免職は、幕府三百年の歴史で、唯一のものだった、とされている。

勝は十七日に、海軍奉行並に任命され、ついで二十三日に、陸軍総裁若年寄に任命されている。また、このとき榎本武揚《えのもとたけあき》も、海軍副総裁に任命された。

榎本は主戦論者である。内閣のなかに、和平派と決戦派が同居したのだ。

慶喜は二月十二日に、上野の寛永寺《かんえいじ》に移った。近藤は、それを護衛した。

そのあと、二月下旬に、近藤は「大久保大和《おおくぼやまと》」と改名した。そして甲陽鎮撫隊《こうようちんぶたい》の隊長として、甲府へ向かうのである。それを命じたのは、若年寄の永井尚志《ひさし》だが、じっさいには、勝の策謀だった。勝は、近藤が江戸にいては、安心して和平交渉をすすめることができないので、体《てい》よく追い払ったのだ。軍資金約六千両といっしょに「若年寄格」をあたえた。

このとき、土方も「寄合席格《よりあい》」をあたえられた。若年寄は、すでに老中がなくなったから、いまの大臣であり、大名の格である。寄合というのは、若年寄の下にあるもので、むかしは三千石以上の旗本がなった。

ところが「格」というのは、じつに曖昧である。徳川の職制からいうと、「並」はあ

るが、「格」はなかった。つまりは、正式の辞令ではなく、

「大臣なみだと称しても差しつかえないよ」

と了解をあたえたにすぎない。

若年寄ともなれば、どこへ行くにも、駕籠《かご》である。だから、近藤もそれに従った。しかし、兵力は、新規のものをふくめて、たった百七十名。

かれらは二月末日に江戸を出発。その夜は新宿《しんじゆく》泊まり。翌日は、府中《ふちゆう》泊まり、三日目は日野宿で昼食をとった。つまり、ゆっくりした速度で甲府へ向かった。

「始末記」に残っている佐藤俊宣《としのぶ》（土方の義兄）の話によると、近藤は上機嫌で、日野宿では京都の話をしたり、門弟たちに、

「からだを大切にしなさい」

といったりした。

だが、土方に対する印象は、よろしくないのである。

「なかなかいい男振りでしたが、どうも少し権式ばったところがあって、考えが深いためか、余り笑顔もしなかったので、甲府行きに立ち寄ったさいも、同門の門弟などの印象は、近藤のようには行きませんでした」

つまり、近藤はにこにこしていたが、土方は仏頂面だったというのである。

これは、じつに重要な証言である。

土方歳三という人物の行動と思想からすると、この甲府行きは、何か腑《ふ》に落ちないものがある。

6

板垣退助《いたがきたいすけ》指揮の官軍が中仙道《なかせんどう》から江戸を目ざしていることは、徳川方にはもうわかっていた。

甲陽鎮撫隊は、甲府に先着し、そこを根拠にして、それを足止めしようということにある。にもかかわらず、どうしてのんびりと甲府へ行ったのか。

近藤は、若年寄格として、悠然と駕籠にのっていた。これでは、速度を早めることは不可能である。戦争に行くためなら、馬で行かねばならない。つまり、近藤は、大名格に出世した自分の姿を、故郷の人たちに誇示したかったのだ。

土方には、それがじつにバカバカしく思われたに違いない。

「いったい何をしに行こうというんだい！」

と、近藤をどなりつけたかったに違いない。

大名格であることを自慢するのは、戦争に勝ってからでいいのだ。負けてしまったら、若年寄格もクソもないのである。彼が門弟たちや義兄に愛想が悪かったのは、そのせいだったであろう。

また、近藤は、このときすでに、敗北思想にとりつかれていた様子が見える。門弟たちは、多摩の狭い天地しか知らないから、世間知らずである。出世した近藤が、大名格で甲府へ行くと聞いて、

「お供をさせてください」

というが、近藤は、

「諸君がなすべきことは、ほかにあります。志はうれしいが、供は許されません」

と拒否した。

戦争に行くなら、一兵でもほしいところである。それをことわった理由は一つしかあるまい。どうせ負けることが、わかっていたからだ。

前途のある門弟たちを道連れにしたくなかった。近藤のその気持ちは、なすべきことはほかにある、という言葉でくみとれる。

近藤のために、弁護的にいうなら、彼は滅びの中に美を見ようとしたのだ。どうせ死ぬなら美しく死んで行きたい。

土方は、そう思っていなかったであろう。彼はまだ負けたとは考えていない。また気質としても、もっと現実的である。だから、板垣軍に先着されたと知ると、近藤と別れて神奈川へ行き、菜葉《なっぱ》隊を迎えに走った。これは洋式調練をうけた旗本の子弟の隊で、千六百名の兵力があった。土方が少しも戦意を失っていなかったことがわかる。

だが、これは失敗した。というよりも、その前に、甲陽鎮撫隊は、粉砕されてしまっ

た。板垣軍の兵力は三千名、百七十名では、どうなるものではなかったのである。

三月十三日、西郷《さいごう》が江戸に入り、翌日、勝と会見した。近藤を蹴散らした板垣軍も新宿に達して側面から制圧している。

近藤や、生き残りのものは、三月七日か八日ごろには、江戸に戻った。

永倉新八からの聞き書き「新選組顛末記」によると、再起をはかろうとした永倉や原《はら》田左之助《ださのすけ》らに、近藤は、

「拙者の家臣となって働くというなら（再起に）同意いたそう」

といったという。永倉らは、

「これまで同盟こそしたが、家来にはなり申さぬ」

と席を蹴って立った。

もし事実とすれば、近藤のセンスの古さは救い難い。

しかし、近藤がそのようなことをいったとは考えられない。ただ、永倉は、京都時代にも、近藤が主君づらをするのが不快で、それを批判したことがあった。だから、近藤が、すでに時代が変わっているのに、いぜんとして「隊長」づらをするのがおもしろくなかった……その程度のことだったのではあるまいか。

土方はもちろんまだ諦めてはいない。それは何も彼のみではない。榎本武揚にしろ大《おお》鳥圭介《とりけいすけ》にしろ、徹底抗戦を叫んでいるのである。ことに、海軍の榎本は、官軍よりも兵力が上なので、自信満々であった。

三月二十日、西郷は上洛し、朝廷において慶喜の助命の勅裁を得て、二十五日に駿府《すんぷ》の大総督に復命した。

四月四日、橋本先鋒総督《はしもとせんぽう》は勅使として江戸城に入り、田安《たやす》中納言らに、朝廷の沙汰を申し渡した。

その前日の三日、近藤は、流山で官軍に捕えられた。

近藤と土方は、再起をはかって、流山に集まっていた。百名くらいは、いたらしいが、兵力といえるかどうか。

その情報で、薩摩の有馬藤太《ありまとうた》（総督府副参謀）が三百人を率いて進発した。そして、近藤らのこもっている吾平新田《あがひらしんでん》の本陣を包囲した。

囲まれたと知って、本陣から発砲するものがあった。が、すぐに射撃をやめ、軍使が出てきた。軍使は、

「菊のお旗を見るまでは、官軍だとはわからなかったのであります。まことに申し訳がござらぬ」

と謝った。差し出した名札は、大久保大和だった。有馬は、

「事情を知らなかったとはいえ、錦旗《きんき》に発砲したからには、軍律をもってたださねばならぬが、いったい何のためにここに屯集しておったのか」

「江戸より脱走した軽輩の者どもが、このへんで乱暴をはたらいているというので、鎮撫のために出張しております。官軍に抗するためではありません」

「そういうことは官軍でやる。すぐに兵器を差し出して解隊し、隊長は粕壁《かすかべ》まで同行せよ」

「では、始末をしてから参ります」

軍使はそういって引き揚げて行った。


この軍使が、近藤その人だった、と有馬はのちに回顧しているが、それは記憶違いで、じつは土方だったという説もある。

以下、はっきりしている客観的事実をのべると、夜になっても、戻ってくる様子がないので、有馬は数名を連れて本陣へ行った。

近藤は紋付袴で出てきて、有馬の前で、小姓二人に、

「朝廷のためにつくせ」

といい、隊士二人に馬のくつわをとらせて有馬といっしょに越谷《こしがや》まで行った。十二時ごろに到着し、翌朝、板橋《いたばし》の本営へ送られた。

ここで近藤の顔を知ったものがおり、きびしく調べられた。そして、四月二十五日に斬首されるのである。

四月十一日、江戸城における武器引き渡しが終わった。

同日、陸軍奉行大鳥圭介らは脱走して宇都宮《うつのみや》へ走り、榎本らの海軍は、十二日に風雨をさけると称して、館山《たてやま》へ集結した。

勝は館山まで出かけて、榎本を説得した。榎本は承諾し、十七日に品川沖に戻したが、結局は八月二十日に、八隻の軍艦を率いて脱走する。勝はその日記に、

——嗚呼《ああ》、士官輩、わが令を用いず。

と記した。

ところで、近藤はどうして素直に出頭し、土方は彼と訣別《けつべつ》したのであろうか。太かったはずの両者の絆《きずな》は、最後に至ってあまりにも簡単にぷっつりと切れてしまっている。

依田百川はこの間の事情について、

——昌宜イエラク、士衆未《いま》ダ集マラズ、之《これ》ト戦ウハ策ニ非ザルナリ、ト。乃《すなわ》チ、往カント欲ス。歳三諫《いさ》メテ曰ク、官兵ハ詐《いつわり》多シ。

だが、近藤はこれを聞かずに単身で出頭した。

つぎは、隊士だった斎藤一諾斎《さいとういちだくさい》の談話を書きとめたものである。

——初メ昌宜ノ囚ニ就クヤ、義豊《よしとよ》（土方）倶《とも》ニ焉《おわ》ラント欲ス、昌宜之ヲ禁ジテ曰ク、

人臣ノ効節ハ寧《むし》ロ死ヲ止《や》ムルノ一途ナリ。

つまり依田によれば、土方は、官軍にだまされるから行くなと忠告したことになっているが、斎藤の談話では、土方が、

「おれもいっしょに死にたい」

といったのに、近藤が、

「そういわずに生きのびてくれ」

といったことになっている。

別の資料もある。近藤芳助《こんどうよしすけ》という隊士の書き残したものである。それによると、包囲されたときは、二、三人を除いて、訓練のために出払っていた。抗戦することは不可能であった。そこで、

——勇ハスデニ割腹ノ決心ヲ以テ暫時時間ノ猶予ヲ乞イ、二階ニ昇リ、三四名会合ス。土方ノ曰ク「ココニ割腹スルハ犬死ナリ。運ヲ天ニ任セ、板橋総督ヘ出頭シ、アクマデ鎮撫隊ヲ主張シ、説破スルコト得策ナラン」ト云《い》ウ。此議ヲ諾シ、若徒一人、口取一人、馬上ニテ板橋ニ出頭スルコトニ決スルヤ、大兵残ラズ引揚ゲ、使者ハアクマデ温順ヲ装イタリ。コレ総督府ノ策略ニテ、ハヤバヤ大久保剛《たけし》（大久保大和剛と名のった）ハ近藤勇ナルコトヲ知ラレテノ上、カクノ如《ごと》キ

次第ニ立チ至リ……


これは近藤芳助が後年に書いたもので、彼は川村三郎《かわむらさぶろう》と名前をかえ、藤田五郎《ふじたごろう》と名前をかえた斎藤一《さいとうはじめ》とも手紙のやりとりをした。

もしこれを信ずると、土方は、自決しようとする近藤をとめて、

「ここで死んではつまらない。ひとまず運を天に任せて、板橋へ出頭し、反抗のためではなく、浮浪の取締まりにきたといいはった方が得策だ」

といったことになっている。

そうであるなら、土方は、近藤を送り出したことになる。しかし、はたしてそうだったろうか。近藤芳助が嘘《うそ》を書く理由は何もないが、これは明治末期に書いたものなので、体験と、のちの事実を混同している恐れもあるのだ。

有馬は近藤に、

「粕壁までいっしょにこい」

といった。そのときは、板橋の本営へ連行することは予定になかった。だから、近藤に対して土方が、

「板橋総督へ出頭し……」

というのは、おかしいのである。つまり、近藤芳助は、近藤勇が粕壁から板橋へ連行された歴史的事実をのちに知ったのである。

また、函館《はこだて》まで、土方に同行し、官軍に降伏した中島登《なかじまのぼり》の覚え書では、

——コノトキ薩藩有馬藤太ト申ス者、応接トシテ来ル。右ニツキ土方公出会云々《うんぬん》コレアリ、近藤、某《それがし》付添イ、野村利三郎《のむらりさぶろう》、村上三郎《むらかみさぶろう》、右有馬藤太同道シテ、板橋駅官軍本営ニ至リ、形勢云々コレアル由。ソノ夜土方公付添イ両人召連レ、江戸表ニ来リ、大久保一翁《いちおう》、勝安房《あわ》両公へ対談云々。

とあるだけで、近藤、土方の間に、どのような会話があったかは、記していない。中島は、両者の話し合いの席にはいなかったから、伝聞では書かなかったのだ。板橋へ行ったというのも、

「……これある由」

ときちんと書いてある。

ただ、中島によると、土方は、その夜のうちに江戸へ行き、勝や大久保一翁に、

「何とかならぬものか」

と相談したことになっているが、土方ともあろうものが、和平派の二人に、そんな見込みのないことをするものだろうか。

土方の行動について、ほかに証言はない。大島圭介の四月十二日の日記に、

——市川《いちかわ》の渡船場に至りしところ、小笠原新太郎《おがさわらしんたろう》、舟を浮べて我輩を迎えに来たり。（中略）寺内に入りみれば、各、団欒《だんらん》して軍議をなせり、その人左の如し。

幕人土方歳三、吉沢軍四郎《よしざわぐんしろう》その他……


とある。そして、これ以後、大鳥は土方と行を共にするのだ。

7

有馬の兵に囲まれていたとはいっても、本陣から脱出する気ならば、決して不可能ではなかった——と筆者は思っている。なにしろ、夜になっているのだ。本陣に火をつけて、そのどさくさに逃げることくらいは、容易だったはずである。そんなことは、京都でのことを思えば、近藤にしろ土方にしろ造作もない。

そうしなかったのは、近藤に、

「もうここまでだ」

という思いがあったからであろう。

一方、土方はそう思わない。だから、

「こんな所で死んだら犬死にじゃないか」

とはいったであろう。だが、

「ここはひとまず出頭して、あくまでいいはれ。その間に何とかする」

などとはいわなかったろう。土方という一個の快男児の行動をみる限りは、そんなことはいいそうにないのである。

土方の三十五年の生涯をみるとき、これを三期に分けることができる。

第一期は、上洛するまで、である。このころの彼は、自分の一生に、はっきりとした展望はもっていなかった。二十歳になっても行商人をしているようでは、展望のもちようもあるまい。女のことでゴタゴタしながら、うまくもない俳句をひねっていたのだ。

第二期は、京都時代である。

ここでは、オルガナイザーとしての彼の才能は見事に開花した。

第三期は、流山以降である。依田に、

「もう刀や槍の時代じゃないですよ」

と述懐したとき、土方は、すでに場合によっては、無二の盟友である近藤とも別れる決心をしたのではあるまいか。言葉をかえていえば、それは、剣に拠って立ってきた新選組との訣別の辞でもある。

そうとなれば、近藤と別れることも、つらくはあるが、やむをえまい。

「いっしょに死にたい」

という感傷は、土方にはなかったろう。かりに、勝や大久保のところへ行ったとしても、それは、

「するだけの手はうった」

と自分にいい聞かせるためである。

土方は野州《やしゅう》、会津と転戦して、九月に仙台で榎本らに会い、奥羽《おうう》同盟の指揮をとるようにすすめられた。土方は、

「大任ですが、もとより死をもってつくす覚悟ですから、ご依頼とあれば、引き受けましょう。しかし、その前に確かめておきたい。軍の総指揮をとるからには、この歳三の命令に従ってもらわねば困ります。もし、背くものがあれば、三尺の剣にかけて斬ってしまうが、それでもよろしいか」

といった。

列藩の出席者は、それでも結構、と答えたが、現実には、すでに抗戦意欲をなくしていた。

「きみに生殺与奪の権を握られるのはご免蒙《こうむ》る」

といって、本当に斬られてしまうのがこわかったのであろう。

このあと、榎本らは、北海道へ移動し、十月二十二日に鷲《わし》の木《き》村に上陸した。土方は一隊を率いて川汲《かつくみ》峠から函館（当時は箱館《はこだて》）へ進み、二十五日に湯《ゆ》ノ川《かわ》に達した。そして、二十五日に五稜《ごりよう》郭《かく》に入城。

二十八日、松前《まつまえ》攻略を開始、土方は七百名の部隊を率いて出陣した。そして、これを

陥落させると、十一月十一日には、松前藩兵を追って江差《えさし》へ進撃してこれを降伏させた。

つまり、陸戦の難しいところを、一手に引き受けたのである。

一月十五日、榎本は、アメリカの例にならって、共和政府の役員を選挙で決定した。

総　　裁　榎本武揚
副 総 裁　松平太郎《まつだいらたろう》
海軍奉行　土方歳三
軍艦奉行　荒井郁之助《あらいいくのすけ》
陸軍奉行　大鳥圭介
開拓奉行　沢太郎左衛門《さわたろうざえもん》

である。

しかし、三月になって、宮古《みやこ》湾の官軍海軍を襲うにさいし、榎本は、土方を陸軍都督に任命して、のりこませた。しかし、攻撃に参加できたのは「回天丸《かいてんまる》」一隻で、三十分の戦闘で引き揚げた。

四月、官軍はついに江差に上陸してきた。

土方は三百名を率いて、二股口《ふたまたぐち》に布陣した。官軍の兵力は、その倍である。

土方は見事に撃退したが、別の官軍が大野《おおの》へ進んでいるというので、ひとまず五稜郭に撤退した。放っておくと、はさみ打ちになるからである。

このときの戦闘で、土方隊は、一日に一人が千発を撃ったという。三、四発ごとに、桶《おけ》の水にひたしてと伝えられているが、はたしてどうであったか。いずれにしても、土方隊の銃は、圧倒的な官軍を喰《く》い止めたのだ。

五月十一日、官軍は総攻撃をかけてきた。榎本軍はよく戦ったが、昼ごろには、函館市内は官軍の手に落ち、弁天《べんてん》砲台は孤立した。

土方は、生き残りの島田魁ら五十人を率いて、一本木《いっぽんぎ》関門から出撃した。中島の覚書によると、異国橋《いこくばし》というところで馬上にあって指揮しているさい、飛来した銃弾にやられたという。

即死という説もあるし、島田らの介抱をうけてのち、

「すまなかったな」

といって死んだという説もある。

五十人で出撃するのは、死ぬために行くようなものである。それを考えると、以下、筆者の想像で書いてみたい。

土方は、ラシャの軍服を取り出した。江戸で三十五両で仕立てたものだが、実戦には用いなかった。

(最期に、これを)

と思い、実戦には別の戎衣を用いてきた。

「あッ」

というように島田が見た。

「あれさ」

土方は帯をまき、愛刀の和泉守兼定《いずみのかみかねさだ》をさした。

「どうだ？　おかしいか」

「いや、別に。それより、どうしようというんです？」

「島田君、これから弁天砲台へ行く」

「それは無茶ですよ」

「わかっている。これまで、ぼくは何事にも失敗の少ない方法をとってきた。つまり、勝つという見込みがある上で戦ってきた。必敗と予期できるときは、ひとまず避けてきた」

そうでしたね、というふうに島田がうなずいた。

土方は、鉄砲を手にとった。

「これだけが、どうも気に入らんよ」

「どうしてです？」

「この弾に当たって死ぬのが、どうも気に入らんということだ。死ぬときは、刀か槍に突かれて死にたい、と思っていたのだが……さんざん斬ってきたのだし、その方がおれにふさわしいのに」

「まだ死を考えるのは早いですよ」

「島田君、いうな」

土方は立ち上がった。

「では」

「待ってください。いっしょに行かしてもらいます」

「いや、おれ一人でいい」

「行くのはわたしの勝手ですよ。わたしはね、京都にいたころから、一度でいいから、副長の指図に逆らってみたかった」

「副長、か」

土方は苦笑した。

京都時代の五年間の出来事が、いっきょに土方の胸にこみあげてきた。それを断ち切るように、彼はいった。

「さア、行こう」

土方は馬にのった。島田が続いた。まるで二人にひっぱられるかのように、数十人の兵士たちが進み出た。

土方はもはや止めなかった。

かわりに、馬腹を蹴った。

飛び出してきた土方を、官兵たちは撃ちまくった。が、一発も当たらない。土方は人馬一体となって奔出した。

「こい！」

土方は橋上に馬をとめ、官軍の陣地を睨《にら》みすえた。

答えは、銃弾の猛射であった。土方のからだは、そのうちの何発かをほとんど同時に浴び、馬上から転がり落ちた。

（やっと終わったな）

土方がそう思ったつぎの瞬間、彼の息は絶えた。満足そうな微笑が、その口もとに漂っていた。

解説

細谷正充

歴史小説には、読者の人気を集めている時代がふたつある。戦国と幕末だ。どちらも、多数の魅力的な人物が絡み合い、ぶつかり合うことで、激しく時代が動いている。人気の秘密は、そこにあるのだろう。

ところが近年は、戦国一強状態が続いている。もちろん幕末を舞台にした作品も刊行されているが、昔よりは減っているような気がするのだ。ジャンルの波があるのは当然のことで、心配するようなことではないが、いささかの淋《さび》しさはある。そんな中で新選組を題材にした作品は、相変わらずの人気を誇っている。木下昌輝《きのしたまさき》の『人魚ノ肉』、小《こ》松《まつ》エメルの『総司《そうじ》の夢』『歳三《としぞう》の剣』、門井慶喜《かどいよしのぶ》の『新選組颯爽録《さっそうろく》』『新選組の料理人』など、次々と新たな作品が上梓《じょうし》されているのだ。

さらに今年（二〇二〇年）の五月には、司馬遼太郎《しばりょうたろう》原作の映画『燃えよ剣』の公開が予定されている。監督は原田眞人《はらだまさと》、主役は岡田准一《おかだじゅんいち》。葉室麟《はむろりん》原作の映画『散り椿《つばき》』で、見事な殺陣《たて》を披露してくれた岡田が、主役の土方《ひじかた》歳三を演じるとくれば、期待が高まらずにはいられない。そして、あらためて新選組に注目が集まることが確信できた。

そこで集英社文庫では、二〇〇三年に刊行したアンソロジー『新選組傑作選　誠の旗がゆく』の新装版を、急遽《きゆうきよ》、刊行することになった。以前の版から四作を削り、スリムアップしている。これで、より手に取りやすくなったのではなかろうか。バラエティに富んだ、新選組の物語を楽しんでいただきたい。

「ごろんぼ佐之助《さのすけ》」池波正太郎

冒頭を飾るのは、江戸っ子の粋を愛した作者の手になる、原田《はらだ》佐之助伝である。新選組十番隊隊長の佐之助は、伊予松山《いよまつやま》藩の足軽の出であり、江戸っ子ではない。だが、その無鉄砲で直情的な性格は、江戸っ子と通じ合う。実に池波好みの人物といえるだろう。そんな佐之助が〝ごろんぼ〟になった理由に、作者は小説としての創意工夫を加え、好漢の青春を生き生きと描き切ったのだ。人生の有情無情が浮かび上がる、ラストの原田兄弟の会話もいい。爽やかさの中に、一滴の哀愁を落とした佳品である。

「豪剣ありき」宇能鴻一郎

独特の文体で綴《つづ》られた官能小説で一時代を築いた作者は、数こそ少ないものの、優れた歴史時代小説を残している。その中で最も有名なのが、新選組を題材にした連作短篇《たんぺん》集『斬殺集団』だろう。新選組をタイトルそのまま〝斬殺集団〟と捉えたところに、新鮮な魅力があった。本作は、その『斬殺集団』の冒頭に収録された一篇であり、新選組誕生のきっかけとなる浪士隊募集にかかわった松平忠敬《まつだいらただたか》と、芹沢鴨《せりざわかも》の出会いを描いた新選組前史だ。壬生《みぶ》浪士（新選組）の筆頭局長になりながら、試衛館《しえいかん》派の近藤勇《こんどういさみ》たちに暗殺された芹沢は、長らくフィクションの世界で悪役にされてきた。それを「まさにスサノオノ命《みこと》、荒ぶる神である。わが日本の、もっとも男らしい男の、原型である」と、一個の英雄的気質の持ち主としている。芹沢が単なる暴君ではないといわれるようになったのは、それほど昔のことではない。このことを思えば、本作の先進性が分かろうというものだ。

「近藤勇の最期」長部日出雄

新選組という組織と隊長の近藤勇が、真に輝いていた時代は、やはり京都で壬生狼《みぶろ》と恐れられていた時代である。鳥羽伏見《とばふしみ》の戦いに敗れ、江戸に戻った近藤は、若年寄格・大久保大和剛《おおくぼやまとたけし》として甲陽鎮撫《こうようちんぶ》隊を率い、甲府城に赴くも勝沼《かつぬま》で敗走。下総流山《しもうさながれやま》で再起を図るが、結局は官軍に補捉、処刑された。江戸に戻ってからの蹉跌《さてつ》の軌跡は、かつての近藤を知る者には信じられないものだった。作者はそうした近藤の変化の由《よ》って来《きた》るところを、永倉新八《ながくらしんぱち》を冷静な観察者にして、容赦なく暴き出す。時流の中で変容していく人間の心が、ここに見事に剔抉《てっけつ》されているのだ。

「武士の妻」北原亞以子

近藤勇を描いた作品の次は、その妻の物語である。一橋《ひとつばし》家の祐筆《ゆうひつ》・松井八十五郎《まついやそごろう》の娘のツネは、父親にいわれるまま、試衛館の近藤勇のもとに嫁いだ。娘も生まれ、貧乏ながらも幸せな暮らし。だが近藤が、町道場の主《あるじ》から新選組隊長、そして若年寄格と身分を変えるにつれ、武士の妻であることを強要されるツネは精神的に追い詰められていく。そんなツネが押し殺してきた感情を爆発させる場面が、本作の読みどころだ。男の世界に振り回される女の悲しみを、微細に掘り下げた、女性作家らしい逸品である。

「隊中美男五人衆」子母澤寛

新選組に関する研究本は多いが、その基礎となったのが、昭和三年に刊行された『新選組始末記』から始まる作者の「新選組三部作」だ。内容から資料的価値が評価されがちな三部作だが、読物としても抜群の面白さがある。それは『新選組始末記』から厳選《よ》した、本作を読んでいただければ、すぐに理解してもらえるはずだ。隊士の中から選りすぐった五人の美男子を点描することにより、作者は新選組の諸相を鮮やかに切り取ったのだ。イケメンに人々——とりわけ女性が関心を抱くのは、昔も今も変わらない。作者はそのことを熟知しているのだろう。こうしたジャーナリスティックなセンスも、もっと留意されてほしいものだ。

「密偵」津本陽

かつて新選組を題材にした長篇『虎狼《ころう》は空に』を上梓した作者は、短篇でも幾つかの優れた新選組物を執筆している。本作もそのひとつだ。主人公は、新選組で密偵を務めていた中島登《なかじまのぼり》。伊東甲子太郎《いとうかしたろう》一派の謀殺から、甲州勝沼の戦い前夜までの流れが、密偵ゆえの冷徹な視点で語られている。ちなみに中島は、甲州勝沼の戦いから会津《あいづ》戦争、そして箱館《はこだて》戦争と転戦。降伏後の恭順中に、新選組の一級資料となる『覚書』『戦友絵姿』を書き残した。よほど新選組に思い入れがあったのだろう。それを知っていると、本作のラストの一行が、熱く胸に迫ってくるのだ。

「巨体倒るとも」中村彰彦

本作の主人公は、相撲取りを投げ飛ばしたことから「力《りき》さん」の愛称で親しまれた、新選組伍長《ごちょう》・島田魁《しまだざきがけ》だ。新選組に早くから参加して、箱館戦争までを戦い抜きながら、晩節をまっとうした珍しい隊士である。ただし作者がもっとも強く惹《ひ》かれたのは、明治以降の魁の生き方のようだ。作品の眼目は、新時代に新選組の生き残りとして古風な生き方を貫く、魁の姿に向けられている。ここで披露される幾つかのエピソードは、どれも気持ちがいい。そして新選組の思い出に殉じるがごとき最期には、心打たれるものがある。

なお作者の『いつの日か還《かえ》る』は、本作を長篇化したものだ。短篇とはまた違った味わいがあるので、併せてお薦めしておきたい。

「総司《そうじ》の眸《め》」羽山信樹

新選組一番隊隊長であり、労咳《ろうがい》により若くして命果てた沖田《おきた》総司は、まさに新選組最大のアイドルである。実際のところは分からぬが、フィクションの世界では天真爛漫《てんしんらんまん》、くったくのない性格の持ち主として描かれることが多い。本作もそうした沖田像を立ち上げているが、そこは曲者《くせもの》の作者である。きわめて独自の解釈がなされているのだ。山《やま》南敬助《なみけいすけ》脱走の顚末《てんまつ》を通じて暴かれるのは、言葉と心は違うことがあるという、大人の常識を理解できない沖田の、無垢《むく》で純真な精神の異常性である。無垢で純粋なことは、時に罪になる。切ない話だ。

「祇園《ぎおん》の女」火坂雅志

作者の『新選組魔道剣』は、新選組を京の都に侵入した異物とし、それに抵抗する古都の力を〝魔〟として表現した、ユニークな短篇集であった。それに収録された本作は、古参隊士でありながら伊東甲子太郎一派に加わり、油小路《あぶらのこうじ》で斬殺された藤堂平助《とうどうへいすけ》の運命を、悪縁切りを願い、それを呼び寄せてしまう女の情念を絡めて描いている。京都に実在し、今もなお男女の情念を受け入れている安井金毘羅宮《やすいこんぴらぐう》を、効果的に使ったところがポイントだろう。魔界都市「京都」に魅了された作者らしい新選組物語なのである。

「さらば新選組——土方歳三——」三好徹

締めくくりの作品の主役は、やはりこの人、新選組副長の土方歳三である。作者は生死を共にと誓った盟友の近藤・土方が、なぜ流山で袂《たもと》を分かったのかという疑問にとりつかれているといい、「この稿はそれを解くために筆をとっているようなものだ」と述べている。土方の事跡をたどりながら、この謎を解き明かすという手法は、ミステリー作家であり、新選組に造詣の深い作者ならではのものであった。またラストでは、想像だと断ったうえで、土方の最期を活写。作者の土方に対する、深い愛情を感じることができる。本アンソロジーの掉尾《ちょうび》に、この物語を置くことができてよかった。

以上十篇、粒揃《つぶぞろ》いの作品を並べた。二〇〇三年版の『誠の旗がゆく』の解説で私は、「新選組の人気が衰えることのないかぎり、魅力的な男たちの物語は、これからも読み継がれることだろう。その一冊に本書が加わったことを、編者として喜びたい」と書いた。この思いは、本書でも変わっていない。新選組を愛する人々に、いつまでも愛顧されることを願っているのである。

（ほそや・まさみつ　文芸評論家）

本書は二〇〇三年十二月、集英社文庫として刊行されたものを再編集しました。

集英社文庫　目録（日本文学）

船戸与一　蝶舞う館
古川日出男　サウンドトラック(上)(下)
古川日出男　gift
古川日出男　あるいは修羅の十億年
辺見　庸　水の透視画法
保坂展人　いじめの光景
星野智幸　ファンタジスタ
星野博美　島へ免許を取りに行く
干場義雅　世界のビジネスエリートは知っている お洒落の本質
細谷正充・編　時代小説傑作選 江戸の爆笑力
細谷正充　宮本武蔵の『五輪書』が面白いほどわかる本
細谷正充・編　時代小説アンソロジー くノ一、百華
細谷正充・編　野辺に朽ちぬとも 吉田松陰と松下村塾の男たち
細谷正充・編　新選組傑作選 誠の旗がゆく
堀田善衛　若き日の詩人たちの肖像（上・下）
堀田善衛　めぐりあいし人びと

堀田善衛　ミシェル城館の人 第一部 争乱の時代
堀田善衛　ミシェル城館の人 第二部 自然 理性 運命
堀田善衛　ミシェル城館の人 第三部 精神の祝祭
堀田善衛　ラ・ロシュフーコー公爵傳説
堀田善衛　上海にて
堀田善衛　ゴヤ Ⅰ スペイン・光と影
堀田善衛　ゴヤ Ⅱ マドリード・砂漠と緑
堀田善衛　ゴヤ Ⅲ 巨人の影に
堀田善衛　ゴヤ Ⅳ 運命・黒い絵
穂村　弘　本当はちがうんだ日記
堀　辰雄　風立ちぬ
堀江貴文　徹底抗戦
堀江敏幸　なずな
本上まなみ　めがね日和
本多孝好　MOMENT
本多孝好　正義のミカタ I'm a loser

本多孝好　WILL
本多孝好　MEMORY
本多孝好　ストレイヤーズ・クロニクル ACT-1
本多孝好　ストレイヤーズ・クロニクル ACT-2
本多孝好　ストレイヤーズ・クロニクル ACT-3
本多孝好　Good old boys
誉田哲也　あなたが愛した記憶
本多有香　犬と、走る
本間洋平　家族ゲーム
前川奈緒 深谷かほる・原作　ハガネの女
槇村さとる　イマジン・ノート
槇村さとる キム・ミョンガン　あなた、今、幸せ？
槇村さとる　ふたり歩きの設計図
万城目学　ザ・万遊記
万城目学　偉大なる、しゅららぼん
益田ミリ　言えないコトバ

集英社文庫 目録（日本文学）

集英社文庫　目録（日本文学）

丸谷才一　星のあひびき
丸谷才一　別れの挨拶
麻耶雄嵩　メルカトルと美袋《みなぎ》のための殺人
麻耶雄嵩　貴族探偵
麻耶雄嵩　あいにくの雨で
麻耶雄嵩　貴族探偵対女探偵
眉村卓　僕と妻の1778話
まんしゅうきつこ　まんしゅう家の憂鬱
三浦綾子　裁きの家
三浦綾子　残像
三浦綾子　石の森
三浦綾子　ちいろば先生物語(上)(下)
三浦綾子　明日のあなたへ　愛するとは許すこと
みうらじゅん　とんまつりJAPAN　日本全国とんまな祭りガイド
みうらじゅん　宮藤官九郎　どうして人はキスをしたくなるんだろう？
三浦しをん　光

三浦英之　五色の虹　満州建国大学卒業生たちの戦後
三浦英之　南三陸日記
三浦英之　水が消えた大河で　ルポJR東日本・信濃川不正取水事件
三木卓　柴笛と地図
三崎亜記　となり町戦争
三崎亜記　バスジャック
三崎亜記　失われた町
三崎亜記　鼓笛隊の襲来
三崎亜記　廃墟建築士
三崎亜記　逆回りのお散歩
三崎亜記　手のひらの幻獣
水上勉　故郷
水上勉　働くことと生きること
水谷竹秀　日本を捨てた男たち　フィリピンに生きる「困窮邦人」
水谷竹秀　だから、居場所が欲しかった。　バンコク、コールセンターで働く日本人
水野宗徳　さよなら、アルマ　戦場に送られた犬の物語

未須本有生　ファースト・エンジン
水森サトリ　でかい月だな
三田誠広　いちご同盟
三田誠広　春のソナタ
三田誠広　永遠の放課後
道尾秀介　光媒の花
道尾秀介　鏡の花
三津田信三　怪談のテープ起こし
美奈川護　ギンカムロ
美奈川護　弾丸スタントヒーローズ
美奈川護　はしたかの鈴　法師陰陽師異聞
湊かなえ　白ゆき姫殺人事件
湊かなえ　ユートピア
宮尾登美子　影絵
宮尾登美子　朱夏(上)(下)
宮尾登美子　天涯の花

集英社文庫　目録（日本文学）

宮尾登美子　岩伍覚え書
宮木あや子　雨の塔
宮木あや子　太陽の庭
宮城公博　外道クライマー
宮城谷昌光　青雲はるかに(上)(下)
宮子あずさ　看護婦だからできること
宮子あずさ　看護婦だからできることⅡ
宮子あずさ　老親《ろうしん》の看《み》かた、私の老い方
宮子あずさ　ナースな言葉　こっそり教える看護の極意
宮子あずさ　ナース主義！
宮子あずさ　卵の腕まくり　看護婦だからできることⅢ
宮沢賢治　銀河鉄道の夜
宮沢賢治　注文の多い料理店
宮下奈都　太陽のパスタ、豆のスープ
宮下奈都　窓の向こうのガーシュウィン
宮田珠己　ジェットコースターにもほどがある

宮田珠己　だいたい四国八十八ヶ所
宮部みゆき　地下街の雨
宮部みゆき　R.P.G.
宮部みゆき　ここはボツコニアン　1
宮部みゆき　ここはボツコニアン　2　魔王がいた街
宮部みゆき　ここはボツコニアン　3　二軍三国志
宮部みゆき　ここはボツコニアン　4　ほらホラHorrorの村
宮部みゆき　ここはボツコニアン　5　FINAL　ためらいの迷宮
宮本輝　焚火の終わり(上)(下)
宮本輝　海岸列車(上)(下)
宮本輝　水のかたち(上)(下)
宮本輝　いのちの姿　完全版
宮本輝　田園発　港行き自転車(上)(下)
宮本輝　草花たちの静かな誓い
宮本昌孝　藩校早春賦
宮本昌孝　夏雲あがれ(上)(下)

宮本昌孝　みならい忍法帖　入門篇
宮本昌孝　みならい忍法帖　応用篇
深志美由紀　怖い話を集めたら　連鎖怪談
三好徹　興亡三国志一～五
武者小路実篤　友情・初恋
村上通哉　うつくしい人　東山魁夷
村上龍　テニスボーイの憂鬱(上)(下)
村上龍　ニューヨーク・シティ・マラソン
村上龍　ラッフルズホテル
村上龍　すべての男は消耗品である
村上龍　龍言飛語
村上龍　エクスタシー
村上龍　昭和歌謡大全集
村上龍　KYOKO
村上龍　はじめての夜　二度目の夜　最後の夜
村上龍　メランコリア

S 集英社文庫

新選組傑作選《しんせんぐみけっさくせん》　誠《まこと》の旗《はた》がゆく

2020年4月25日　第1刷　　定価はカバーに表示してあります。

編　者　細谷正充《ほそやまさみつ》

発行者　徳永　真

発行所　株式会社　集英社

東京都千代田区一ツ橋2-5-10　〒101-8050

電話　【編集部】03-3230-6095

【読者係】03-3230-6080

【販売部】03-3230-6393（書店専用）

印　刷　株式会社　廣済堂

製　本　株式会社　廣済堂

フォーマットデザイン　アリヤマデザインストア　　マークデザイン　居山浩二

ISBN978-4-08-744102-4 C0193